Un secret si bien gardé

CHERYL ST. JOHN

Un secret si bien gardé

LES HISTORIQUES

éditions Harlequin

Titre original : HER COLORADO MAN

Traduction française de BLANCHE VERNEY

Photo de couverture
Sceau : © ROYALTY FREE / FOTOLIA

83-85 boulevard Vincent-Auriol, 75646 PARIS CEDEX 13.
Service Lectrices — Tél. : 01 45 82 47 47
www.harlequin.fr

ISBN 978-2-2802-1408-7 — ISSN 1159-5981

1

Ruby Creek, Colorado
Mai 1882

— Attention !

Mariah Burrows rentra la tête dans les épaules et se mit à courir sur deux ou trois mètres. Ensuite elle se retourna pour jeter un regard en arrière, les yeux levés vers la voûte de l'entrepôt semblable à une vaste caverne. Un baril vacillait dangereusement au-dessus d'une pile de ses semblables. Déjà, trois agiles jeunes hommes s'étaient précipités avec des échelles pour l'empêcher de tomber. Les barils étaient chargés sur des chariots. Mariah poussa un soupir de soulagement. Deux des gaillards qui avaient réagi aussi promptement étaient ses neveux, le troisième était un cousin éloigné.

— Il ne faut pas empiler plus de douze barils, leur lança-t-elle. Mieux vaut perdre de la place que de voir quatre-vingt-cinq dollars de bière s'écraser au sol ou pire, sur la tête de quelqu'un ! Nous avons construit cet entrepôt spécialement en vue de la foire-exposition, autant l'occuper.

Son neveu Roth lui fit un salut militaire moqueur et sauta du baril où il était perché.

— Grand-père nous écorcherait vif si on en laissait perdre un, remarqua-t-il.

— Et moi, je dirais à ta mère de te priver ce soir de son *apfel-strudel* dont tu es si friand ! lui répliqua Mariah.

Il rit, prit sa casquette dans la poche arrière de son pantalon et se la cala sur la tête d'un geste plein de gouaille.

— Tu es un patron tyrannique, tante Mariah.

— Mariah !

Une voix familière fit écho à l'autre bout du vaste bâtiment aux proportions de cathédrale.

— Mariah ! Mariah Burrows !

— Ici, Wilhelm ! répondit-elle.

C'était son frère cadet, il avait vingt-deux ans — deux de moins qu'elle — et adorait l'appeler par ses noms et prénoms, à chaque instant. Parmi la centaine d'employés de la brasserie Spangler, elle était l'une des rares à ne pas porter un patronyme bavarois ou du moins allemand, et il aimait bien se moquer d'elle à ce propos.

— Que fais-tu hors du bureau à cette heure de la matinée ? lui demanda-t-elle.

— Grand-père veut te voir tout de suite.

Mariah alla pêcher un crayon dans la poche du pantalon d'homme qu'elle portait toujours à la brasserie.

— Dis-lui que je viendrai dès que j'aurai terminé l'inventaire de la mise en bouteille de cette nuit…

— Non, maintenant. Il a dit que c'était urgent.

Soudain inquiète, Mariah coinça son registre sous son bras et s'avança rapidement à la rencontre de son frère.

— Pourquoi ? Il est arrivé quelque chose à John James ?

— Non, non, ton fils va bien.

— Et grand-père ?

— Aussi, mais pour une raison ou pour une autre, il veut te voir immédiatement.

Rassurée, elle se retourna vers Roth et lui cria :

— Je reviens tout de suite ! Vous autres, envoyez ces barils chez le transporteur. Rappelez-vous que la foire-exposition de Denver commence dans sept semaines.

La brasserie Spangler s'étendait sur environ un demi-hectare à trois kilomètres de la petite ville de Ruby Creek. Chacun de ces entrepôts était équipé d'une plate-forme donnant sur un tronçon de voie ferrée, reliée au réseau principal et le bâtiment de production avait été construit sur le bord du torrent cristallin qui descendait de la montagne et se jetait un peu plus loin dans la rivière qui avait donné son nom à la ville. Trois énormes chaudières y chauffaient le malt et projetaient des nuages de fumée grise dans le ciel bleu du Colorado. En cette saison, les sommets des montagnes étaient toujours couverts de neige, mais plus bas, leurs pentes se couvraient de primevères et d'anémones. Mariah pouvait sentir leur odeur délicate, sous celle qui provenait des cuves à fermentation.

— J'ai entendu quelque chose que disait maman,

ce matin dans la cuisine, lui confia Wilhelm d'un ton solennel, inhabituel pour lui.

Sa sœur lui décocha un regard interrogateur tandis qu'ils passaient sous l'horloge qui ornait la façade en brique du bâtiment principal.

— Elle disait que, parfois, grand-père oublie quel jour on est…

Mariah l'avait remarqué, elle aussi, et, une fois, il avait raconté un événement qui s'était produit une bonne vingtaine d'années auparavant, comme si c'était arrivé le matin même. Pourtant, cela ne l'empêchait pas de mener ses affaires comme il l'avait toujours fait.

— Il va bien, répondit-elle, c'est juste que parfois, il s'offre un petit voyage dans le passé.

— Je suppose que tu as raison, dit son frère en haussant les épaules.

Ils pénétrèrent dans le bâtiment de trois étages qui abritait les bureaux de la brasserie ainsi que le confortable appartement privé de son grand-père et essuyèrent leurs chaussures de travail sur le paillasson vaste comme un tapis. Mariah remercia Wilhelm d'un sourire et pénétra seule, par une lourde porte ouvragée en noyer massif, dans le domaine de Louis Spangler. Ce faisant, elle ressentait toujours le même plaisir que lorsqu'elle était enfant et qu'il l'accueillait avec bonhomie dans l'un de ses grands fauteuils de cuir, près de la cheminée. Fascinée, elle écoutait avec attention son grand-père lui parler des jours d'autrefois, en Bavière et de son arrivée en Amérique, lorsque lui, son père et ses oncles avaient bâti cette brasserie de leurs mains. Il était désormais le seul survivant de ces pionniers, le seul à être né et à avoir grandi de l'autre côté de l'océan. Avec grand-mère, il se chamaillait autrefois en dialecte haut allemand, une langue archaïque que ses enfants et petits-enfants ne comprenaient que par bribes. Mariah ne l'avait plus entendu s'exprimer dans cet idiome depuis bien des années.

— Je suppose que c'est important, lui dit-elle, alors que depuis trois mois, tu me répètes de ne pas perdre une seconde pour que tout soit prêt pour la foire-exposition…

Louis se retourna. Il s'était campé devant les hautes fenêtres, ornées de vitraux dans leur partie supérieure, qui offraient une vue magnifique sur les Montagnes Rocheuses.

— Nous devons discuter d'une chose importante, lui dit-il en s'approchant de son bureau baigné de soleil.

— A propos de la foire ?

— Euh… non…

Il lui désigna un fauteuil.

Mariah savait bien qu'il était inutile de le brusquer. Il dirait ce qu'il avait à lui dire et lorsqu'il le jugerait bon. Elle se cala donc confortablement contre les coussins de cuir et attendit. L'expression embarrassée de son grand-père, l'évidente compassion qu'elle pouvait lire dans son œil très bleu, la mettaient mal à l'aise.

— J'ai des nouvelles, lui dit-il. Quelque chose qui va affecter ta vie et celle de John James…

Mariah se redressa dans son fauteuil. Quatre ans auparavant, son grand-père lui avait accordé une place au comité de direction de la brasserie et c'était la première fois, au cours des quarante années d'existence de celle-ci, qu'une femme accédait à une telle responsabilité. Il avait toujours tenu à la favoriser. Lorsqu'elle avait eu un fils, il avait tout de suite arrangé la future entrée de celui-ci au même comité. Mariah savait qu'un jour, elle hériterait d'une grande part des actions de la société.

— De quoi s'agit-il ?

— Wesley Burrows est en route. Il sera ici dans quelques semaines.

Mariah entendit bien les mots mais leur sens mit quelques instants à pénétrer son cerveau. Elle ne pouvait tout simplement pas y croire. Elle n'avait jamais parlé avec son grand-père de la personne dont il venait de mentionner le nom, pour la bonne et simple raison que ce Wesley Burrows n'existait pas. Entendre prononcer son nom à présent, c'était un peu comme tenter de trouver du sens à ce dialecte haut allemand que ses grands-parents utilisaient.

— Euh... Comment cela ? Que veux-tu dire ?

— Le père de John James va venir le voir.

Il y eut comme un sifflement, dans l'oreille de Mariah.

— Mais... C'est impossible...

— J'ai pourtant bien peur que ce soit vrai. Il m'a contacté alors qu'il avait déjà quitté Juneau. Il devrait être ici au début du mois prochain.

Mariah se dressa sur ses pieds. Trop vite, peut-être, car instantanément, la pièce se mit à tourner autour d'elle. Elle dut se laisser tomber de nouveau dans son fauteuil.

— Peux-tu m'expliquer comment un personnage dont tu as inventé l'existence de toutes pièces peut bien annoncer son arrivée prochaine ? bredouilla-t-elle.

— Je n'ai pas inventé Wes Burrows. Il existe bel et bien.

Mariah parvint à dominer suffisamment son vertige pour se lever de son fauteuil et évacuer en faisant quelques pas un peu de l'insoutenable tension nerveuse qui l'étreignait.

— Je croyais que c'était ton vieil ami de Forsheim qui écrivait ses lettres.

— Otto est mort. Je te l'ai dit.

— Mais non, je l'ignorais !

Il y avait quelques jours de cela, elle avait lu une pile de lettres que son fils avait reçues récemment et il est exact qu'elle avait trouvé quelques légères différences de style, par rapport à certains courriers précédents, mais elle n'avait pas vraiment soupçonné leur auteur d'être une autre personne. Mariah se mit les mains sur la tête comme pour empêcher celle-ci d'imploser. Est-ce que son grand-père perdait la raison ou bien était-ce elle, qui avait mal compris ?

— S'il est mort, qui a écrit à John James et qui va venir le voir ?

— Je ne m'attendais pas du tout à cela, lui dit Louis d'un air désolé. Assieds-toi et laisse-moi t'expliquer.

Mariah sentit bien qu'il n'irait pas plus loin si elle n'obéissait pas, alors elle se calma et se rassit dans le fauteuil, les mains toutefois bien crispées sur les accoudoirs.

— Je t'écoute.

— Otto Weiss vivait en Alaska et je lui avais demandé de me trouver le nom de quelqu'un qui vérifiait rarement sa boîte postale, quelqu'un dont on pourrait utiliser le nom sans qu'il s'en aperçoive.

— Oui, ça je le sais.

Il y avait sept ans de cela, lorsqu'elle lui avait appris qu'elle allait avoir un bébé mais qu'elle ne pouvait pas se marier, il l'avait envoyée à Chicago pour une année. Quand elle était rentrée de cet exil forcé, son enfant dans les bras, elle avait eu la surprise d'apprendre que durant son absence, son grand-père lui avait inventé un mari fictif. L'histoire avait fait le tour de sa famille et de la ville de Ruby Creek. Elle était censée s'être mariée à Chicago. Mais ce n'était pas tout : son mari était parti vers les mines d'or d'Alaska, la laissant seule à l'attendre, ce qui expliquait qu'elle était revenue au sein de sa famille. Ce conte du jeune marié saisi par la fièvre de l'or était vraisemblable et il empêchait que l'enfant ou que quiconque d'autre apprît ce qui s'était réellement passé. Louis avait trouvé là un bon moyen de couper court aux ragots et ce mari supposé arrangeait bien également les affaires de Mariah. Cet époux absent tenait d'éventuels prétendants à distance et permettait à la jeune femme de vivre exactement comme elle l'entendait. Au fil du temps, cette solution s'était révélée tout à fait commode.

— L'Alaska est au bout du monde, reprit son grand-père. Je n'aurais jamais imaginé que quiconque au Colorado pût entendre parler de Wes Burrows.

Il avait assez vite suggéré à sa petite-fille que son ami Otto écrive quelques lettres au petit John James.

— Un enfant a besoin de savoir que son père l'aime et pense à lui, avait-il expliqué.

Mariah n'avait pu, en conscience, le nier et ce n'était certainement pas elle qui lui aurait révélé la vérité.

— J'ai toujours cru qu'Otto avait inventé le nom qu'il utilisait, soupira-t-elle.

— C'est peut-être ce qu'il aurait dû faire, en effet, répliqua son grand-père. Ou bien nous aurions pu dire qu'il était décédé. Mais John James aime tellement lire ces lettres… Lui dire une telle chose aurait été comme de tuer son père… Puisque cela semblait ne faire de mal à personne, mieux valait que ce mensonge perdure.

— Je sais, je suis tout aussi responsable que toi dans cette affaire, admit Mariah. Mais qu'est-ce que c'est que ce Burrows dont j'ai donné le nom à mon fils ? Il existe donc vraiment ?

— Il faut le croire.

C'était une révélation par trop incroyable pour qu'elle pût en prendre parfaitement toute la mesure. Mariah repensa aux différences qu'elle avait remarquées dans ces lettres. Elle ne les avait pas toutes lues, mais de temps à autre, elle y jetait un coup d'œil, pour le bien de John James. Il était exact aussi que depuis quelque temps elle les lisait plus fréquemment, intriguée par les histoires extraordinaires que leur auteur racontait.

— Mais qui est-ce qui écrit donc ces courriers que mon fils reçoit ? demanda-t-elle.

— Apparemment, le vrai M. Burrows. Il m'a d'abord

écrit parce que j'aide toujours John James à rédiger les siennes. Il m'expliquait que sa boîte postale à Juneau était remplie de lettres d'un enfant qu'il ne connaissait pas. J'étais plutôt embarrassé, évidemment, alors je lui ai répondu que c'était un petit garçon qui n'avait jamais connu son père et en souffrait.

Il lança à sa petite-fille un regard gêné, de biais.

— J'ai même dû lui suggérer que, puisque cette histoire me faisait de mal à personne, elle pouvait bien continuer comme cela. Alors, ce Wes Burrows a commencé à répondre aux lettres de John James.

Mariah se passa la main sur le front, comme pour effacer toute la consternation qu'elle éprouvait.

— Mais pourquoi ne m'as-tu rien dit ?

— Je voulais le faire, s'empressa de répondre Louis. Enfin… j'ai cru l'avoir fait.

Mariah sentait son sang battre à ses tempes à la pensée de cet étranger qui allait venir révéler à John James l'ampleur de leur mensonge. L'enfant allait en avoir le cœur brisé, c'était certain. Il ne pardonnerait jamais à sa mère de l'avoir trompé. Un nœud se forma au creux de son estomac et un soupçon naquit soudain dans son esprit. Les sourcils froncés, l'air sceptique, elle demanda :

— Que veut cet homme en venant ici ? Qu'attend-il exactement de nous ?

Louis ouvrit un tiroir soigneusement fermé à clé de son bureau et y prit une enveloppe. Il la tapota pensivement sur la paume de sa main avant de la tendre à sa petite-fille.

— Tiens, lis. Tout est là.

Mariah se saisit de l'enveloppe en tremblant. Elle portait le nom de son grand-père et l'adresse de la brasserie, rédigée à l'encre, d'une écriture ferme et soignée. Elle l'ouvrit et déplia la feuille de papier qu'elle contenait.

« Monsieur Spangler,

» Vous avez certainement été très surpris de la décision que je viens de prendre. Moi-même, je ne suis pas certain de bien la comprendre. Mais une chose est sûre, je quitte Juneau et vers la fin de la semaine, je serais en route vers le Colorado.

» Au cours des six dernières années, j'ai passé mon temps à courir la forêt, entre les bureaux de poste et les différents campements de la région. Voyez-vous, il y a de l'argent à gagner par ici, même quand on n'a pas trouvé d'or et j'ai passé le plus clair de ma jeunesse à cela : transporter le courrier en tout lieu et par tous les temps, c'est là le métier que j'exerce aujourd'hui. J'ai vu beaucoup d'hommes attendre leurs lettres avec une fébrile impatience et je me suis souvent demandé ce que c'était que d'avoir une famille qui attendait de vos nouvelles au pays, car tel n'est pas mon cas.

» Avant d'être une sorte de facteur en traîneau, j'ai navigué à bord d'un baleinier, puis j'ai tenté ma chance sur différents *placers* et parcouru la moitié du monde pour chercher de l'or. Jamais, je n'ai pensé à poser mon sac jusqu'à ce que je reçoive les lettres de ce gamin qui écrit de si jolies choses sur sa mère, sur vous et la famille Spangler. A lire ces lettres, j'ai l'impression de déjà bien connaître Ruby Creek.

» Je sais que c'est difficile à croire, mais depuis quelque temps j'ai la nostalgie d'un lieu où je ne suis jamais allé et d'un petit garçon que je n'ai jamais vu. Le manque que j'ai pu lire entre les lignes des lettres de John James est celui que j'ai ressenti toute ma vie. Le besoin lancinant que l'on a de compter pour quelqu'un, d'être important pour lui. Et j'aimerais bien savoir si je peux y parvenir. J'ai eu tout le temps, ces dernières semaines, de réfléchir à ma vie et je me suis aperçu que, par-dessus tout, je tenais à remplir chez autrui ce vide qui m'a toujours fait souffrir. Je veux guérir votre petit-fils de ce mal-là.

» Lorsque vous lirez cette lettre, il sera trop tard pour me répondre, je serai déjà en route et d'ailleurs, rien de ce que vous pourriez m'écrire ne saurait me faire changer d'avis. Je vais rencontrer John James.

» Vous avez ma parole d'honneur que jamais je ne causerai à votre petit-fils le moindre embarras et ne lui ferai le moindre mal, non plus que je n'essaierai d'interférer entre votre famille et lui ou entre sa mère et lui. Mais je dois venir le voir. Je veux offrir à votre petit-fils ce à quoi chacun a droit : un père qui veille sur lui.

Sincères salutations, Wesley T. Burrows. »

Mariah sentit des larmes d'inquiétude et de colère lui brûler les yeux. Les mots écrits à l'encre noire se troublaient sur la feuille. Elle replia la lettre et la replaça dans l'enveloppe.

— Tout ceci est absurde, protesta-t-elle. Nous ne connaissons même pas cet homme. De quel droit prétend-il venir ici comme un sauveur sur son cheval blanc et s'immiscer dans nos existences ?

Elle se leva, lança rageusement l'enveloppe sur le vaste plateau en noyer du bureau, puis elle passa derrière son fauteuil et agrippa nerveusement à deux mains le cuir du dossier, pour tenter de faire cesser leur tremblement.

— Qu'allons-nous faire ?

Son grand-père se leva à son tour et contourna le bureau pour s'approcher d'elle.

— Rien, j'en ai bien peur. Nous utilisons sa boîte postale depuis des années, sans son autorisation. Il nous a pris en flagrant délit de mensonge.

— Cela ne lui donne en aucun cas le droit de se montrer et de ruiner nos vies, se rebella Mariah. Et s'il venait dans l'intention de faire du chantage ? Quelle autre raison le pousserait à traverser tout un continent pour s'introduire dans notre famille ?

— Un chantage ? J'avoue y avoir songé mais ça n'en a pas l'air. J'ai lu toutes les lettres qu'il avait adressées à John James et n'y ai pas trouvé la moindre trace de menaces. Je ne crois pas qu'il lui ferait du mal. Il faudra voir venir et réagir à chaque chose en temps utile, Mariah. Pas la peine de s'affoler à l'avance.

Cependant, la panique s'était bel et bien emparée de la jeune femme.

— Pas question ! Tu dois l'empêcher de venir ici.

— Et qui devrais-je charger de cela ? Tes frères ? Tes neveux ? Que leur dirai-je ? Et puis de quel droit pourrais-je prétendre empêcher ce Burrows de venir ici ? Il ne transgresse aucune loi en prétendant nous rendre visite.

Mariah n'aimait guère se sentir piégée ainsi, ou que quiconque pût prétendre contrôler son existence, comme ce Wes Burrows à cet instant précis. Rien de bon n'allait sortir de tout cela.

— Personne ne l'a vu, argumenta-t-elle. Lorsqu'il viendra, nous n'aurons qu'à dire que c'est un imposteur.

— Mais, Mariah, cela ne…

— Je sais, cela soulèvera bien des questions et pourrait faire souffrir John James.

Elle se remit à marcher de long en large à travers la pièce, puis revint se placer face à son grand-père.

— Je compte le prendre au mot, lui dit-il. Il dit vouloir que John James ait un père et s'occuper de lui.

— Mon fils n'a pas de père ! le coupa-t-elle.

Puis elle soupira et, s'approchant du vieil homme, elle posa une main apaisante sur son bras.

— Je ne te blâme pas, tu le sais, lui dit-elle, la gorge serrée. Lorsque je suis revenue de Chicago, mon bébé dans les bras, j'ai été bien soulagée que tu aies inventé cette histoire de mari parti en Alaska. Cela m'a évité de devoir fournir des explications et j'ai accepté ce mensonge parce que c'était bien commode. Lorsque Otto a commencé à envoyer les premières lettres à John James, j'aurais pu te demander de ne pas aller plus loin. Je ne l'ai pas fait…

Sa gorge lui brûlait, mais elle continua avec franchise :

— Moi aussi, je voulais que mon fils ait un père.

Mariah avala sa salive avec difficulté. Elle tremblait et le sentait jusque dans ses genoux.

— Mais cet homme qui va venir pousse le mensonge un peu trop loin. Même s'il ne veut pas faire de mal à John James, il repartira, tôt ou tard, alors ton arrière-petit-fils en aura le cœur brisé et il gardera cette blessure toute sa vie.

Louis prit sa main dans les siennes et la serra.

— Acceptons de le recevoir ici quelques semaines, proposa-t-il doucement. Ensuite, il repartira vers l'Alaska comme il était venu, tout rentrera dans l'ordre et John James aura connu son père, comme les autres enfants.

— Cela n'en sera pas moins un mensonge.

Elle ne parvenait pas à hausser sa voix au-dessus du murmure, tant sa poitrine la brûlait. Tout le mal ne venait-il pas de ce mensonge qui avait pu faire croire à son enfant qu'il y avait quelqu'un, quelque part, qui était son père et qui reviendrait un jour ?

Louis lâcha sa main et fit mine de regarder à la fenêtre, comme s'il avait du mal à affronter son regard. Dans le soleil, ses cheveux blancs paraissaient d'argent.

— Il est un peu tard pour avouer la vérité…

Il se tourna vers elle de nouveau et la regarda cette fois franchement dans les yeux.

— Dis-moi, mon enfant, y a-t-il une chance, une seule, que le vrai père de John James réapparaisse jamais ?

Mariah affronta ce regard d'eau où elle n'avait jamais

vu briller que de la confiance et de la tendresse. Mais avouer la vérité ferait imploser sa famille.

La poitrine toujours douloureuse, elle secoua la tête.

— Non, il ne reviendra pas.

— Je ne t'ai jamais poussée aux confidences, Mariah…

C'était vrai, il ne l'avait jamais condamnée ni rejetée, non plus. Son amour pour elle n'avait jamais failli.

— Je regrette beaucoup que tu n'aies pas… suffisamment confiance en moi pour me dire toute la vérité, mais moi j'ai confiance en toi.

— Mon père et toi, vous êtes les deux seuls hommes au monde à qui je puisse me fier, répondit-elle avec un amer goût de culpabilité sur les lèvres.

Et tout de suite elle regretta ses paroles, car elle avait aussi quatre frères et savait bien qu'ils étaient tous prêts à mourir pour elle, s'il l'avait fallu.

— Il y a mes frères, aussi, mais… à cet étranger, je ne fais pas confiance.

Son grand-père s'approcha encore et la prit dans ses bras, la tenant tout contre lui. Il sentait l'eau de Cologne, le savon à barbe et un tas d'odeurs familières. Mariah sentit qu'il lui fallait céder, réfréner ses larmes ou bien aller se jeter dans le torrent.

— Quelles que soient les intentions de cet homme, il ne sera pas le bienvenu, pour moi, et je ne le traiterai pas avec beaucoup d'égards. Après tout, s'il était vraiment mon mari et m'avait abandonnée pour aller chercher fortune en Alaska, je ne le recevrais pas à bras ouverts, après toutes ces années.

— Nous ferons tout ce que nous avons à faire, lui répondit Louis, pour le plus grand bien de John James.

— Ce Wes Burrows ne sait pas ce qui est bien pour mon fils, répliqua Mariah. Il ne nous connaît pas.

Sa voix se fêla un peu sous le coup de l'émotion et elle dut se reprendre.

— Je vais observer soigneusement quelles sont ses intentions. Et je ne le laisserai pas faire du mal à mon fils.

Elle adorait son grand-père. Il avait fait pour le mieux. Comme elle et avec son consentement tacite, il avait essayé de sauvegarder sa bonne réputation et de donner à son arrière-petit-fils une identité respectable. John James n'avait jamais souffert d'être né hors des liens du mariage et Mariah avait su lui éviter la honte et le déshonneur.

Jusqu'à aujourd'hui…

2

Ce soir-là, comme le soleil descendait à l'horizon de l'ouest, Mariah rentra chez elle à l'arrière d'un wagon découvert de la brasserie. Son frère Arlen lui tendit la main pour l'aider à monter et elle s'installa sur une banquette, parmi d'autres membres de sa famille. Comme elle, Arlen vivait dans la maison familiale avec grand-père et leurs parents, John James, les deux sœurs cadettes de Mariah, une tante qui était veuve, et la famille de leur cousin Marc.

Il fut un temps où Mariah et les siens vivaient dans une maison séparée mais lorsque la vue de sa mère avait commencé à baisser, ils avaient déménagé dans la grande maison afin que Henrietta ne soit plus seule durant la journée. C'était à présent Wilhelm et sa famille qui vivaient dans leur ancienne demeure, qui n'était d'ailleurs distante de l'autre, la « familiale », que de quelques centaines de mètres. La vie et la commodité des choses avaient fait qu'aucun des Spangler ne vivait à plus d'un kilomètre des autres et de la brasserie. Grand-père disait toujours qu'ils avaient reconstitué en Amérique un véritable canton bavarois. De même, ils étaient tous actifs dans la vie de la petite communauté de Ruby Creek et fréquentaient assidûment son église.

Mais ce jour-là, Mariah ne profitait pas de la bonne humeur habituelle de ses proches et ne participait guère à leur conversation enjouée. Toutes ses pensées, depuis le matin, étaient focalisées sur un seul sujet et une seule personne.

Le chariot s'arrêta et Arlen, ainsi que son cousin Marc, sauta prestement au sol. Arlen tendit la main à Mariah et Marc fit de même pour son épouse. Faye rajusta ses jupes et suivit son mari vers l'entrée principale de la grande maison. Là, hommes et femmes se séparèrent ; les uns se dirigeant vers le lavoir tandis que Mariah et Faye prenaient le chemin de l'immense cuisine, d'où provenaient d'alléchantes odeurs. Leur tante Ina, qui se tenait devant une monumentale cuisinière en fonte, les accueillit avec un sourire.

Assise sur un tabouret de bois, près d'un établi de boucher, la mère de Mariah pelait des pommes de terre.

— Bonsoir, maman, lui dit sa fille.

— Comment s'est passée ta journée ? lui répondit Henrietta en lui tendant sa joue.

— Ça a été un peu long…

Mariah rejoignit Faye autour du grand évier, pour se laver les mains.

— Je monte me changer et me rafraîchir un peu, puis je redescends vous aider…

— Ah, te voilà ! s'exclama sa cousine Hildy, en la croisant sur le seuil de la cuisine. John James t'attendait avec impatience.

Hildy ne vivait pas avec eux. Elle avait travaillé à la brasserie pendant un an ou deux, mais récemment, elle avait voulu rester à la maison pour s'occuper d'Henrietta. Elle préférait se charger des questions domestiques et garder un œil sur la marmaille, plutôt que d'avoir une situation à la brasserie et sa décision arrangeait bien tout le monde. Hildy n'avait pas d'enfant à elle…

— J'ai fait goûter les petits, après l'école, lui dit-elle. Ils ont eu des toasts et des œufs, mais ils auraient bien préféré les cookies de ta mère…

— Tu es un ange, dit Mariah en regardant les yeux noisette au regard si doux de sa brune cousine.

Elles n'auraient pu, toutes les deux, être plus différentes au plan physique ; le père d'Hildy avait été d'origine irlandaise, tandis que Mariah avait hérité de la blondeur bavaroise.

La jeune femme se dirigea vers le grand escalier qui menait à l'étage, dans une immense pièce commune. C'était là que les quatre plus jeunes des Spangler avaient leurs pupitres, leurs bancs, leurs livres, ainsi qu'un assortiment de jeux et de jouets pour les après-midi pluvieux.

— Maman ! s'écria John James en se ruant vers elle pour l'embrasser. J'ai fait cinq additions dans ma tête, sans compter sur les doigts, ni sur l'ardoise !

— Je crois que tu travailleras à la comptabilité avec ton oncle Wilhelm, quand tu seras grand, lui répondit sa mère en ébouriffant ses cheveux blonds, avant de s'agenouiller pour l'embrasser sur les deux joues.

Il sentait la craie, le savon et le petit garçon. Le

cœur de Mariah se serrait à l'idée que l'on pourrait vouloir lui faire du mal.

— Ah non ! s'écria-t-il en secouant vigoureusement la tête. J'aime bien mieux travailler sur les machines…

Il avait six ans. Dans son regard bleu, il y avait tout le sérieux du monde.

— J'aime bien les bruits des bouteilles qui roulent sur le tapis… Et puis, par les vitres du bâtiment, on voit les montagnes…

— Si tu veux, mon petit trésor, tu pourras être tout ce que tu voudras quand tu seras grand.

— Même président ? demanda la petite Emma, sept ans, la fille de Faye et de Marc.

Mariah se tourna vers elle et saisit le bout d'une des tresses de la fillette pour lui chatouiller le nez.

— Il faudra que tu le battes aux élections, lui dit-elle en riant.

— A' peut pas, dit le petit frère d'Emma, Paul, qui avait cinq ans. C'est une fille. Les présidents, ils ont des barbes…

Mariah éclata de rire et les deux garçons l'imitèrent. Seule la petite Emma resta songeuse, apparemment étonnée de cette discrimination.

— Finissez bien vos devoirs avant le souper, leur recommanda Mariah en sortant pour emprunter le couloir qui menait à sa chambre.

Comme tous les soirs, le moment du repas était bruyant, mais chaleureux, et vous procurait une profonde détente. A la maison, Mariah n'était plus le patron ni la collègue de quiconque, elle n'avait plus d'horaires ou d'impératifs de production. Elle était simplement tante, sœur, fille et mère. Tous les membres de sa famille bavardaient joyeusement en se passant des platées fumantes de pommes de terre et de *Schweinbraten*, le porc rôti traditionnel. Une demi-douzaine de pichets de belle bière blonde et mousseuse garnissait la table. Mariah but une gorgée de son verre et le reposa avec satisfaction. Seul le meilleur des produits pouvait quitter la brasserie estampillée de l'étiquette aux armes de la compagnie Spangler.

Remarquant l'air préoccupé de sa fille, le père de Mariah, Friederick, lui lança un regard soucieux.

— Tout va bien ?

Elle le rassura.

— Ça va. La journée a été longue. Je suis juste un peu fatiguée.

Plus tard, lorsque la vaisselle fut faite et que chacun se fut retiré dans ses quartiers personnels, Mariah borda John James, dans la chambre qu'il partageait avec le petit Paul. Elle passa doucement sa main dans les cheveux soyeux du garçonnet. Les mots que Wes Burrows avait écrits lui revinrent à la mémoire : « Je veux offrir à votre petit-fils ce à quoi chacun a droit : un père qui veille sur lui. » Personne au monde ne souhaitait cela plus qu'elle, mais cela n'arriverait jamais.

Des souvenirs l'assaillirent, du temps où John James était un tout petit bébé, puis un garçonnet de deux ans. Les autres enfants de la maisonnée et ceux de toute la famille avaient tous un père pour les lancer en l'air en riant et, plus tard, leur apprendre à chasser et à pêcher.

Ses frères étaient des oncles merveilleux et elle les adorait pour la façon dont ils entouraient l'enfant. Arlen, par exemple, n'allait jamais à la pêche sans demander à John James s'il voulait l'accompagner. Souvent, Mariah les suivait discrètement et observait la façon dont il apprenait à l'enfant à chercher des vers dans le sol des berges, à les fixer sur son hameçon et à lancer sa ligne dans le courant.

Elle s'allongea près de lui sur le petit lit et enfouit son visage dans les cheveux blonds de John James, dans son cou, à l'endroit où ils bordaient le col de sa chemise de nuit. Jamais il ne serait seul. Elle y veillerait. Sa famille y veillerait. Elle avait envers eux tous une dette incommensurable pour l'amour qu'ils témoignaient à son fils et la façon dont ils lui faisaient sentir, jour après jour, qu'il était l'un des leurs.

Le petit garçon s'endormit, respirant paisiblement au-dessus du drap de coton.

Non, il n'était pas solitaire. Elle, elle l'était. C'était elle qui regardait toujours les couples avec une curiosité mêlée d'un peu d'envie. Elle, qui restait éveillée la nuit en se disant qu'elle n'aurait jamais davantage que ce que la vie lui offrait en ce moment et en priant pour s'en satisfaire et ne rien demander de plus.

Jamais elle ne se marierait, ni n'aurait d'autres enfants. Jamais elle ne serait aimée, de la façon dont un homme aimait une femme. Jamais non plus elle ne saurait ce que c'était que d'aimer un homme qui n'était pas son proche parent.

Parfois, elle se disait qu'elle aurait pu embellir un peu la fable en prétendant que son mari avait été tué. Elle avait ainsi imaginé au moins une centaine de morts possibles, pour lui. De cette manière, si elle était veuve, on aurait pu la courtiser. Mais de toute façon, nul ne semblait vouloir s'y risquer et puis elle avait peu d'occasions de rencontrer des hommes qui n'appartenaient pas à sa famille.

Ce qui l'empêchait surtout d'ajouter ce mensonge à l'autre, c'était la crainte de blesser John James. Il croyait qu'il avait bien un père, même s'il ne l'avait jamais vu. Lui annoncer sa mort lui briserait certainement le cœur.

La porte de la chambre d'enfant s'entrouvrit et Faye passa sa tête dans l'entrebâillement. Paul dormait déjà lorsque John James s'était mis au lit. Mariah savait que sa cousine venait seulement vérifier que tout allait bien. Faye lui fit d'ailleurs un petit signe de la main avant de refermer la porte.

De toute façon, il était trop tard pour tenter de modifier ou d'aménager le conte de ce mari parti en Alaska. Wes Burrows allait venir s'introduire dans leur vie. Et elle allait devoir l'annoncer à John James.

Mariah se releva doucement et alla ouvrir le premier tiroir de la commode où l'on rangeait les vêtements de l'enfant. Là, elle trouva une vieille boîte à cigares qui contenait un paquet d'enveloppes lié par une ficelle. Elle les tria et se retira silencieusement, refermant doucement la porte derrière elle. Sa chambre se trouvait de l'autre côté du couloir, en face de celle où dormait son fils et à côté de celle de son frère Arlen. C'était une pièce confortable, avec une haute cheminée, un fauteuil douillet, un vaste bureau et un grand lit de cuivre à deux places, le même dans lequel elle dormait quand elle était petite. Il y avait aussi une banquette capitonnée devant trois grandes fenêtres qui ouvraient sur le potager familial et, à l'arrière de celui-ci, sur les pentes des montagnes couvertes de forêts.

Mariah alluma une lampe à pétrole et s'installa à son bureau pour y examiner les lettres. Après avoir identifié les différences entre les deux styles d'écriture, celui d'Otto et celui de ce Wes Burrows, elle en fit deux piles différentes. Les lettres n'étaient pas toutes là, mais celles qu'elle avait sous les yeux étaient les plus récentes : la plus ancienne remontait à un an, seulement. Se concentrant sur celles qui étaient de la deuxième écriture, elle en ouvrit une au hasard et en commença la lecture.

« Cher John James,

» Dès qu'il fera moins froid et que les rivières seront libres de glace, quand les canoës et les navires à vapeur pourront de nouveau transporter du courrier, je t'enverrai le livre dont je t'ai parlé. Il contient beaucoup de gravures de machines à vapeur et je crois que tu prendras plaisir à les regarder. Pour l'instant, nous sommes au cœur de l'hiver et seules les lettres peuvent encore passer.

» Une de mes chiennes a eu une portée de chiots. Ce sont de petites boules de fourrure, qui poussent de drôles de jappements tout aigus et sont déjà curieux du monde qui les entoure. Celui qui a un rond noir autour de l'œil fera un bon chien de traîneau, il aime déjà jouer dans la neige. Je te joins un dessin que j'ai fait de lui. Je l'ai appelé Jack. »

Mariah déplia le deuxième feuillet et ne put s'empêcher de sourire en voyant le dessin à l'encre d'un chiot en train de jouer. Son regard descendit vers la signature. Au-dessus du paraphe, ces mots :

« Ton père qui t'aime. »

Depuis, le livre était bien arrivé. John James l'avait lu et relu, étudiant ces images avec tant d'intensité que, plus d'une fois, elle avait dû lui rappeler que les machines à vapeur n'étaient pas à son programme, à l'école.

La deuxième lettre parlait d'une tempête de neige et donnait des nouvelles des petits chiens. La suivante décrivait une pêche au saumon dans une rivière glacée et une rencontre avec des Indiens Crees qui troquaient des fourrures.

Quel enfant n'aurait pas été ravi de recevoir ces lettres qui parlaient d'aventure, d'excitantes courses de traîneaux et de ruée vers l'or ? Qui n'aurait pas aimé avoir dans sa vie quelqu'un qui pensait à vous, de si loin ? Qui ne se sentirait pas important quand quelqu'un qui vivait une existence aussi extraordinaire vous envoyait des lettres pareilles ? Fascinée malgré elle, Mariah était obligée de se l'avouer. Elle était toujours soupçonneuse quant aux réelles motivations de cet homme, mais elle ne pouvait nier son talent pour les descriptions, son sens du détail et la façon chaleureuse dont il s'adressait à son fils. Ce qui la troublait le plus, c'était que toutes ces lettres se terminaient par les mêmes mots : *Ton père qui t'aime.*

Elle avait pris la décision, après mûre réflexion, de dire à son grand-père qu'ils pouvaient remettre à John James la lettre qui lui annonçait l'arrivée de cet homme. Elle lui en expliquerait les termes, s'il le fallait. Peut-être après tout Burrows ne se montrerait-il pas et ces moments pénibles lui seraient-ils épargnés. John James en aurait le cœur brisé, mais elle était presque certaine qu'il s'en relèverait.

Elle devait convenir que cet homme avait l'air sincère, mais comment répondre à cette étrange démarche ? Et qu'avait donc réellement à gagner Wes Burrows, à laisser se perpétuer leur mensonge ?

Elle le saurait bien assez tôt. Plus tôt, sans doute, qu'elle l'aurait souhaité. Le voyage de Juneau au Colorado pouvait bien être long, il était encore beaucoup trop court à son goût.

3

Début juin 1882

Durant la semaine qui venait de s'écouler, John James avait été excité comme une puce. Il avait raconté à qui voulait l'entendre que son père rentrait à la maison. Chaque fois que Mariah entendait ces mots-là, c'était comme si une nouvelle couche d'acier venait caparaçonner son cœur.

— Mon père rentre à la maison, avait-il encore annoncé fièrement au postier de Ruby Creek derrière son guichet, tandis que sa mère feuilletait le catalogue *Montgomery Ward.*

— Regarde ces manteaux, mon chéri, il t'en faut un nouveau.

— Ton mari revient ?

Delia Renlow s'approcha d'elle.

— C'est la nouvelle la plus intéressante que j'ai entendue depuis longtemps…

La belle rousse aux formes voluptueuses était vêtue d'une robe à volants verte et d'un chemisier en dentelle. Elle jeta sur le pantalon et les bottes de travail de Mariah un regard acéré.

Celle-ci ne put s'empêcher de sourire. Elle était allée à l'école avec Delia, mais elles ne s'étaient jamais beaucoup aimées. En fait, Lucas Renlow, l'homme que Delia avait épousé, avait eu un temps un certain penchant pour Mariah.

— C'est exact, répondit-elle. M. Burrows sera là d'un jour à l'autre.

— Mais cela fait très longtemps qu'il est parti, n'est-ce pas ? Il va presque falloir que vous refassiez connaissance…

— Il écrivait souvent, répliqua Mariah, confuse et furieuse contre elle-même, de se sentir sur la défensive.

— Les lettres ne remplacent pas un partenaire de chair et de sang. Depuis combien de temps est-il parti ?

Elle regarda John James.

— Six ans ? Sept ans ? Je serais surprise que tu te souviennes vraiment de quoi il avait l'air.

— Bon, il faut que nous partions…, coupa Mariah en poussant John James vers la porte. Nous fêtons l'anniversaire de grand-père, ce soir.

— Tu lui feras mes amitiés…

La cloche de cuivre de l'entrée résonna, tandis que Mariah s'échappait en toute hâte. Le soleil de cette fin d'après-midi projetait les longues ombres des maisons dans la rue poussiéreuse, au-delà des trottoirs de bois. Au loin, le sifflet d'une locomotive retentit. C'était d'ordinaire un bruit auquel on ne prêtait guère attention. Mais depuis quelque temps, Mariah guettait l'appel strident des trains avec inquiétude. L'étranger viendrait-il par le chemin de fer ? A cheval ? En chariot ? Elle n'en avait pas la moindre idée. Elle avait étudié un planisphère, dans le livre de géographie de John James et supposé que ce Wes Burrows avait d'abord pris le bateau, le long de la côte Ouest du continent. Une fois arrivé à Seattle, par exemple, le chemin de fer serait le moyen de locomotion le plus rapide pour parvenir jusque dans le Colorado.

— Maman, tu n'as pas commandé mon manteau, s'étonna l'enfant.

— Nous avons tout le temps, bredouilla-t-elle avant de l'entraîner vers la calèche garée un peu plus loin.

Ce soir-là, les festivités commencèrent par un grand dîner, chaque membre de la famille arrivant les bras chargés de nourriture. Arlen et Wilhelm avaient installé un tonneau de bière sur un lourd tréteau de métal qui était dans la famille depuis plus de cent ans. Il trônait dans le grand salon, non loin du couloir qui menait dans la cuisine et à la salle à manger. Sous son robinet, on avait installé un baquet afin que pas une goutte du précieux liquide ne coule sur le plancher ciré. Quand ils passaient par là, les deux lévriers de Louis y trempaient volontiers leur museau. La grand-mère avait quitté ce bas monde depuis près de dix ans, à présent, et en tant que fille aînée, c'était la mère de Mariah qui présidait aux festivités. Sa quasi-cécité n'y faisait pas vraiment obstacle car cette fête de famille se déroulait suivant les mêmes règles depuis bien des années et chacun connaissait parfaitement son rôle. Néanmoins, Henrietta prenait le sien très au sérieux.

Son poste de commandement était un tabouret de bois, juste à l'entrée de la cuisine.

— Où est le *rotkohl* ? demandait-elle. Je ne l'ai pas encore vu arriver sur la table…

— Voilà…

Mariah utilisa un vieux sac de farine pour pouvoir saisir les anses de la marmite de chou rouge délicatement braisé.

Faye et elle échangèrent un regard amusé. Henrietta avait beau ne pas y voir, rien n'échappait à la vigilance de son odorat.

Ces derniers temps, Mariah n'avait guère eu d'appétit, mais ce soir, étrangement, elle se sentait affamée. Elle attendait avec impatience le signal du début du repas, donné par sa mère.

La famille se groupa dans la salle pour une fois étrangement silencieuse, comme si tous attendaient quelque chose.

— Longue vie aux Spangler ! cria Henrietta.

Un rugissement d'approbation lui répondit.

Les mères s'activaient d'abord à servir les enfants. Ceux-ci s'assirent à une table préparée pour eux dans la cuisine, tandis que les adultes, eux, étaient libres de remplir leur assiette et d'aller manger soit dans la salle à manger, soit dans la vaste pièce de réception.

Mariah installa John James entre Paul et le fils de Wilhelm, August, avant d'aller se chercher une assiette pour elle.

La file était déjà longue au buffet et elle dut attendre son tour, près de Wilhelm et de son épouse Mary-Violet.

— Cela lui fait quel âge, à grand-père ? demanda celle-ci.

Mariah et Wilhelm se regardèrent.

— Soixante-dix ans cette année, non ? répondit ce dernier.

Sa sœur acquiesça.

Mariah put enfin remplir son assiette et alla s'asseoir dans le salon. La pièce était pleine de la rumeur des conversations et des rires. L'un des chiens de grand-père jappait drôlement à ses pieds, ce qui amusait beaucoup les convives.

La cloche de la porte d'entrée se mit à sonner et Mariah remarqua vaguement que Marc se levait et se dirigeait vers le vestibule pour aller ouvrir.

Il réapparut un instant après sur le seuil du salon et un étranger l'accompagnait.

Les quelques bouchées que Mariah avait avalées se transformèrent en lourdes pierres dans son estomac. Elle resta interdite, la fourchette en l'air, à regarder le nouveau venu de tous ses yeux.

L'homme portait un veston de tweed bien coupé sur un gilet de flanelle rouge, une chemise à empiècement et un pantalon de laine noire. Il tenait à la main un chapeau à large bord dont Marc le débarrassa avant de l'introduire dans la pièce.

— La voici, monsieur Burrows, lui dit-il.

Mariah se figea instantanément, saisie de terreur. Elle avait dans les oreilles un son qui ressemblait au fracas d'un torrent sur les galets.

Il était arrivé.

Le visage de l'homme qui venait d'entrer était tanné

par le soleil, à l'exception de profondes pattes d'oie au coin de ses beaux yeux bruns, qui vous donnaient l'impression qu'il avait dû les cligner sous une vive lumière, sa vie durant. Ses épais cheveux châtains aux reflets roux avaient été soigneusement coupés et coiffés, mais une mèche rebelle rebiquait sur sa tempe. Il scrutait les visages de ceux qui l'entouraient avec une surprenante intensité.

Bien sûr, il ne pouvait la reconnaître. L'homme que tout le monde croyait être son mari n'avait jamais posé les yeux sur elle.

Mariah tendit vivement son assiette à Mary-Violet et se leva. Perpétuellement en tenue d'homme pour son travail, elle ne mettait une robe que pour se rendre à l'église et pour les occasions spéciales, comme ce soir. Porter une tenue féminine la faisait toujours se sentir nue et particulièrement vulnérable. Elle essuya ses mains moites sur le tissu de sa jupe.

Elle avait réussi à attirer son attention et il dirigea son regard sombre dans sa direction.

Mariah fit quelques pas, puis s'arrêta. Sous cette fichue robe et tous les jupons qui allaient avec, elle sentait ses genoux trembler.

Wes Burrows était plus grand que ses frères, plus élancé. Il avait un beau front, un nez et des lèvres bien dessinées. Mariah s'aperçut même qu'elle regardait fixement une toute petite cicatrice qu'il avait juste au-dessus d'elles.

Faisant encore quelques pas hésitants, elle remarqua sa mâchoire carrée, ses sourcils nets. Mais le fait que cet inconnu fût particulièrement joli garçon n'était pas de nature à affaiblir la résolution de la jeune femme. C'était probablement un vaurien et il ne tarderait pas à le montrer.

Il ne l'avait pas non plus quittée des yeux.

— Mariah…, dit-il doucement.

Elle voulut parler, mais aucun son ne sortit de sa bouche et cela valait mieux, car elle avait failli balbutier : « monsieur Burrows », devant toute sa famille !

Elle se corrigea mentalement et articula :

— Bonjour, Wes.

Louis se leva à son tour et s'avança vers eux, qui se tenaient gauchement l'un devant l'autre.

— Bienvenue au Colorado, Wes, dit-il en lui tendant sa main. Bienvenue chez vous. C'est un plaisir, que de faire enfin votre connaissance.

L'étranger se tourna vers le grand-père de Mariah et lui serra la main.

— Merci, monsieur.

Les deux chiens vinrent renifler les bas de son pantalon. Il leur présenta sa main à sentir et après une circonspecte évaluation, l'un d'eux la lui lécha et il lui caressa les oreilles. La famille salua le nouvel arrivant avec une curiosité un peu embarrassée.

Bien sûr, la nouvelle se répandit rapidement parmi tous les convives, jusqu'à la cuisine. Mariah sentit le moment où John James parut sur le seuil du grand salon, plutôt qu'elle ne le vit, car elle lui tournait le dos. Le silence était assourdissant. Il avait fallu que cet intrus choisisse ce soir-là et cet instant précis pour apparaître. C'était le moment de vérité. Aussi bien, leur mensonge allait voler en éclats devant tout le clan Spangler réuni. Le cœur de Mariah battait la chamade. Toutes ses angoisses accumulées se rappelaient à son bon souvenir. Elle aurait voulu pouvoir prendre son fils dans ses bras et s'enfuir avec lui loin, très loin, dans un endroit où ils seraient en sécurité et où personne, jamais, ne ferait du mal à l'enfant. Mais c'était impossible. Mariah était condamnée, impuissante, à assister au dénouement de la fable qu'elle avait initiée et à en supporter toutes les conséquences.

John James vint se placer à côté d'elle et mit sa petite main dans la sienne, entre les plis de la robe. Lui aussi avait peur, mais il essayait d'être brave et de ne pas le montrer.

Wes Burrows s'accroupit, de manière à se trouver à la hauteur du garçonnet. Son regard d'obsidienne, fixé sur l'enfant, troublait Mariah plus qu'elle n'aurait su le dire. Il y avait, dans ses yeux, comme un émerveillement et une reconnaissance. Quelque chose aussi comme… de l'amour.

— John James ? demanda-t-il doucement.

L'enfant acquiesça, regarda sa mère, puis l'inconnu.

— Est-ce que tu es mon papa ?

La tête de Mariah lui tournait. Elle aurait voulu pouvoir hurler qu'il n'en était rien. Mais c'était impossible, des dizaines d'yeux étaient fixés sur eux. Jamais de sa vie, elle avait failli. Elle n'allait certes pas commencer ce soir.

— Je suis Wes Burrows, j'ai toutes tes lettres,

toutes. Je les ai lus chacune au moins une centaine de fois…

— Une centaine ?

— Peut-être davantage.

Le visage de John James s'illumina.

— J'ai lu le livre que tu m'as envoyé. Maman m'a aidé pour les mots difficiles. Il y en a beaucoup…

L'homme la regarda alors avec un sourire, mais elle détourna vivement les yeux vers son fils. Elle ne recommença à l'examiner que lorsqu'il reprit sa conversation avec l'enfant.

Sa voix était chaude et profonde, avec un léger accent qu'elle n'identifiait pas mais qu'elle reconnaissait.

— Tu es plus grand que je le pensais, dit Wes.

— Toi aussi !

L'étranger sourit.

— Maman dit que je pousse comme une herbe.

Mariah évitait toujours systématiquement de croiser le regard de ce « mari » sorti de nulle part.

— Tu as voyagé sur l'océan ? demanda John James avec une curiosité fascinée.

— Oui. J'ai pris une cabine à bord du *White Star* et j'ai débarqué à Seattle.

— J'ai étudié l'océan dans mon livre de géographie, dit John James qui ouvrait de grands yeux émerveillés. Il y a des bateaux qui font naufrage…

— C'est vrai, cela arrive, malheureusement.

Le cœur de Mariah se serra. Elle ne savait pas que son fils s'était inquiété que l'homme qui allait venir le voir pût périr en mer. Mais ce n'était guère étonnant, à la réflexion. Apprenant que son père, qu'il n'avait jamais vu, était en route pour lui rendre visite, il avait dû envisager toutes les possibilités, même les plus sombres. Mariah songea amèrement que c'était elle qui était la cause de ce tourment. Mais elle n'avait guère pu l'éviter, comme ceux qui allaient peut-être suivre.

Rayonnant de joie et de fierté, l'enfant se tourna vers les autres membres de la famille, comme pour les prendre à témoin de sa chance.

Pour la première fois, Mariah remarqua que Wilhelm et Arlen, ainsi que ses deux frères aînés, Gerd et Dutch, se tenaient en un demi-cercle protecteur autour d'elle et de son petit garçon. Elle regarda leurs visages, l'un après l'autre. Ils étaient graves et attentifs. Par leur attitude muette, nul doute qu'ils faisaient comprendre à leur sœur bien-aimée qu'ils attendaient son verdict.

Délibérément, Mariah détendit ses épaules et ses traits. Elle rassembla tout son courage pour articuler, du ton le plus cordial qu'elle le put :

— Je suis heureuse de te revoir, Wes.

Immédiatement, l'intéressé se releva avec un sourire timide.

— Je te présente mes frères, enchaîna-t-elle en lui montrant d'un geste du bras. Gerd, Dutch, Arlen et Wilhelm.

D'un air grave, Wes serra la main de tous ces hommes blonds qui le jaugeaient visiblement au passage, tâchant de prendre toute sa mesure, comme il le faisait lui-même avec eux, du reste.

— J'ai un cadeau pour toi, dit-il en se tournant vers John James.

Les yeux de l'enfant brillèrent de plaisir de nouveau.

— Qu'est-ce que c'est ?

— Attends une seconde…

Wes retourna vers la porte et Mariah s'aperçut alors, pour la première fois, qu'il boitait légèrement, semblant s'appuyer plutôt sur une jambe que sur l'autre pour marcher. John James leva les yeux vers elle. Il avait remarqué, lui aussi, et tout le monde avec eux, probablement.

L'étranger revint au bout de quelques instants. Ce n'était plus à sa jambe que l'on faisait attention, mais à la petite boule de poils laineux, gris et blancs, qu'il portait dans le creux de son bras.

John James poussa un cri de pur ravissement et se précipita vers eux. Les deux lévriers de grand-père étaient au moins aussi intéressés que l'enfant et ils reniflaient l'air en remuant la queue.

— Tu m'as apporté un petit chien ? Oh, comment il s'appelle ? Il est venu sur le bateau avec toi ? Qu'est-ce qu'il mange ? enchaîna précipitamment l'enfant.

Wes s'agenouilla pour poser le chiot sur le parquet et Mariah remarqua que ce faisant, il avait eu une légère grimace, cette position devant lui être douloureuse.

— Comme c'est ton chien, c'est toi qui devras lui trouver un nom, répondit-il. Oui, il est venu avec moi et avec Youri sur le bateau. Ils m'ont tous les deux bien tenu compagnie. Ils mangent beaucoup de poisson et aussi des petits animaux.

— Ce n'est pas Jack, celui que tu m'as dessiné…

— Non, Jack est resté dans le Grand Nord, à tirer des traîneaux. Il n'aurait pas été heureux, ici.

Le chiot était déjà de bonne taille, avec d'étonnants yeux très bleus, une tête large, les oreilles triangulaires, un gros museau et une épaisse fourrure. On eût dit qu'il portait un masque blanc. Mariah n'avait jamais vu de produit de cette race-là, mais elle savait d'après les lettres que c'était un chien de traîneau.

— Qui est Youri ? demanda John James.

— C'est mon chien, répondit Wes. J'ai vendu les autres, mais je n'ai pas eu le cœur de me séparer de lui.

— Où est-il ?

— Là, dehors…

Les deux lévriers et le chiot se reniflaient mutuellement en remuant allègrement la queue.

Wes eut un petit sourire, très charmant, au coin des lèvres. Il prévint l'inquiétude de l'enfant.

— Il a l'habitude des autres chiens… Il est né parmi ceux d'un attelage.

John James voulut s'accroupir pour se saisir du chiot, mais celui-ci eut un mouvement de recul craintif.

— Il faut qu'il te sente, d'abord, lui expliqua Wes. Montre-lui le dos de ta main.

Le chiot respira les doigts de son petit maître, les lécha puis se dressa pour poser ses pattes avant sur la poitrine de l'enfant. Il y eut un murmure d'approbation attendrie parmi les convives et John James se tourna en riant pour éviter la petite langue râpeuse. Il était aux anges.

— Vous devez avoir faim, après ce long voyage, dit Henrietta qui les avait rejoints et se tenait maintenant à côté de sa fille.

Mariah lui prit le bras.

— Voici ma mère, dit-elle à Wes.

Et comme Friederick les rejoignait également :

— … Et mon père.

Mais Henrietta lâcha le bras de Mariah pour s'avancer vers Wes. Elle leva sa main pour la poser sur la poitrine de l'étranger, puis sur son épaule.

— Vous êtes grand et fort…, lui dit-elle.

Wes ne sut que répondre et garda le silence. Alors, Henrietta leva ses deux mains et les passa sur les cheveux de l'homme qui lui faisait face, dérangeant une autre mèche au passage, puis sur son front et son nez.

— On dirait qu'il est beau, n'est-ce pas, Mariah ? demanda-t-elle en terminant son examen.

La jeune femme sentit son cou et ses joues s'empourprer. Oui, Wes Burrows était un bien bel homme. Elle se serait bien coupé la langue plutôt que de l'avouer, mais il lui fallait bien répondre à sa mère presque aveugle.

— Oui, maman. Il est beau.

4

Les rires éclatèrent autour d'eux. Henrietta prit la main de Wes et la plaça au creux de son bras.

— Venez, prenez une assiette et allez donc vous servir. C'est l'anniversaire de mon père et nous le célébrons avec des plats traditionnels de chez nous. Est-ce que vous aimez les *schweinwurst* ?

— Je ne crois pas en avoir déjà mangé, madame, mais tout cela sent rudement bon.

Mariah resta seule, immobile, tandis que la conversation normale reprenait ses droits. Ses frères rejoignirent les autres et sa mère entraîna Wes vers le buffet.

Roth remplit une chope au tonneau et il la tendit à ce beau-frère qui lui tombait du ciel. Celui-ci l'accepta avec un signe de remerciement.

John James se remit à circuler du salon dans la cuisine, le chiot sur ses talons et le bourra de morceaux de saucisses sans que personne n'eût le cœur de lui en faire le reproche.

La jeune Annika, qui venait de se marier, prit la main de Mariah, sa sœur aînée, et la ramena au buffet, à son tour.

— Est-ce que ça n'est pas une journée extraordinaire ? lui demanda-t-elle, tout excitée.

Mariah acquiesça vaguement.

A présent, Wes était assis à la longue table et Henrietta pressait une autre de ses filles, Sylvie, de remplir de nouveau sa chope. On déposa une assiette pleine devant lui et il commença à y faire justice, tout en répondant aux questions qu'on lui posait.

Annika poussa Mariah à prendre la chaise vide en face de lui et elle s'y assit avec un peu d'hésitation.

— Où as-tu laissé ton assiette ? lui demanda Annika.

Elle n'arrivait pas à s'en souvenir, aussi Sylvie lui en rapporta une autre, ainsi qu'une chope de bière.

Du regard, Wes fit le tour de la table. Tous les Spangler, les enfants exceptés, semblaient boire de la bière pour accompagner leur repas, avec autant de facilité que si c'eût été de l'eau. Lui, il n'avait jamais vu en servir ailleurs que dans un saloon.

La nourriture était aussi un délice tout nouveau pour lui, avec des sauces riches et savoureusement épicées. C'était là une cuisine faite par des femmes qui connaissaient leur affaire et la prenaient au sérieux. D'ordinaire, ses meilleurs repas consistaient en du saumon ou un gibier grillé sur un feu de camp. Parfois, il pouvait passer un peu de temps dans une petite ville minière et consommer quelques légumes ou une tarte aux fruits de conserve. Les uns comme l'autre, d'ailleurs, vous coûtaient les yeux de la tête, en Alaska.

— Qu'est-ce que c'est ? demanda-t-il avec curiosité en montrant une spécialité particulièrement goûteuse, sur son assiette.

Mariah lui expliqua poliment qu'il s'agissait de quenelles de pommes de terre.

Elle jouait avec le contenu de la sienne, repoussant la nourriture du bout de sa fourchette. Wes sentait bien que sa présence la rendait mal à l'aise et il ne pouvait guère l'en blâmer. John James attendit qu'une chaise fût libre auprès de lui et y grimpa dès que ce fut fait.

— Tu en veux encore ? lui demanda sa mère.

Le petit garçon secoua la tête, sans cesser de regarder Wes. Ce regard fixé sur lui incitait le nouveau venu à se tenir droit sur sa chaise et à manger plus lentement. Il était évident que l'enfant était ravi d'avoir retrouvé un père. Wes en ressentait un peu de culpabilité, mais sa détermination le protégeait du doute. Il allait donner à John James ce père qui lui manquait tant. Il savait ce que c'était, lui, que de voir les autres enfants avec des parents et être privé de leur amour. Bien sûr, pour John James ce n'était pas tout à fait pareil. Lui, il avait sa mère, cette femme qui regardait Wes avec des flammes dans ses yeux, quand elle n'évitait pas tout simplement de croiser son regard.

Elle devait être folle de rage…

Il termina son assiette et fit passer toutes ces merveilles d'une bonne gorgée de bière. Elle était d'une incroyable finesse, avec juste ce qu'il fallait d'amertume et de parfum de malt. Jamais il n'en avait goûté de pareille.

— Je crois bien que c'est la meilleure bière que j'ai jamais bue, dit-il à Mariah.

Elle acquiesça de son air toujours méfiant et le regarda de son œil bleu, qui cette fois ne cillait pas.

— La brasserie Spangler produit l'une des meilleures *lager* du pays, dit-elle fièrement.

— Vous en buvez tous beaucoup, semble-t-il.

Il y eut un éclat encore plus dangereux dans les yeux de cette blonde splendide, quand il eut prononcé ces paroles. L'avait-il mise sur la défensive, sans le vouloir ?

— Les gens qui ne sont pas de notre culture peuvent le penser, mais nous voyons les choses différemment.

Sa magnifique chevelure d'or était nouée en chignon derrière sa nuque et sa peau paraissait aussi fine, aussi délicate que celle des jeunes Chinoises qui travaillaient à la blanchisserie, dans les camps de chercheurs d'or. Chaque fois qu'elle le regardait, ses joues rosissaient très légèrement.

Elle était en colère, visiblement prête à se battre et il ne pouvait guère l'en blâmer. Qu'il ait pu faire tout ce chemin sans qu'on ne lui ait rien demandé, dans la seule idée de devenir le vrai père de John James devait être à la fois bien irritant et bien difficile à croire. Lui-même avait parfois du mal à le comprendre, comme il l'avait écrit au grand-père de l'enfant. Mais une sorte d'obligation l'y avait poussé.

A présent qu'il avait vu la joie se peindre sur le

visage du petit garçon, il ne regrettait rien. Non, rien du tout.

— Je peux voir Youri ? demanda l'enfant.

— Bien sûr !

Il regarda fugitivement la mère de John James et ajouta :

— Si ta maman veut bien, nous irons le voir tout à l'heure.

— Combien de chiens de traîneaux avais-tu ?

— Huit… et des bons… plus les petits.

— Où dormaient-ils ?

— Sous les étoiles, avec moi. Le plus souvent, je montais ma tente et ils venaient tous se coucher en boule autour de moi. Comme cela, nous profitions mutuellement de notre chaleur.

— Tu dormais dans la neige ? Sans maison, sans rien ?

— Là-haut, il n'y a pas d'habitations hors des villes ou des campements miniers.

Deux autres enfants s'approchèrent pour l'écouter ; une petite fille et un garçonnet plus jeune que John James.

— Qu'est-ce que vous mangiez ?

— Ce sont mes cousins, Emma et Paul, expliqua l'enfant. Lui, c'est mon papa, il distribuait le courrier en Alaska !

L'évidente fierté, dans sa voix, réchauffait le cœur de Wes.

— Oui, qu'est-ce que tu mangeais ?

— Bonsoir, content de vous connaître, dit le nouveau venu aux enfants qui le regardaient avec de grands yeux. Eh bien, par exemple, je faisais un trou dans la glace et je pêchais un saumon pour le souper. Dans la journée, les chiens et moi mangions beaucoup de poissons et de viande séchée. A la belle saison, je pouvais chasser des lapins, par exemple, ou dénicher des œufs de canard.

— Tu n'avais pas peur des pumas et des coyotes ? demanda encore John James.

— Il n'y a pas de puma si haut dans le Nord, mais il faut se méfier des loups et surtout des ours.

— Tu as déjà tué un ours ? lui demanda Paul.

— Oui. Une fois j'avais un cerf dans ma ligne de mire et le temps d'armer mon levier de culasse, voilà que j'entends des branches craquer derrière moi et que mon cerf se sauve…

Il fit mine de faire rapidement volte-face, un fusil dans les mains.

— Je me tourne et je vois un grizzli au dos tout argenté foncer droit dans ma direction. Il avait l'air d'être bien deux fois plus haut que moi. Du moins, c'est ce que j'ai pensé quand il s'est dressé sur ses pattes arrière.

— Qu'as-tu fait alors ? demanda l'un des garçons.

Quelques autres enfants les avaient rejoints et, à présent, les adultes écoutaient, eux aussi. L'un des cousins de Mariah s'était arrêté alors qu'il se dirigeait vers la cuisine. D'autres suivaient ses explications avec autant d'attention que les petits.

— J'ai couru me mettre derrière un arbre, pour gagner un peu de temps, mais le grizzli m'a suivi et m'a balancé un coup de patte qui m'a raté de peu. Il n'est pas très facile de tirer d'aussi près, mais j'ai dû le faire.

— Et il est mort ? demanda John James.

— Non, il boitait, mais m'a chargé quand même, alors j'ai tiré de nouveau et là, je suppose que j'ai touché une artère parce qu'il y avait pas mal de sang sur le sol. Alors, il s'est enfui dans la pente et peut-être une vingtaine de mètres plus bas, il s'est couché contre un tronc d'arbre abattu et il est mort.

— Que faisaient vos chiens, pendant ce temps-là ? lui demanda Dutch, le frère aîné de Mariah, sa chope à la main.

— Ils étaient tapis dans un coin. C'est ce que je leur ai appris à faire, en cas de problème. Protéger vos chiens, ça peut vous sauver la vie, par là-haut.

— Et l'ours ? Tu en as fait quoi ? demanda John James.

— J'ai échangé sa peau contre du café et du lait.

— Tu la lui as retirée ? demanda Paul, bouche bée. Avec ton couteau ?

— Beuh…, fit la petite Emma en fronçant le nez. Grand-père en a une comme descente de lit, dans sa chambre. Moi ça me dégoûte.

— Dans le Nord, expliqua Wes, on en fait des couvertures ou des tapis et même des rideaux, pour se protéger du froid, derrière une porte. La graisse d'ours sert à plein de choses, elle aussi.

— Laissez donc M. Burrows un peu tranquille, maintenant, recommanda Henrietta, tout en faisant signe à sa nièce de lui retirer son assiette vide.

— Venez donc vous asseoir auprès du feu, Wesley, lui dit-elle aimablement. Hildy vous apportera le dessert.

— Oh, je crois que je vais passer cet épisode, ma'am… je suis tout près d'exploser.

— Tu disais qu'on allait voir l'autre chien, lui rappela John James.

Wes jeta un coup d'œil en direction de Mariah.

— Si ta maman le veut bien…

Elle acquiesça d'un simple signe de tête.

Henrietta mit quelques restes dans du papier journal et lui tendit le tout. Wes la remercia.

John James se tapota la cuisse pour inciter le chiot à le suivre et il se dirigea vers la porte.

Youri les accueillit en remuant la queue, mais il ne se jeta pas sur la nourriture et ne la renifla même pas avant que Wes lui en eût donné le signal d'un claquement de langue.

— Pourquoi tu fais ça ? lui demanda John James.

— Pour lui dire de s'approcher et de sentir. C'est important pour un chien de travail d'être bien obéissant, surtout s'il est aussi fort que l'est Youri.

John James était visiblement intimidé par la taille et la puissance de l'animal. Wes savait que de tels chiens n'étaient pas courants, ailleurs que dans le Grand Nord.

— Où est-ce qu'il va dormir ? demanda le petit garçon.

— Il a l'habitude de passer la nuit dehors par tous

les temps. Celle-ci est sans doute la plus douce qu'il ait jamais connue. Il va dormir là.

— Et le mien ?

— Lui aussi a l'habitude d'être dehors. Les chiens d'attelage dorment en général tous ensemble, les uns contre les autres, pour se tenir chaud. Ils aiment bien la compagnie…

Youri avait senti la nourriture et Wes déplia le papier journal sur le sol.

— Mais je dois avouer que, sur le bateau, il m'a bien souvent tenu compagnie dans ma couchette. Alors, comme c'est ton chien, à toi de voir où tu veux qu'il dorme.

— Je vais demander à maman si elle veut bien qu'il dorme avec moi. Les lévriers d'arrière-grand-papy couchent dans sa chambre, avec lui.

Wes sourit et acquiesça.

— Très bien.

John James regarda le harnais que portait Youri.

— Tu vas l'attacher ? demanda-t-il.

— Non, c'est plus sûr pour lui, s'il est en liberté.

— Il ne va pas se sauver ?

— Il va probablement faire un tour dans les bois tout autour, mais il reviendra.

Ils retournèrent vers la maison où Henrietta les accueillit en souriant, son regard mort perdu droit devant elle, comme font les non-voyants. Elle fit de la place à Wes dans le grand salon puis fit signe à Mariah de s'installer auprès de lui.

John James s'assit à leurs pieds sur le tapis avec le chiot, qui mordillait une balle en caoutchouc.

— Maman, est-ce que mon chien peut dormir avec moi ?

Mariah regarda la façon dont son fils caressait l'épaisse fourrure de l'animal.

— Nous allons faire un essai pour cette nuit, proposa-t-elle. Mais tu vas devoir apprendre à lui faire faire ses besoins le soir avant de te coucher et aussi le matin, au réveil. S'il ne fait pas de saletés dans ta chambre, alors tu pourras le garder avec toi.

— Je m'en occuperai, je te le promets, répondit-il avec sérieux avant de se tourner vers Wes avec un grand sourire.

— Parlez-nous un peu des femmes d'Alaska, lui demanda Henrietta. A quoi ressemblent-elles ?

— Eh bien, ma'am, il y a encore très peu de femmes blanches, là-haut. La plupart de celles que l'on rencontre sont des Indiennes de différentes tribus ; les Tlingit, les Haidas, les Tsimshians et près de la côte, les Esquimaux. Mais ils n'aiment pas qu'on les appelle comme ça, eux ils se donnent le nom d'Inuit.

La petite Emma avait rejoint le groupe d'enfants qui s'était instantanément reformé auprès de Wes.

— Comment ils sont habillés ? demanda-t-elle.

— Ils portent des manteaux en peau de phoque qu'ils appellent anoraks, des jambières de la fourrure du même animal et des bottes, généralement en peau de lapin.

— Ce doit être un pays fascinant, commenta Henrietta.

— C'est très beau, oui, grandiose. D'ailleurs, les gens riches commencent à le visiter. Ils ne s'aventurent pas encore beaucoup en dehors des villes, mais ce sont eux qui payent le plus cher pour la nourriture et pour se faire livrer le courrier.

A la dérobée, il regardait Mariah, calmement assise à côté de lui, ses mains soignées aux longs doigts fins posés sur ses genoux. Elle n'avait posé aucune question, ne semblait pas même s'intéresser à la conversation mais seulement à son fils et aux autres membres de la famille.

Faye apporta à Wes une tasse d'un odorant café bien noir. Il remercia et en but une gorgée. Il était fort et délicieux.

— Allez jouer, à présent, dit Henrietta aux enfants. Laissez-nous un peu d'air.

Obéissant, les petits s'éparpillèrent comme une volée de moineaux.

Wes détailla discrètement, mais avec curiosité, le visage de chacune des personnes présentes.

Les enfants jouaient par petits groupes et les adultes conversaient calmement entre eux.

Wes avait un peu de mal à imaginer que Mariah et John James pussent être apparentés à tous ceux qui se trouvaient dans cette pièce. Mariah avait deux sœurs et quatre frères, qu'il avait à présent tous rencontrés, ainsi qu'une armée de cousins, d'oncles, de tantes, de nièces et de neveux.

Lui n'avait aucune idée de ce que c'était que d'appartenir à une grande famille, de regarder le visage d'une mère, les mains d'un père et d'y reconnaître son héritage. Comment se sentait-on, dans l'existence, quand on savait que l'on pouvait jouir de l'amour et de la fraternité de personnes qui portaient le même nom que soi, avaient des traits en commun avec soi et une histoire partagée ?

Il jeta un rapide coup d'œil autour de lui pour vérifier qu'on ne l'écoutait pas, puis se pencha à l'oreille de Mariah pour lui murmurer :

— Vous travaillez à la brasserie, vous aussi ?

Surprise qu'il s'adresse à elle directement, elle acquiesça.

— Qu'y faites-vous ?

A son tour, elle vérifia que personne n'écoutait, avant de répondre, sur le même ton :

— Je supervise la production et je m'occupe aussi des événements promotionnels. Par exemple, nous préparons en ce moment la foire-exposition de Denver, qui va se tenir à partir du 17 juillet.

— J'en ai entendu parler et j'ai lu un article dans le *New York Times* à ce sujet. Il paraît qu'il y aura des compagnies minières et ferroviaires parmi les exposants et qu'on lancera une nouvelle locomotive Corliss de 250 chevaux-vapeur, le jour de l'inauguration. J'ai lu aussi que les hôtels de Denver étaient d'ores et déjà tous complets.

Il avait toujours lu avidement les journaux. D'abord ceux qu'il pouvait trouver quand il distribuait le courrier en Alaska, puis sur le bateau. Mariah parut surprise de la connaissance qu'il avait du sujet.

— Il y a un an de cela, déjà, j'ai fait réserver tout un étage dans un hôtel situé pas trop loin du parc d'exposition, expliqua-t-elle. Nous avons aussi fait construire un pavillon pour faire préparer et servir des spécialités allemandes, stocker la bière et présenter notre activité, ainsi que l'histoire de la brasserie. Il y aura même une terrasse extérieure où les gens pourront se faire servir.

— Je suis très impressionné. Cela doit demander beaucoup de travail.

— Oui, mais cela en vaut la peine. Nous comptons y vendre beaucoup de bière. Nous avons préparé une cuvée spéciale et fait dessiner des étiquettes tout exprès pour nos bouteilles. Cela a représenté une augmentation de production sur toute l'année. Certains d'entre nous seront sur le site de la foire tous les jours, à solliciter des contrats importants. C'est pour nous une opportunité d'augmenter nos ventes et de nous faire connaître à travers tout le pays.

C'était plus qu'elle ne lui avait dit depuis son arrivée et son enthousiasme était très évident.

— Ce n'est pas très courant, pour une femme, que de brasser de la bière..., avança-t-il avec précaution.

— Pas pour une Spangler. Ma mère et ma grand-mère travaillaient déjà à la brasserie. C'est une affaire familiale.

Il hocha la tête.

— Je vous admire, de perpétuer une telle tradition.

Elle leva vers lui ses yeux clairs et scruta son visage, comme pour vérifier qu'il était bien sincère. Elle était vraiment belle, mais on avait l'impression que ce regard bleu pouvait vous clouer sur place.

Sa méfiance et sa colère étaient bien compréhensibles. Après tout, il venait s'immiscer dans sa famille.

Et parce qu'elle avait un lourd secret qu'elle ne voulait pas révéler, elle lui en voulait parce que, en quelque sorte, il profitait de la situation. Mais Wes n'avait pas l'intention de la laisser demeurer dans de tels sentiments à son égard. Il était prêt à donner au fils de cette femme bien plus qu'elle ne l'imaginait.

John James riait en empêchant le chiot de mordiller ses bas de pantalon et toute l'attention de Mariah revint vers lui. Lorsqu'elle le regarda, son visage sembla soudain s'adoucir.

Louis parla à Wes de son vieux camarade Otto, que l'homme qui venait d'Alaska avait bien connu, au temps où tous deux prenaient en charge le courrier à la poste de Juneau. Depuis sa mort, ils avaient tous deux perdu un ami.

Peu après, les enfants, fatigués, commencèrent de monter se coucher et trois femmes vinrent se planter devant Wes et Mariah.

— Nous avons préparé votre chambre, dit celle qui s'appelait Annika, une blonde d'une nuance plus claire encore que celle de Mariah, au visage constellé de taches de rousseur. Voulez-vous que j'aille coucher John James ?

Mariah se leva prestement.

— Non, je vais le faire.

— Tu viendras me dire bonsoir ? demanda le petit garçon plein d'espoir.

Wes regarda la frimousse de l'enfant, puis le visage de Mariah, qui cachait mal sa réprobation. Très raide, elle lui en donna néanmoins l'autorisation d'un signe de tête.

— Je viendrai.

— Dans dix minutes, dit Mariah en prenant la main de John James. Annika, montre donc le chemin à Wes, s'il te plaît.

Sa sœur acquiesça en gloussant et se tourna vers le nouveau venu.

— Nous étions tous très curieux de voir le mari de Mariah, lui dit-elle. John James parle de votre arrivée depuis des jours.

Wes sourit poliment.

— Je suis enchanté de vous connaître, moi aussi, répondit-il.

— Avez-vous trouvé de l'or ?

— Un peu, par-ci par-là, mais j'ai fini par me trouver un boulot qui rapportait presque autant et de façon beaucoup plus sûre.

— A condition de survivre aux grizzlis ! lui lança Dutch de l'autre côté de la pièce.

— Bah, ils ne sont réveillés qu'une partie de l'année, répondit Wes, ce qui déclencha quelques éclats de rire.

— Allons, dit Louis avec bonne humeur, laissez un peu souffler notre ami, il aura tout le temps de nous raconter des histoires.

Un peu plus tard, Annika emmena Wes au premier étage et ils débouchèrent, en haut de l'escalier, dans un espace confortable meublé de fauteuils, de pupitres et d'étagères bourrées de livres et de jeux.

— C'est ici que les enfants jouent et font leurs devoirs, lui expliqua-t-elle. La chambre de John James est la première à gauche, dans ce couloir.

Wes la remercia et frappa à la porte qu'elle lui avait indiquée.

John James était couché dans un petit lit, sous un gros édredon de plume. A côté de lui, dans le sien, le petit Paul les regardait, les yeux déjà lourds de sommeil.

Mariah, qui était assise au bord du lit de son fils, se releva et s'écarta pour que Wes pût s'approcher.

— Salut, grand, dit-il au jeune garçon.

— Pourquoi tu marches comme ça ? lui demanda-t-il.

— Je me suis pris la cheville dans un piège à ours, l'hiver dernier. Mais c'est presque guéri, maintenant.

— Je suis content que tu sois là, dit John James d'une voix grave.

Le cœur de Wes se mit à gonfler, d'une façon qu'il ne connaissait pas.

— Moi aussi.

— J'ai rêvé de toi des dizaines de fois.

— C'est vrai ?

— C'est vrai. Et tu es tout pareil à mes rêves.

— Tu me voyais boiter, dans tes rêves ?

— C'est pas grave, ça.

Une vague de doute, d'incertitude, envahit Wes. C'était pour cela qu'il était venu ici. Ce garçon avait besoin d'un père. Mais comment s'y prendre ? Allait-il réussir à donner de l'amour à John James et à lui apprendre tout ce dont il avait besoin pour devenir un homme ? Il n'était pas bien sûr de savoir seulement lui dire bonsoir convenablement.

— Dors bien, murmura-t-il.

Il y eut un moment de silence.

— Papa ?

C'était lui que l'enfant appelait ainsi. Il fallait lui répondre.

— Oui ?

— Maman dit que je ne suis pas trop grand pour les bisous.

Wes sentit sa gorge se serrer. Ce petit être fragile croyait qu'il était le père qu'il avait tant attendu. Il sentit tout à coup peser sur lui une énorme responsabilité. Peu importait qu'il n'ait jamais dit bonsoir à un petit garçon, auparavant. Peu importait qu'il ne pût trouver ses mots, qu'il ne pût s'appuyer sur aucun exemple connu de lui, pour apprendre à devenir un père. La seule chose qui comptait, c'était la confiance que cet enfant avait en lui.

Il s'assit sur le bord du matelas. Au moment où il se pencha, les petits bras de John James se refermèrent autour de son cou. Il sentait les draps frais et le savon, ses cheveux étaient doux contre la joue de Wes.

Rien, non, rien de ce qu'il avait vu de plus beau dans sa vie ne pouvait se comparer à cela. Pas même une centaine d'aurores boréales.

Il était rentré chez lui.

Mariah s'aperçut que, derrière elle, ses sœurs et sa cousine pleuraient. Elle aussi avait les larmes aux yeux, mais c'était à force de se mordre la langue pour ne pas hurler à cet étranger de sortir de la chambre de son fils et de quitter cette maison.

— Dors maintenant, dit-elle à John James.

— Papa, tu m'emmèneras à l'école, demain ?

Wes remonta l'édredon sous le menton de l'enfant.

— Bien sûr, si tu veux…

Mariah tourna les talons et quitta la chambre. Border son fils, l'accompagner à l'école et le laisser l'appeler papa… Et puis quoi encore ?

Ses sœurs et sa cousine la suivirent dans le couloir. Mariah rageait à la vue de leurs sourires extasiés. Elles semblaient se réjouir pour elle de quelque chose et cela ne lui disait rien qui vaille.

— Votre chambre est prête, dit Faye à Wes en lui montrant la porte en face.

Mariah se sentit tout à coup envahie d'une sourde panique.

« Ma chambre ! Elles veulent faire dormir cet homme dans ma chambre ! »

Sylvie prit la main de sa sœur et sourit à son tour à Wes.

— Nous vous empruntons Mariah quelques minutes, lui dit-elle.

La benjamine des sœurs Spangler avait sa chambre tout au bout du couloir, à côté de celle de ses parents. Annika et elle y entraînèrent Mariah, derrière un paravent où attendaient un broc d'eau chaude, des serviettes et un savon parfumé.

— Qu'est-ce que vous fabriquez ? leur demanda leur sœur.

— Dépêche-toi, lui répondit Annika. Ne le fais pas attendre.

Elle n'attendit pas, elle, pour déboutonner la robe de Mariah.

— Nous n'avons pas fait cela pour toi lorsque tu t'es mariée, parce que tu étais à Chicago, lui expliqua-t-elle. Alors nous le faisons maintenant.

— Nous avons bien vu que cela n'est pas simple, entre vous, surenchérit Faye derrière le paravent, alors nous vous donnons une petite poussée dans la bonne direction.

— C'est bien naturel, que tu sois nerveuse, reprit Annika. Ton mari est resté absent pendant si longtemps… Mais c'est un moment excitant, non ? Alors détend-toi un peu et tâche d'être heureuse de son retour.

Annika mouilla un linge de toilette et le savonna. Mais Mariah le lui prit des mains et tenta de repousser ses deux sœurs de l'autre côté du paravent.

— Rien de tout cela n'était nécessaire, leur dit-elle.

Elles ne l'écoutèrent pas et restèrent là à glousser, vite rejointes par leur cousine. Prise au piège, bien malgré elle, Mariah se lava, se sécha et laissa Sylvie l'asperger de son eau de Cologne. Puis ses sœurs lui passèrent une chemise de nuit de soie par-dessus la tête et en nouèrent les rubans.

Mariah se regarda, consternée.

— Mais on voit à travers ! s'exclama-t-elle.

Faye se mit à rire.

— Oui, c'est l'idée ! lui répliqua-t-elle.

— D'où est-ce que cela vient ? Ce n'est pas à moi…

— C'est un cadeau que nous te faisons.

Annika la poussa hors du paravent et la força à s'asseoir devant la coiffeuse de Sylvie. Embarrassé, Mariah croisa ses bras sur sa poitrine.

— J'ai besoin de mon peignoir, protesta-t-elle.

— Tu ne vas pas porter ce vieux machin, un soir comme celui-ci !

En quelques instants, ses cheveux furent brossés, ses joues poudrées et Annika lui mit un peu de glycérine sur les lèvres. Faye lui passa un peignoir de satin qu'elle referma autour d'elle avec reconnaissance. Puis elles l'entraînèrent toutes dans le couloir en gloussant de plus belle, pour s'arrêter finalement devant sa porte close.

— Nous sommes toutes tellement heureuses pour toi, Mariah, lui murmura Annika. Et maintenant, il est temps de refaire connaissance avec ton mari.

L'une d'elles frappa à la porte et ouvrit. Plusieurs mains poussèrent Mariah à l'intérieur. Au tout dernier moment, son peignoir lui fut retiré et la porte se referma sur elle.

Horrifiée, Mariah se retrouva dans sa chambre, nue sous une chemise de nuit transparente.

5

Il y avait une lampe à pétrole allumée au-dessus de la commode et un bon feu brûlait dans la cheminée de briques. On avait ouvert le lit sur les draps blancs et il paraissait bien accueillant, avec ses gros oreillers et son édredon de plume. Wes regardait la chambre, autour de lui, en se demandant quelle conduite adopter. Pour les femmes de la famille Spangler, il était le mari de Mariah. Il était donc naturel qu'il dorme dans sa chambre avec elle.

Son regard revint vers le lit. Qu'il dorme avec elle…

Demander une autre chambre ou aller s'installer dans l'écurie amènerait de bien gênantes questions.

Il entendit la porte s'ouvrir derrière lui, se tourna et quelqu'un entra. Il eut le temps de voir un éclair de tissu disparaître et la porte se refermer.

La bière qu'il avait bue devait lui monter à la tête, car il aurait juré avoir vu une femme nue le rejoindre dans cette chambre. La bouche soudain très sèche, il se dit qu'il aurait volontiers pris un autre verre.

Il aurait dû détourner les yeux immédiatement, mais il était impossible de ne pas regarder. Cette femme qu'il croyait avoir vue en rêve était bien réelle. Wes reçut le choc de chaque courbe voluptueuse, de tous les fascinants coins d'ombre que l'on pouvait deviner à travers le léger vêtcment. Il était un homme de chair et de sang, après tout, et Mariah était incroyablement belle.

Elle était restée figée un instant mais se reprit bien vite, se rua vers le lit et arracha une couverture dans laquelle elle se drapa immédiatement. Mais c'était trop tard ; la vision de sa peau crémeuse et de ses seins lourds aux pointes roses s'était imprimée dans le cerveau de Wes, pour l'éternité. Par quelle étrange soudaine générosité du destin il avait eu le privilège de rencontrer son fils et d'avoir vue nue cette merveille au cours de la même journée ?

— Je ne vous le pardonnerai jamais, lui lança-t-elle, jamais !

En serrant la couverture contre elle, elle se réfugia derrière un paravent de bambou.

— Vous auriez tout de même pu regarder ailleurs !

— J'aurais pu…, répliqua-t-il doucement.

Il pouvait encore entendre les rires féminins dans le couloir.

— Un gentleman aurait détourné les yeux !

— C'est bien possible.

On entendait derrière le paravent comme des frottements de tissus. Elle devait probablement passer une autre chemise de nuit, beaucoup plus pudique.

— Oubliez ce qui s'est passé, lui dit-elle soudain.

Non, ça c'est impossible. Dussé-je vivre cent ans...

Il ne dit rien. Sa seule présence en ce lieu était déjà un mensonge.

Elle ressortit, vêtue d'un peignoir à fleurs qui la couvrait des chevilles jusqu'au cou. Elle remit la couverture sur le lit et se dirigea vers une coiffeuse surmontée d'un miroir à trois faces. Là, elle se saisit d'une brosse dont elle donna quelques vigoureux coups sur sa somptueuse chevelure, avant de tresser nerveusement celle-ci. Ses joues étaient encore rouges de honte... ou de colère. Et plus vraisemblablement, des deux à la fois.

Puis, elle se campa devant lui en restant toutefois à une distance respectueuse. Sa lourde tresse reposait joliment sur ses seins.

— Tout d'abord, lui dit-elle, je veux savoir ce que vous faites ici.

— Votre grand-père ne vous a pas lu ma lettre ?

— Vous voulez que mon fils ait un père, c'est bien ça ?

— C'est un peu plus compliqué, mais je ne suis pas même sûr de pouvoir vous l'expliquer.

— Eh bien, vous allez essayer...

Elle le toisait, les mains sur les hanches, les lèvres serrées. Tout en elle, dans la posture de son corps, disait la méfiance et le rejet. Mais il savait maintenant quelles merveilles se cachaient sous ce peignoir.

Wes prit une profonde inspiration. Bien sûr, il méritait ces soupçons. Elle ne le connaissait pas.

— Puis-je m'asseoir ? lui demanda-t-il. J'ai fait

pas mal de route aujourd'hui, la plus grande partie à pied.

Le regard de Mariah s'adoucit un peu et elle parut regretter de constater qu'il n'était en effet pas tout à fait un ogre mais, simplement, un être humain.

— Bien sûr, vous pouvez prendre le fauteuil près du feu.

Traînant sa cheville douloureuse, il alla s'asseoir et retira péniblement ses bottes.

Mariah parut hésiter un instant, puis elle s'approcha de lui.

— C'est mieux si vous le surélevez ? demanda-t-elle.

Elle traîna jusqu'à lui un petit coffre sur lequel elle plaça un coussin.

— Merci beaucoup, ma'am, lui dit-il.

Il ne tenait pas trop à montrer sa faiblesse mais il lui fallut quand même l'aide de ses deux mains pour hisser sa jambe blessée sur le coussin.

Elle se pencha un instant sur la cheville de Wes, que le bout d'une de ses tresses vint involontairement caresser. Elle se recula alors un peu, très raide et le regarda.

— Un piège à ours, disiez-vous ?

— Oui, je ne l'ai pas vu dans la neige. On n'est pas censé les placer sur les sentiers où passent des hommes et des chiens, mais là malheureusement, ce n'était pas le cas. J'ai mis un bon moment à me débarrasser de ses mâchoires rouillées. Ensuite, je me suis servi de ma trousse de secours pour étancher le sang et faire un pansement. Mais j'en avais perdu beaucoup. Je serais mort, certainement, si une bande d'Haïdas ne m'avait pas trouvé. Ils ont soigné ma jambe et m'ont ramené à Juneau, car ils avaient vu que les sacs postaux en provenaient.

— Qui sont ces Haïdas ?

— Une tribu indienne de la côte. Ils sont pêcheurs et chasseurs de baleines. Mais parfois, heureusement pour moi, ils voyagent assez loin dans l'intérieur des terres. Ils m'ont sauvé, mais l'infection avait fait son œuvre et j'ai été très mal fichu pendant des mois.

Mariah s'était rassise sur le lit pour l'écouter, une jambe étendue sur les couvertures.

— Lorsque je suis arrivé, le nouveau postier m'a dit que ma boîte personnelle était pleine. Des lettres de votre fils, toutes adressées à moi. J'occupais une chambre au-dessus de la poste, lorsque je venais en ville. C'est là que j'ai passé les mois suivants, alité, à lire ces lettres. Je me demandais pourquoi ce petit gars m'écrivait comme s'il me connaissait et comme si je comptais beaucoup pour lui.

Mariah ne répondit rien. Les yeux baissés, elle se contentait de lisser l'édredon sous ses doigts.

— Je présume que ni vous ni la plupart des gens ne pouvez comprendre ce que je ressentais. Moi-même, je ne suis pas bien sûr d'y voir très clair. Mais ces lettres me parlaient d'une façon extraordinaire. J'avais l'impression qu'elles m'appelaient et puis, elles me reliaient à la vie. Elles me donnaient quelque chose à espérer, quelque chose que je pouvais attendre, le lendemain et le jour d'après. Alors, je suis allé fouiller dans la chambre qu'avait occupée le vieil Otto et j'ai trouvé les autres, ainsi que plusieurs signées du nom de Louis Spangler. C'est alors que j'ai écrit à votre grand-père.

Mariah leva les yeux vers lui, cette fois, et soupira :

— Et il vous a dit qu'après tout, ce ne serait pas mal si vous repreniez le rôle qu'Otto avait joué ?

— Oui, c'est à peu près ça.

Mariah secoua la tête.

— Je l'ai laissé faire à son idée, comme toujours. J'ai accepté qu'il fabrique toute cette histoire, sans penser aux conséquences, parce que cela m'arrangeait…

Wes percevait de l'inquiétude dans sa voix et il était évident qu'elle se sentait coupable de ce qui était arrivé. Ses derniers mots le prouvaient.

— Qu'allez-vous faire, à présent ? demanda-t-elle.

Wes la regarda un instant sans comprendre. Il admirait l'ovale de son visage, ses cheveux magnifiques, ses lèvres roses. Elle était la plus jolie femme qu'il eût jamais vue.

— Comment cela, madame ?

— Eh bien, nous vous avons volé votre nom et votre adresse postale. C'était très mal. En avez-vous parlé à quelqu'un ?

— Non, bien sûr que non… Et ça m'est égal que vous ayez utilisé ma boîte aux lettres et même mon nom. Oui, les lettres de John James m'ont sauvé la vie. Cela peut sembler très mélodramatique, mais c'est la vérité.

— Que voulez-vous de lui ? Et de moi ?

— Moi, je ne veux rien, Mariah. Je veux lui donner quelque chose, c'est très différent.

Elle posa ses pieds sur le sol, pour se relever. Il eut le temps de voir qu'ils étaient nus et délicats.

— Tout cela est très joli, lui dit-elle, excédée, mais ne voyez-vous pas que continuer à perpétuer ce mensonge ne peut lui apporter que du mal ?

— Comment cela, du mal ?

— Mais oui, vous voulez continuer à le tromper !

— C'est jusqu'à présent qu'on lui mentait et qu'on me trompait. Moi, je rends les choses réelles. Je lui apporte ce père dont il a tant besoin.

Mariah pressa sa main sur son front un instant avant de le regarder de nouveau, furieuse et éberluée.

— Mais comment pouvez-vous croire une chose pareille ! Vous êtes un étranger et vous n'êtes pas le père qu'il cherche. Je ne vous connais même pas !

Comme elle avait par trop élevé la voix, elle la baissa immédiatement pour ajouter :

— Il ne vous connaît pas.

— Je suis ici pour remédier à cela.

Elle s'approcha de lui.

— A quelles fins, monsieur Burrows ? Comment croyez-vous pouvoir faire pour vous glisser dans le rôle d'un père imaginaire et ne pas le décevoir ? Tôt ou tard, il apprendra la vérité.

— Comment l'apprendrait-il ?

Elle cligna des yeux un instant, sans répondre.

— Oui, répéta Wes, comment l'apprendrait-il ?

D'après vous, nous sommes les trois seuls, dans le monde entier, à la connaître. C'est bien cela ?

— En effet.

— Il n'y a personne d'autre ?

— Personne.

— Croyez-vous que votre grand-père lui dira ?

— Bien sûr que non !

— Je ne voudrais pas m'immiscer davantage dans vos affaires, ma'am, mais il faut bien que je vous le demande : quelle est donc cette vérité ? Son vrai père risque-t-il de réapparaître ?

Elle se détourna.

— Non.

— Comment la découvrira-t-il, alors ? Avez-vous l'intention de la lui apprendre lorsqu'il sera plus grand ?

Dans le halo de la lampe à pétrole, il pouvait voir les yeux de Mariah se remplir soudain de larmes.

— Pourquoi êtes-vous venu ici ? demanda-t-elle encore. Que voulez-vous réellement de nous ?

En étouffant un sanglot, elle se détourna de lui. Elle étreignait si fort la barre de cuivre de la tête de lit que les jointures de ses doigts étaient livides.

Wes ne pensait plus à sa jambe douloureuse. Il devait se lever pour la rejoindre. Il comprenait ses sentiments. Ils étaient justifiés et ses craintes étaient bien réelles. Il s'approcha et avança la main pour la rassurer.

A l'instant où il toucha son épaule, à travers le peignoir, elle tressaillit et lui fit face, le regard glacial et plein de méfiance.

— Je ne voulais pas vous faire peur, lui dit-il.

— Je n'ai pas peur de vous, lui répliqua-t-elle, le menton levé.

Elle était vraiment délicieuse avec son teint pâle et sa peau qu'on aurait dite satinée, crémeuse. Ses yeux bleus magnifiques le transperçaient, au point qu'il en était mal à l'aise. Il ne lui voulait pourtant aucun mal, non plus qu'au garçon. Comment le lui faire comprendre ?

Il recula de quelques pas, attentif à garder ses distances.

— Il y a une chose à laquelle vous n'avez pas pensé, reprit Mariah. Vous voulez entrer dans la vie de mon fils, mais que faites-vous de la mienne ? Et si je ne veux pas de vous, moi, dans ma vie ?

— Ecoutez, je sais qu'il y a beaucoup à dire, beaucoup à réfléchir, mais soyons honnêtes. Ne pensez-vous pas qu'il est bon qu'il ait enfin un père ?

Mariah, visiblement exaspérée, ouvrit la bouche comme si elle allait parler, mais ne répliqua rien, comme si elle ne trouvait rien à lui répondre.

— Vous partirez, dit-elle enfin, et Wes se dit que ces mots-là devaient la blesser, à la façon dont elle avait hésité à les lui dire. Un jour, vous en aurez assez de tous ces mensonges et vous vous en irez. Qu'adviendra-t-il de John James, alors ?

— Je n'ai pas l'intention de partir, répondit-il d'une voix douce, mais empreinte d'une extraordinaire détermination. Ni maintenant, ni plus tard. Je suis ici pour rester. Pour de bon.

*
* *

Mariah aurait voulu lui lancer quelque chose au visage. Il était entêté, présomptueux et…

Mais alors, pourquoi avait-il cet étrange effet sur elle ? D'abord, il y avait son odeur, fraîche comme la brise sur les montagnes. Et puis, lorsqu'il baissait la voix, qu'il parlait avec tant de feu, d'intensité, elle en avait la chair de poule. Il n'avait pas même besoin de la toucher pour qu'elle se sente profondément troublée de sa proximité. Depuis qu'elle l'avait vu entrer dans le salon, elle savait quand il la regardait, sentait quand il s'approchait. Que voulait dire tout cela ?

— Qu'allez-vous nous faire ? demanda-t-elle en se haïssant, parce qu'elle sentait une larme d'inquiétude couler le long de sa joue.

— Je comprends que vous n'ayez pas confiance en moi.

Il parlait si calmement que cela la rendait encore plus furieuse. Il paraissait posé, rationnel… A condition de ne pas écouter les élucubrations qu'il proférait.

— Bien sûr, comment pourriez-vous savoir que l'on peut se fier à moi ?

— Vous êtes un fou !

Elle bondit de l'autre côté du lit, aussi loin de lui que possible et ouvrit les couvertures.

— Vous… Voulez-vous que j'aille ailleurs ?

Elle le fusilla du regard.

— Et où donc ? Croyez-vous que ma famille trouvera normal que j'aie mis à la porte de ma chambre mon mari enfin de retour ?

— Je ne sais pas… Je pourrais…

— Non, vous avez très bien joué ; tout le monde vous apprécie déjà. Et surtout, ils pensent tous que vous êtes… qui vous prétendez.

— Je le suis. Je suis Wes Burrows.

— Mais vous n'êtes pas mon mari !

— Je n'ai jamais prétendu l'être, ma'am. C'est vous qui l'avez dit.

— Oh ! Vous…

Elle saisit un oreiller et le lui lança à la volée. Il l'évita sans peine et le ramassa. Puis elle lui balança de la même manière la couverture qui l'avait enveloppée.

— Dormez sur la banquette près de la fenêtre ou par terre, où vous voudrez ! Je dois me lever tôt demain matin.

— Ne pensez-vous pas que nous devrions nous concerter sur ce que nous allons dire ? Pour que je ne commette pas d'impair ?

Elle étendit son bras vers sa lampe de chevet.

— Soyez parti de cette chambre lorsque je me lèverai, ordonna-t-elle d'un ton sec en tournant la molette, plongeant la chambre dans l'obscurité. Et chaque fois que nous serons seuls, tenez-vous aussi éloigné de moi que possible.

Un choc sourd, suivi d'une exclamation de douleur étouffée, apporta à la jeune femme un peu de satisfaction momentanée. Il avait dû se cogner contre un meuble. Bien fait pour lui !

Mariah se recroquevilla sous l'édredon, le drap au-dessus de sa tête.

Cela allait certainement être la pire nuit de toute sa vie.

Cette idée ramena à sa mémoire des souvenirs jamais oubliés, et glaçants. Ceux de la nuit qui avait précédé le mariage d'Hildy. De ceux dont on préfère ne pas se souvenir. Non, c'était vrai, la nuit qui commençait n'avait rien de comparable à celle-là sur l'échelle de l'horreur. Mais elle arrivait juste derrière.

Mariah agrippa son traversin et le serra convulsivement contre elle, en luttant pour ne pas fondre en larmes. Elle devait sauver la face et garder son sang-froid. Le combat ne faisait que commencer.

Wes avait dormi dans des endroits bien pires que celui-ci. Une épaisse couverture et un plancher de bois, près d'un bon feu, valent mieux que l'entrepont puant d'un navire baleinier ou une tente dans la neige par 30 °C en dessous de zéro. Aux premières lueurs de l'aube, il se leva et se glissa hors de la maison.

Youri le rejoignit en frétillant dès qu'il fut dehors. L'épaisse fourrure de l'animal gardait dans ses poils de petits déchets végétaux. Il avait dû aller chasser une bonne partie de la nuit. Wes s'assit sur le seuil de la demeure pour caresser le chien et lui en retirer quelques-uns. Youri lui lécha le menton en grognant de joie.

Wes songea qu'il n'avait pas fait tout ce chemin pour rien, mais il était vrai que lorsqu'il réfléchissait à l'accueil que pourrait lui faire son fils, il n'avait pas pensé que la mère de celui-ci ne voudrait pas entendre parler de lui.

Au bout de quelques minutes, il trouva une pompe manuelle et un abreuvoir derrière une grange, fit sa toilette et se rasa. Il retournait vers la maison quand il rencontra l'un des cousins de Mariah, Marc.

— Vous auriez pu aller vous faire chauffer de l'eau dans la cuisine, lui dit celui-ci d'un ton aimable. En général, le premier levé allume le poêle.

— J'étais tellement surpris de ne pas trouver de glace dans l'abreuvoir que je n'ai pas pensé à l'eau chaude. Je le ferai demain.

Youri le suivit un moment mais, en chien bien éduqué, il s'arrêta lorsque son maître rentra dans la maison. Wes se rendit dans la cuisine et y trouva Henrietta occupée à confectionner une montagne de sandwichs.

— Le petit déjeuner n'est pas bien formel, ici, lui dit-elle. Tout est prêt sur la desserte de la salle à manger. Rapportez votre assiette sale ici, lorsque vous aurez terminé.

— Merci, ma'am.

Il se joignit aux Spangler, qui se pressaient autour de la desserte. Trouver ainsi des plats chauds et délicieux pour lesquels on ne s'était donné la peine ni de cuisiner ni d'aller chercher du bois était un véritable plaisir.

John James tira une chaise pour s'asseoir auprès de lui à table.

— Que vas-tu faire, lorsque tu m'auras amené à l'école ? lui demanda-t-il.

Wes avait pensé se trouver un travail en ville, mais puisqu'il allait vivre ici, sans doute fallait-il qu'il se fasse employer là où les autres membres de la famille travaillaient.

John James sourit.

— Tu n'auras pas à chercher beaucoup. On a toujours besoin de monde à la brasserie. N'est-ce pas, maman ?

Wes leva les yeux pour trouver Mariah, une assiette et un bol de café à la main, attendant que l'un des enfants ait fini de manger. Sa mise attira son attention. Elle portait des pantalons d'homme, qui soulignaient la rondeur de ses hanches et le galbe de ses cuisses, ainsi que la finesse de sa taille. Immédiatement, il pensa à la vision enchanteresse dont il avait profité la veille, quand elle était apparue dans sa chemise de nuit transparente. Jamais ce souvenir ne cesserait de le hanter.

— Je ne m'occupe pas du recrutement, dit-elle avec un soulagement perceptible.

La place se libéra et elle put s'asseoir en face de son fils.

Elle était aussi fraîche et aussi jolie que jamais, avec son teint resplendissant et ses cheveux superbes, noués en chignon. Il ne pouvait s'empêcher de penser aux lourdes tresses retombant sur ses épaules et à ses seins pointant sous le tissu arachnéen de la chemise de nuit.

L'ivoire des joues de Mariah vira au rose, comme si elle soupçonnait dans quelle direction les pensées de l'étranger avaient pu dériver.

— Et qui s'occupe du recrutement ? demanda-t-il.

— Mon père, répliqua-t-elle.

Avait-il rêvé ou y avait-il un soupçon de satisfaction dans sa voix ?

Elle avait à peine fini ses œufs et ses toasts que l'on entendit sonner une cloche, à l'extérieur.

— C'est la voiture de la brasserie, annonça-t-elle en prenant dans sa poche une casquette d'homme qu'elle enfonça avec autorité sur ses cheveux blonds. Tes affaires de classe sont à côté de la porte, John James.

— Au revoir, maman.

Le petit garçon embrassa Mariah, puis se tourna vers Wes.

— Nous, on va dans l'autre chariot, lui expliqua-t-il.

Wes se joignit donc aux enfants partant à l'école. C'était Sylvie qui les y conduisait.

Une fois arrivé, John James le présenta à tous ceux qu'ils croisèrent, dans l'allée qui menait à la petite école aux murs blancs.

— C'est Wes Burrows, mon papa, leur disait-il fièrement. Mademoiselle Saxton, voici mon papa, annonça-t-il à la jeune femme qui les accueillit sur le seuil.

— Ravie de faire votre connaissance, monsieur Burrows. Je suis Margareth Saxton.

— Wes Burrows, mademoiselle. Très honoré.

— Nous avons tous beaucoup entendu parler de vous, monsieur Burrows, lui répondit la jeune institutrice. John James bouillait d'impatience, en attendant votre arrivée.

— J'avais hâte, moi aussi, répondit-il avant de se tourner vers John James. Sois bien sage, lui recommanda-t-il.

— Oui, papa, répondit le petit garçon, enchanté.

Wes remit son chapeau sur sa tête et quitta l'école. Au bout de l'allée, Sylvie était toujours là avec le chariot, à l'attendre.

— Voulez-vous que je vous emmène à la brasserie ? demanda-t-elle.

— C'est là que vous allez ?

— Non, je dois aller faire des courses pour maman et ensuite, j'irai aider Hildy pour la lessive. Mais je peux vous déposer, c'est sur ma route.

Il accepta et se hissa sur le siège, à côté d'elle.

— On dirait que chacun a sa place, dans votre famille, constata-t-il, que ce soit à la brasserie ou à la maison.

Sylvie fouetta ses chevaux.

— Si vous vous demandez si vous pourrez y trouver la vôtre, nous espérons tous que oui. Nous voulons que notre Mariah soit heureuse et elle a besoin de son homme, pour l'être.

Etre appelé ainsi était quelque peu embarrassant, mais cela lui plaisait bien. Il se dandina un peu inconfortablement, tout de même, sur son siège dur.

— Oui, je suppose que c'est étrange pour une famille aussi unie que la vôtre… Que son mari ait été absent aussi longtemps.

— Je ne peux pas parler au nom de tous, mais

maman, Annika et moi, nous ne vous en voulons pas d'être parti. L'important, c'est que vous soyez revenu, à présent.

— Tout le monde est très gentil pour moi.

— Tout le monde veut le bien de Mariah et celui de John James, aussi.

La première vision que Wes eut de la brasserie Spangler, c'était trois colonnes de fumée qui s'élevaient dans le ciel clair. En approchant, il vit plusieurs immeubles de trois à quatre étages alignés au cordeau autour d'une vaste cour carrée, de plus petits bâtiments intercalés entre eux. Le plus haut de ces immeubles de briques avait une tour, surmontée d'une girouette.

— C'est là que sont les bureaux de la compagnie, lui dit Sylvie. Vous y trouverez mon père et mon grand-père.

Elle l'arrêta juste devant et il la remercia avant de sauter à terre en portant son poids sur sa bonne jambe.

La cour bruissait d'activité. Une noria de chariots venait s'aligner sur le côté d'un hangar de chargement et dans l'ombre de la tour de l'horloge, quatre hommes soutenaient une conversation animée, avec de grands gestes. L'un d'eux se battait la cuisse avec son chapeau tout en parlant.

Wes passa une grande arche de briques, puis de lourdes portes de bois et entra dans une antichambre feutrée et silencieuse.

6

Un homme en costume trois-pièces l'y accueillit.

— Je viens voir Friederick Spangler, lui dit Wes.

— Friederick Feuermann, vous voulez dire ? Il est le gendre de M. Louis Spangler… Je vais lui dire que vous êtes là, répondit l'homme et il s'éloigna au long du couloir, laissant Wes se demander ce que Mariah avait pu dire de lui à sa famille.

De lui ou plus exactement, de son véritable mari. Il risquait de se retrouver en assez mauvaise posture, si le sujet était évoqué. Il aurait bien eu besoin de converser un peu avec son « épouse », auparavant, mais l'échange risquait fort d'être difficile.

— Vous êtes Wes Burrows ? lui demanda l'homme quand il revint.

— En effet.

L'employé montra une porte.

— Vous pouvez entrer. Il vous attend.

Au lieu d'être derrière son bureau, comme Wes s'y était attendu, le père de Mariah était assis dans un fauteuil capitonné, près d'une table basse couverte de papiers.

— Asseyez-vous, lui dit-il.

Wes s'installa dans un fauteuil à côté du sien.

Friederick Feuermann avait un visage étroit, encadré de favoris grisonnants. Il portait un pantalon sombre et une chemise beige.

— Vous cherchez du travail ? lui demanda-t-il.

— Oui, monsieur.

— Vous connaissez quelque chose à la fabrication de la bière ?

— Hélas, non.

— Mais vous en buvez ?

Wes eut un sourire bref.

— Pourquoi ? C'est une condition impérative ?

Friederick se mit à rire.

— Non, c'est ce que l'on me répond habituellement. Les gens du coin, vous comprenez… Ce n'est pas tous les jours qu'un membre de la famille vient me demander du travail.

Les coudes sur les accoudoirs de son fauteuil, il regardait son gendre par-dessus les jointures de ses doigts noués.

— Beaucoup d'entre nous se posent pas mal de questions à votre sujet…

Wes hocha la tête.

— C'est bien normal.

— Nous nous en sommes tous posé, surtout au début… Il était difficile de comprendre comment un homme qui venait de se marier et qui avait un bébé pouvait abandonner sa famille pour aller chercher fortune.

Wes ne savait que répondre. Lui aussi se demandait comment un homme avait pu faire cela.

— Je sais que vous lui avez envoyé de l'argent, reprit Friederick. Mais ce n'est pas ce dont elle avait besoin. Nous nous sommes toujours occupés d'elle et de mon petit-fils. Ce qu'il lui fallait, c'était un homme auprès d'elle. Un père pour son enfant.

— Je le sais. C'est bien ce que j'ai l'intention d'être, à partir de maintenant.

— Vous n'avez rien d'autre à dire ? Pas d'excuses ?

— Je ne vois pas lesquelles seraient acceptables, pour ce que j'ai fait. Je dois prouver mes bonnes intentions, maintenant. A Mariah comme à John James. A vous tous, également. Un homme mérite bien une nouvelle chance, n'est-ce pas ?

— Vous allez avoir six années d'absence à rattraper. Ce n'est pas rien…

— Je crois que je peux y arriver, monsieur.

Friederick Feuermann le scruta longtemps, comme pour mieux le jauger. Il abaissa ses mains sur les accoudoirs.

— Ne leur faites pas de mal, prévint-il, je ne le permettrai pas.

— Non, monsieur, je vous le promets.

Friederick se leva et marcha vers la fenêtre.

— Vous comprendrez, je l'espère, que le fait d'être le mari de Mariah ne vous donne pas droit automatiquement à un statut spécial, ici…

— Je ferai mon chemin. Je l'ai toujours fait.

— Il vous faudra du temps et bien des efforts pour apprendre notre métier. Il y aura beaucoup de choses que vous devrez assimiler. Y êtes-vous prêt ?

— Oui, monsieur.

— Je me suis aperçu que vous boitiez…

— Ma jambe est guérie. Je peux faire le travail de n'importe quel autre homme.

— Très bien, dans ce cas, je vous affecte au bâtiment du maltage. Mon neveu Philo en est le contremaître. Vous lui obéirez.

Wes se leva et demanda, prêt à partir :

— Quel bâtiment est-ce ?

Philo Ulrich était aussi grand que Wes, mais nettement plus large des épaules et du torse. Il l'avait remarqué au cours de la soirée de la veille, mais ne pouvait pas encore bien distinguer qui était qui, dans la famille.

— Tu travailleras autant que n'importe qui, ici, lui lança-t-il devant une douzaine de gaillards, sous le haut plafond de la salle de maltage.

La sueur perlait sur son front rougeaud, sous ses cheveux plantés bas.

— Il paraît qu'on veut que tu apprennes le métier. Eh bien, pour aujourd'hui, tâche de comprendre comment on fait le maltage. Demain, tu seras affecté aux fours.

Le « on » devait figurer Friederick Feuermann, se dit Wes tandis que Philo aboyait des ordres en direction de ses ouvriers. Il remarqua que, bien que des femmes fussent employées à la brasserie, l'équipe de la salle de maltage ne comprenait que des hommes. Il ne fut pas long à comprendre pourquoi. Ce travail était salissant, vous exposait à la chaleur et demandait du muscle.

Quand vint l'heure du déjeuner, Wes se sentait assommé par les odeurs qui montaient des cuves et des fours à malt. Le vacarme des bouilleurs vous assourdissait, les émanations vous abrutissaient, des conditions de travail bien difficiles à accepter, en somme, pour un homme qui avait l'habitude d'être toujours seul, perdu dans l'immensité. Une cloche résonna dans la cour et l'activité s'arrêta, les bruits mécaniques faisant place à un silence bienvenu. Wes suivit les autres ouvriers vers un préau sous lequel les attendaient les sandwichs qu'Henrietta avait préparés, des corbeilles de pommes, ainsi qu'un tonnelet de bière avec son robinet. Autour, on se rassemblait par affinités. Wes remarqua que Philo s'écartait des autres, avec Hildy, la cousine de Mariah.

Après s'être servi, Wes aperçut celle-ci et s'approcha d'elle, un peu hésitant. Elle portait toujours sa casquette et son pantalon était taché d'un peu de graisse. Il avait décidément plaisir à la voir ainsi. Se doutait-elle que ses vêtements masculins, loin de l'enlaidir, lui donnaient un air un peu canaille et terriblement séduisant ?

Elle se tourna et croisa son regard. Bien qu'elle ne pût en aucune manière deviner à quoi il pensait à cet instant, elle fronça un peu les sourcils, comme si rien de ces réflexions ne lui avait échappé. Mariah regarda rapidement autour d'elle pour voir si d'autres faisaient attention à elle, puis elle fit signe à Wes de la suivre à une table du fond.

Un rapide tour d'horizon lui apprit que beaucoup parmi les présents avaient les yeux fixés sur eux, en effet.

Il lui tint sa chaise et alla s'asseoir en face d'elle, étendant sa jambe douloureuse sur son banc, avant de déballer son sandwich. Mariah prit le sien et demanda :

— Où vous ont-ils mis ?

— Au maltage. Il va falloir que je m'habitue à l'odeur…

Mariah le regarda, puis se détourna et son regard se posa un instant sur Hildy et Philo.

— Ils sont mariés ? demanda Wes.

Elle acquiesça.

— L'odeur va passer. Durant la cuisson, lorsque le houblon sera rajouté, le moût va prendre un parfum de fleurs.

Il digéra un moment cette information réconfortante, puis enchaîna :

— Je croyais qu'Hildy restait à la maison pour aider votre mère ?

— Elle apporte les déjeuners.

— Je n'aurais jamais cru que c'était si compliqué de fabriquer de la bière.

— Brasser une *lager* de fermentation basse est tout un art. Grand-père est un peu âgé pour être le brasseur en titre, mais ma mère est l'aînée de ses enfants depuis que le plus âgé de mes oncles est mort, il y a quelques années. Normalement, le titre devrait revenir à mon oncle Patrick, mais il préfère que grand-père le conserve le plus longtemps possible.

— En tout cas, elle est meilleure que toutes celles que j'ai pu boire jusqu'ici.

— Toute la bière que l'on trouve au nord des Etats-Unis ou bien au Canada est de fermentation haute, expliqua-t-elle. Nous essayons de nous faire notre place dans un marché dominé par le whisky, le cidre et la bière de goût anglais, ou *ale*. A présent que nous avons de bonnes machines, nous pouvons fabriquer plus vite, un meilleur produit.

— Meilleur en quoi ?

— Plus régulier, au goût plus stable, je dirais…

Elle en but une gorgée.

— C'est une très bonne année pour nous, reprit-elle.

— En quoi ?

— L'hiver dernier a été très doux. La glace était rare et très chère pour beaucoup de brasseries qui n'avaient pas de machines pouvant en produire. Nous, nous en utilisons depuis huit ans. La prochaine foire-exposition va être l'événement idéal pour présenter notre produit à tout le pays.

C'était la deuxième fois qu'elle se laissait aller à lui parler à peu près aimablement, parce que le sujet de leur conversation était la brasserie. Wes songea à certaines femmes qu'il avait rencontrées en Alaska. Elles n'y étaient pas encore très nombreuses, mais certaines y avaient créé leurs propres entreprises. Elles étaient intelligentes, très capables et portaient souvent, elles aussi, des pantalons.

Mais jamais il n'en avait rencontré une qui fût aussi ravissante, habillée ainsi, que Mariah. Il avait soudain l'impression qu'il faisait plus chaud, sous ce préau ouvert, que lorsqu'il y était entré.

La sonnerie retentit de nouveau. Elle replia le papier qui avait contenu son déjeuner et se leva.

— Vous avez fini ? lui demanda-t-elle.

Wes termina sa bière, heureux de sentir le liquide frais couler dans sa gorge.

— Oui, merci de vous être assise auprès de moi, ma'am.

— Je n'avais pas le choix, répondit-elle. Nous devons sauver les apparences.

Ils sortirent du préau parmi la file des ouvriers et Mariah le quitta bientôt, pour se diriger vers l'un des bâtiments.

Wes prit une profonde inspiration et retourna au maltage.

Les jours suivants s'écoulèrent d'une façon très semblable. Tous les matins, il embrassait John James avant le départ de celui-ci pour l'école, puis montait dans le chariot qui partait pour la brasserie. Là, pendant dix heures, Philo testait ses limites et Wes essayait de faire ses preuves.

Le soir, il s'asseyait à la table familiale en face de Mariah et à côté de John James et il apprenait à partager les rires et les conversations d'une joyeuse tablée.

La mère de Mariah l'écoutait toujours attentivement en le suivant de son regard mort et lui souriait quand il s'en apercevait.

Un soir, à la veillée, au coin du feu, Henrietta vint poser sa main sur son épaule, puis prit la sienne.

— Ton mari souffre, dit-elle à Mariah quelques minutes plus tard.

— Non, ça va, madame Feuermann, se défendit-il.

— Vous savez, nous pouvons appeler le docteur…

Wes haussa les épaules.

— Il n'y a pas grand-chose qu'il puisse faire, à part me donner de quoi soulager la douleur. Ma jambe est en train de se remettre toute seule.

— Mets de la glace dessus, conseilla sa mère à Mariah. Cela devrait le calmer et l'aider à dormir. Vous dormez bien, Wes ?

— Tout à fait, ma'am.

— Je n'en ai pas l'impression, vous avez l'air fatigué.

Elle se tourna vers Mariah.

— Tu devrais l'emmener se coucher.

Mariah se leva.

— Allez viens, John James. Il est l'heure, de toute façon.

L'enfant rangea soigneusement ses petits chevaux de bois dans leur sac de toile.

— Viens, Felix, viens…, dit-il à son petit chien.

C'était d'ailleurs bien inutile, car l'animal le suivait toujours partout.

Mariah se tourna vers Wes.

— Montez, tous les deux, leur dit-elle. Je vous rejoins.

— Tu as vu ?, demanda l'enfant à celui qu'il croyait être son père, en montrant son sac de jouets, tandis qu'ils montaient l'escalier, j'en ai un qui ressemble à un cheval de l'armée.

Wes se hissait sur chaque marche en faisant bien attention à ne pas trop peser sur sa cheville torturée.

— Non, tu vas me montrer cela de plus près.

Felix sur ses talons, John James se rua dans la chambre de sa mère. Wes le suivit plus lentement.

L'enfant s'agenouilla sur la carpette et y disposa ces petits chevaux à l'endroit précis — mais il l'ignorait — où son père s'installait chaque nuit. Pour le moment, celui-ci se laissa tomber dans le fauteuil avec un soupir de soulagement et écouta John James lui parler de chacune des petites figurines de bois.

Quelques minutes plus tard, Mariah les rejoignit et referma doucement la porte derrière elle.

Elle les regarda, se raidit un instant en se tournant vers le lit, mais elle alla poser sur la table de nuit le torchon noué qui contenait des glaçons et souleva l'édredon, puis disposa plusieurs oreillers.

— Viens t'étendre, dit-elle à Wes en feignant, devant l'enfant, de s'adresser à lui comme une épouse à son mari.

Il retira ses bottes, grimpa sur le lit et s'allongea avec soulagement sur le matelas moelleux.

Mariah plaça un autre oreiller et lui dit d'y reposer son pied. Ceci fait, elle prit le torchon noué.

— Où, exactement ? lui demanda-t-elle.

Wes releva le bas de son pantalon et roula sa chaussette pour qu'elle pût voir la cicatrice.

— C'est bien enflé, s'étonna-t-elle.

— Pas vraiment gravement.

Elle posa la glace sur la blessure.

— Merci, murmura Wes.

Elle évita son regard.

— C'est normal, murmura-t-elle.

— Raconte-moi une histoire, pria John James en montant sur le lit. S'il te plaît, papa…

Mariah prit une petite corbeille à ouvrage et alla s'asseoir sur le rocking-chair, près du lit.

— Vous… tu vas coudre quelque chose ? demanda Wes.

— Broder. Je fais une petite couverture pour le bébé de ma cousine.

— Hildy ?

C'était toute une affaire que d'essayer de se souvenir des noms et des liens de parenté entre eux de tous les Spangler.

Un léger nuage passa sur le front de Mariah et elle répondit :

— Hildy n'a pas d'enfant. C'est Faye qui en attend un.

— Un petit frère pour Paul et Emma, dit Wes, fier de pouvoir se souvenir de ces noms.

La glace aidait à se détendre. Il commença à raconter une histoire à John James.

— Un hiver, il était tombé tant de neige au nord de Skagway, que la couche atteignait six mètres à certains endroits du Yukon. Aucun transporteur ne voulait risquer ses chiens là-dedans, moi, pas plus qu'un autre. Alors, nous attendions le dégel. Le courrier s'amoncelait tellement au bureau de poste que, bientôt, l'espace ne suffit plus. Il fallut l'entasser dans de grandes tentes, que l'on était obligés de garder la nuit.

— Garder tout un tas de lettres ? demanda John James. Pour quoi faire ?

— Le courrier est plus précieux que l'or, pour des hommes loin de chez eux et anxieux de savoir ce qui se passe dans le monde. D'ailleurs, il y a souvent de l'argent ou des titres, dans les lettres. Bien des gens malhonnêtes le savent et sont prêts à tout pour s'en emparer.

— Est-ce que Youri t'aidait à le garder ?

— Lui et les autres chiens, oui. A tour de rôle, nous plantions notre tente près de celles du courrier, pour le surveiller. Pendant ce temps, les gens faisaient les kilomètres en traîneau ou même en raquettes, pour venir chercher leurs lettres, qui n'étaient plus distribuées. Ils arrivaient au bureau et il fallait parfois des jours pour retrouver ce qui leur était destiné dans les piles. Cela les mettait en rage et une fois, l'un des postiers en avait tellement assez de leurs récriminations et de leurs menaces, qu'il a voulu mettre le feu à toute la pile.

— Et tout le courrier a brûlé ?

— Non, les clients ont tout de suite éteint le feu, mais ils ont chassé le postier hors de la ville.

Sa cheville commençait à s'engourdir, du fait du froid.

— Puis-je la retirer ? demanda-t-il.

— Oui, répondit Mariah. Je vais chercher la compresse chaude.

Et elle quitta la chambre.

Quelques minutes plus tard elle revenait avec, dans la main, quelque chose qui ressemblait à une chaussette gonflée.

— Qu'y a-t-il, là-dedans ? demanda Wes.

— Du riz.

— Du riz ? Cuit en si peu de temps ?

— Il n'est pas vraiment cuit, chauffé seulement.

— Ah bon ?

Elle rit et posa la compresse improvisée sur la cheville de Wes. Il se sentit réchauffé, mais moins que par ce rire inattendu.

— C'est la première fois que j'entends parler de cela.

— Votre... Ta mère ne t'a jamais posé une chaussette pleine de riz chaud, quand tu avais mal au ventre ?

— Je ne l'ai pas connue.

Le visage de Mariah redevint grave et elle le regarda de son œil bleu.

— Elle est morte ?

— Je ne sais pas.

Sans le regarder, cette fois, elle alla se rasseoir et reprit son ouvrage.

— J'ai grandi dans un orphelinat, expliqua-t-il.

— Qu'est-ce que c'est ? demanda John James.

— Une sorte de foyer, expliqua Mariah, où l'on s'occupe des enfants qui n'ont pas de parents.

— Mais tout le monde a des parents, s'étonna l'enfant.

— Parfois, ils ne s'occupent pas de leurs enfants, répondit Wes, ou bien ils sont morts. Tiens, par exemple, le président Andrew Jackson était un orphelin.

Ses yeux bleus pleins d'inquiétude, l'enfant se tourna vers sa mère.

— Tu ne vas pas mourir, n'est-ce pas, maman ?

— Mais non, chaton. Je suis en aussi bonne santé que les cochons de concours de ton oncle Dutch, répondit Mariah.

Rassuré, l'enfant éclata de rire, ce qui était l'effet qu'elle espérait. Mais ensuite, le front creusé d'une ride de réflexion, il demanda :

— Et ton grand-père, ta grand-mère, tes oncles, tes tantes, ils ne voulaient pas que tu vives avec eux ?

— Je suppose que je n'en avais pas. En tout cas ils ne m'ont jamais réclamé.

— Combien de temps es-tu resté dans cet orphelinat ? demanda encore l'enfant.

— Vers l'âge de dix ans, j'ai été placé en apprentissage auprès d'un médecin au Canada, dans l'Ontario, répondit Wes.

Le regard de John James s'agrandit de surprise respectueuse.

— Tu es un docteur ?

Wes sourit et secoua la tête.

— Tout ce que j'avais à faire, c'était nettoyer son écurie et couper du bois. C'était très ennuyeux, alors je me suis enfui et me suis engagé à bord d'un navire baleinier.

John James ouvrit les yeux encore plus grands, cette fois.

— Tu as vu des baleines ?

— Oui, beaucoup.

— Est-ce qu'il y en a une qui t'a avalé ?

— Bon, assez de questions, intervint sa mère. Ramasse tes petits chevaux et va te coucher.

— Oui, maman.

John James sauta à bas du lit et alla ranger les petites figurines dans leur sac de toile.

— Jonas a été avalé par une baleine, insista-t-il. C'est dans la bible de grand-père.

— Je te parlerai des baleines une autre fois, c'est promis lui dit Wes.

John James posa le sac et s'approcha de nouveau.

— Les autres soirs, c'est toi qui venais me border dans mon lit, lui dit-il. Maintenant, c'est mon tour.

Il remonta sur le matelas pour embrasser son père.

— Tu n'enlèves pas ton pantalon et ta chemise ? s'étonna-t-il.

— Dans un moment. Bonne nuit, mon grand.

L'enfant rabattit l'édredon sur lui.

— Bonne nuit, papa.

John James se tapota la cuisse pour que son petit chien le suive, et quitta la chambre. Mariah referma doucement la porte derrière lui.

L'action simultanée de la glace et du riz chaud sur sa cheville avait apaisé la douleur de Wes. Mais il éprouvait quelque peine à se détendre. La compagnie de Youri lui manquait, la nuit. Mais il imposait suffisamment la sienne à Mariah pour ne pas y ajouter celle du chien. D'ailleurs, Youri n'avait pas l'habitude de dormir dans une atmosphère aussi chaude. Wes songea que lui non plus, d'ailleurs, n'y était pas habitué. Mais il s'y était fait très vite.

Il ferma les yeux et savoura un instant encore ce confort si nouveau pour lui.

Felix se coucha à côté de John James, la gueule sur ses pattes. Il leva vers Mariah le regard confiant de ces étranges yeux bleus et elle lui caressa la tête. Entre Wes et ce chien, jamais elle n'avait vu son fils si heureux et si enjoué.

— C'est triste que papa n'ait pas de famille, n'est-ce pas, maman ? remarqua l'enfant, l'air triste. Je ne savais pas qu'il y avait des gens qui n'avaient pas de famille.

Mariah devait convenir que si l'histoire était vraie, il était bien triste en effet que cet homme ait pu grandir seul et sans affection.

— Il arrive à beaucoup de gens des choses tristes, dans leur vie, expliqua-t-elle. Mais il a grandi tout de même et il s'en est sorti.

— En tout cas, il n'aura plus jamais à être seul, à présent. Il nous a !

Mariah caressa les cheveux du petit garçon et l'embrassa sur le front.

— Oui. Dors vite.

Si cette histoire avait été inventée pour attirer la sympathie, alors l'effet sur John James avait parfaitement réussi. Quant à elle, elle réservait son jugement sur cette supposée enfance malheureuse.

Une minute plus tard, Mariah referma doucement la porte de John James et descendit l'escalier pour aller se chercher un broc d'eau, avant de retourner à sa chambre. Qui n'était d'ailleurs plus tout à fait sa chambre…

En plaçant le broc sur la table de toilette, elle essaya de se cuirasser contre la sympathie inévitable qu'elle pouvait ressentir pour les tourments passés que cet homme avait dû subir. D'abord, il n'aurait pas dû être là. Il s'était imposé dans cette maison et dans cette famille. Jusque dans sa chambre ! Sans en avoir le moindre droit.

Sa présence même était une menace. Il la tenait car elle ne pouvait pas révéler la vérité, sous peine de voir son mensonge exposé à la face de tous.

A le voir ainsi étendu sur le lit, elle ressentait un évident malaise. Elle ferma les yeux et prit plusieurs inspirations afin de combattre la panique et le sentiment d'être prise au piège, qui l'envahissait.

Sa vie n'était qu'un gigantesque mensonge.

Aussi longtemps qu'elle n'avait pas eu à y réfléchir et à l'admettre, elle avait vécu au jour le jour, faisant ce qu'elle avait à faire et s'oubliant au profit de son fils. Elle s'était, en fait, abrutie de travail pour ne pas voir la réalité en face.

A présent, elle devait l'affronter, en la personne de cet étranger qui violait continuellement son intimité. Il avait pu découvrir une partie de son mensonge et s'en servait à son propre profit. C'était insupportable.

S'il n'y avait eu son fils, dormant de l'autre côté du couloir, elle aurait pris une valise et aurait fui aussi loin que possible. Que lui réservait l'avenir ? Elle avait tellement d'appréhension que ses mains en tremblaient. Elle ouvrit les yeux pour les regarder et sa résolution, un moment défaillante, revint en force ; elle n'allait pas laisser cet homme lui faire cela.

Elle passa derrière le paravent, enfila sa chemise de nuit de coton après s'être lavé le visage et les mains. Puis elle alla ouvrir l'armoire dans laquelle elle dissimulait la mince paillasse et les couvertures que Wes utilisait chaque nuit. Elle les sortit et les étendit sur le sol. Certes, sa mère en serait terriblement choquée si elle l'apprenait, mais elle ne savait pas que Mariah n'avait jamais vu cet homme avant son arrivée, une semaine auparavant.

— Et maintenant sortez de mon lit, lui lança-t-elle.

Il ne bougea pas d'un cil.

Elle s'avança et lui secoua l'épaule.

— Sortez de mon lit, s'il vous plaît.

Il ne remua pas davantage.

Alors elle attrapa le traversin, sous sa tête, et lui en donna un grand coup.

— Allez-vous vous lever, oui ou non ?

7

Réveillé en sursaut, Wes sursauta. Instinctivement, il agrippa l'oreiller. Mariah ne le lâcha pas immédiatement et le mouvement lui fit perdre l'équilibre.

Elle tomba en travers de la poitrine de son « mari ». Heureusement pour elle, l'oreiller faisait tampon entre eux, mais cela ne changeait pas grand-chose à l'incongruité de la situation. Une panique instinctive s'empara d'elle et annihila toute pensée cohérente. Elle le griffa à la main, comme s'il essayait de la retenir.

— Qu'est-ce qu'il vous arrive, bon sang ? se mit-il à rugir.

Parvenant à se dégager, elle bondit sur ses pieds et lança l'oreiller sur sa paillasse, au coin de la chambre. A bout de souffle, elle recula et lui montra le plancher sans un mot. Wes lui décocha un regard noir, se frotta la mâchoire et balança ses jambes hors du lit. La chaussette pleine de riz retomba mollement sur les couvertures.

Mariah recula encore.

— Vous auriez pu vous y prendre un peu plus doucement, vous ne croyez pas ? protesta-t-il.

— J'aurais pu…, répondit Mariah, sarcastique.

Les mêmes mots que ceux qu'il lui avait dits lorsqu'elle lui avait fait remarquer qu'il aurait pu détourner les yeux, le premier soir, quand ses sœurs l'avaient poussée dans la chambre, nue sous sa chemise de nuit transparente.

Il la regarda sans répondre, l'air sombre et la mâchoire serrée.

Une minute passa durant laquelle Mariah se demanda s'il pouvait entendre les battements affolés de son cœur. Qu'allait-il faire maintenant, cet homme qu'elle ne connaissait pas ? Elle ne l'avait encore jamais vu en colère. Quel risque courait-elle à se retrouver ainsi, nuit après nuit dans la même chambre que cet étranger ? Il y avait bien de quoi avoir peur. Il y eut encore un long moment de silence particulièrement inconfortable et, sans un mot de plus, Wes éteignit la lampe et elle put l'entendre se déshabiller dans le noir.

Elle prit un autre oreiller et le serra contre elle. Pas question pour elle de se coucher avant d'être bien certaine qu'il s'étendait lui aussi sur sa paillasse, à plusieurs mètres d'elle, avec l'intention d'y rester.

Après avoir écouté avec attention les bruits qui le lui indiquaient, elle alla se mettre au lit, du côté opposé de celui où il s'était étendu. Elle fut tout de suite frappée par l'odeur agréablement épicée que conservait le drap là où il avait été couché. Elle toucha du bout des orteils un endroit encore chaud et retira son pied, comme si elle s'était brûlée, avant de se tourner vers le mur.

Elle ne donnerait pas à ce Wes Burrows la moindre chance d'exercer un quelconque pouvoir sur elle.

Mais dès qu'elle eut prononcé ce vœu muet, elle en vit les limites : cet homme avait bel et bien pris un terrible pouvoir sur elle. Il avait fait voler en éclats toutes ses habitudes.

Et ce n'était pas terminé…

Philo Ulrich ne l'appréciait guère. Wes l'avait senti dès son arrivée à la brasserie. Il supposait que Friederick connaissait parfaitement les manières dictatoriales et méprisantes de Philo et qu'il l'avait envoyé travailler sous ses ordres comme une sorte d'épreuve, d'examen de passage.

Maintenir un feu constant sous les vastes cuves de cuivre où l'orge trempait dans l'eau bouillante était le travail le plus physique, le plus éprouvant de tout le processus de fabrication de la bière. On appelait ça le « touraillage » ou plus simplement « le coup de feu ». Mais Mariah n'avait pas menti : après l'adjonction des fleurs du houblon, le moût prenait aussitôt un parfum printanier qui embaumait le vaste entrepôt.

Friederick tenait Wes pour un homme assez méprisable pour avoir abandonné femme et enfant pour aller courir fortune dans le Nord et il le soupçonnait de n'être revenu auprès de Mariah que parce qu'il n'y avait pas réussi.

Toute la semaine passée, Wes avait trimé sans se plaindre au milieu de garçons plus jeunes que lui d'au moins dix ans. Il ne redoutait ni la sueur, ni les ampoules aux mains. Bien sûr, ce métier-là était aussi éloigné qu'il était possible de celui qui l'avait amené à parcourir en traîneau les vastes espaces du Yukon, mais il n'avait jamais reculé devant les tâches pénibles et en fait, il aimait le changement autant qu'il s'intéressait sincèrement au processus du brassage.

Comme le mari imaginaire inventé par le grand-père de Mariah, il avait bel et bien essayé de chercher de l'or en Alaska. Mais très vite, il s'était aperçu que ce faisant, il poursuivait une chimère. Autant acheter un billet de loterie... Il y avait des moyens bien plus sûrs de gagner sa vie. Les gens étaient prêts à payer jusqu'à cinquante cents chaque lettre qu'on leur apporterait dans les vastes espaces du Nord. Il avait aimé les défis de ce métier : les terribles et impitoyables conditions climatiques, l'orgueilleuse solitude, les difficultés de toutes sortes. Comme il ne dépensait guère l'argent qu'il gagnait, il avait pu en mettre une bonne somme de côté, qu'il avait soigneusement investie.

Mais il n'aimait guère la sempiternelle plaisanterie de Philo à son égard :

— Si un grizzli se pointe entre les cuves, on t'appellera. En attendant, fais juste ton boulot et je me charge du reste. Ici, c'est moi qui suis payé pour penser.

La première fois qu'il s'était attiré cette cinglante réplique, c'était pour avoir émis devant le contremaître l'idée qu'il vaudrait mieux utiliser une plus grande brouette pour transporter le bois de chauffe. Il n'avait rien répondu, se contentant d'échanger avec ses compagnons au visage noirci par le charbon un regard entendu. Mais si Philo croyait l'avoir dompté, il se trompait.

Ce jour-là, un autre ouvrier entra dans la grande salle, avec des papiers à la main qu'il montra au contremaître. D'un geste plein de morgue, Philo fit signe qu'il était occupé et montra Wes du doigt, avant de s'éloigner.

L'homme s'approcha de lui.

— Tu veux bien aller voir ta femme et lui donner ça ? lui demanda-t-il.

Wes essuya ses mains sur son pantalon et prit les papiers. Il faisait agréablement frais dans la cour et le vent apportait de la montagne l'odeur des grands sapins. Il leva son visage vers le ciel et respira profondément.

Après avoir cherché vainement Mariah dans son bureau et dans un autre bâtiment, on lui dit qu'elle se trouvait à la mise en bouteille. Cette activité se déroulait dans un vaste entrepôt où des machines à vapeur animaient une chaîne qui faisait passer les bouteilles sous un goulot de remplissage avant d'être bouchées. Il y avait là-dedans encore plus de bruit que dans la salle de maltage où il travaillait.

Il trouva Mariah dans une allée, en conversation avec une femme qui portait un foulard rouge sur ses cheveux. Quand elle le reconnut, l'ouvrière lui sourit et s'éloigna pour les laisser seuls.

— On m'a dit de vous donner ça, dit Wes en tendant les papiers à Mariah.

Elle les examina un instant avant de lever les yeux vers lui.

— Comment se passe le coup de feu ? demanda-t-elle.

— Le moût est bien cuit… nous aussi, répondit-il avec humour.

Mariah eut un sourire bref, avant de glisser les papiers dans le dossier qu'elle tenait sous le bras.

— Il faut que je vous dise quelque chose…, commença-t-elle.

Elle était obligée de crier pour se faire entendre, sans guère de risques que d'autres puissent surprendre leur conversation, dans tout ce tintamarre.

— Ici ? s'étonna-t-il en montrant d'un geste large l'activité bruyante qui les environnait.

Elle regarda le défilé des bouteilles sur la chaîne.

— Non, vous avez raison, il y a trop de bruit. Sortons un moment.

Elle l'entraîna vers la porte. Comme il parvenait au bout de l'allée, il y eut un tintement sec, un jet de vapeur et un objet projeté hors de la chaîne vint frapper durement Mariah à la tempe. C'était une bouteille qui explosa ensuite sur le sol. La jeune femme s'effondra, à demi assommée.

A côté d'elle, tous les flacons qui suivaient sur la chaîne tombèrent dans un fracas de verre brisé.

Immédiatement, Wes s'agenouilla auprès d'elle et sortit un mouchoir de sa poche.

— Je vais vous presser cela sur le front, lui dit-il.

Elle lui prit le bout de tissu des mains.

— Je vais le faire. Stoppez la chaîne. Le levier est là, sous le second ventilateur.

Elle avait l'esprit assez clair pour donner encore des ordres et, visiblement, elle s'inquiétait bien plus des bouteilles brisées que de son propre sort, bien que le sang coulât sur sa joue, d'une blessure qui semblait profonde.

Wes bondit sur ses pieds et alla couper le circuit, comme elle le lui avait demandé, réduisant les machines au silence. Puis il retourna auprès de Mariah.

— Laissez-moi regarder ça…

Elle se remit en position assise presque immédiatement.

— Je vais bien.

— Ne bougez pas. Je vais vous chercher de la glace.

Il se rua hors du bâtiment et courut vers celui qui abritait les glacières. Prélever des glaçons ne fut pas difficile, mais il ne trouva nulle part alentour de quoi les transporter. Sans perdre de temps, il déchira sa chemise pour faire du tissu une sorte de petite poche à glace, qu'il rapporta tout courant à Mariah.

Comme il s'y attendait, elle était déjà sur ses pieds, mais les jambes tout de même un peu flageolantes. Il lui mit le paquet de glaçons dans les mains.

— Mettez ça sur la blessure, lui recommanda-t-il.

Et soudain, la prenant dans ses bras, il la souleva de terre pour l'emporter au-dehors.

Quand elle se sentit serrée contre son large torse nu, Mariah se débattit instinctivement. Il tint bon, alors elle le frappa de son poing serré.

— Mais qu'est-ce que… voyons, Mariah, laissez-moi vous aider !

— Lâchez-moi !

— Ne soyez pas ridicule…

— Je vous dis de me poser à terre !

Rassemblant ses forces, elle parvint à lui échapper et elle tomba sur les fesses, dans la poussière de la cour.

La colère qu'il pouvait lire sur son visage surprit Wes et faillit le clouer sur place. Mais il se reprit, car le sang coulait abondamment de la blessure de Mariah jusque sur sa chemise de travail. L'incident ne manqua pas d'attirer l'attention et, bien vite, une douzaine d'ouvriers s'attroupaient autour d'eux, parlant tous à la fois.

— Ça va, madame Burrows ?

— Que vous est-il arrivé ?

— Il faut appeler le médecin !

Puis, une autre voix :

— C'est lui qui vous a fait ça ?

Wes reprit le paquet de glaçons tombé à terre et l'appliqua de nouveau sur la tempe de Mariah, en se demandant comment quelqu'un qui avait une vie aussi rangée et vivait au sein d'une famille aimante pouvait se conduire aussi déraisonnablement. Il n'arrivait pas à le comprendre.

Mariah fulminait de sentir tous ces regards sur elle. Elle se sentait bien assez stupide comme cela, sans être en plus l'objet de l'attention de tous.

— Reculez, leur ordonna-t-elle, avec un grand geste de la main. Je vais bien, donnez-moi seulement un peu d'air.

Son frère Gerd s'accroupit auprès d'elle.

— Qu'est-il arrivé ? demanda-t-il tout de suite.

— Je ne sais pas comment, mais une bouteille a été projetée hors de la chaîne.

— Heureusement, il y a d'abord eu un jet de vapeur, ajouta Wes, ce qui a dû affaiblir la puissance de la machine. Autrement, le coup aurait pu la tuer.

Gerd souleva le paquet de glace pour pouvoir examiner la blessure.

— Il va te falloir des points de suture, constata-t-il.

Puis, se tournant vers Wes :

— Emmenez-la chez le médecin.

Mariah fit une grimace excédée.

— Je ne veux pas aller en ville, protesta-t-elle.

— Que tu le veuilles ou non, il faut y aller, lui répliqua son frère aîné.

Gerd se tourna vers un de ses frères, accouru dès qu'il avait appris la nouvelle.

— Roth, va prévenir Philo que Wes emmène Mariah chez le docteur.

Puis il se tourna de nouveau vers le mari de sa sœur.

— Vous avez le temps de vous nettoyer un peu, le temps que je fasse préparer un chariot. Vous trouverez des chemises dans la grande armoire des vestiaires. C'est dans ce bâtiment-ci.

Wes savait où cela se trouvait, ainsi que les cuves de ciment alimentées par un tuyau du circuit de rafraîchissement des machines, avec leur rangée de robinets. Elles se trouvaient sous un auvent attenant et il y avait là aussi des baquets de bois, remplis de savon noir.

Le temps de se laver et de trouver une chemise, Mariah avait été installée sur le siège d'un chariot attelé à une paire de chevaux. Il grimpa tout de suite à côté d'elle et fit claquer les guides pour donner à l'attelage le signal du départ.

— Il y avait longtemps que je ne t'avais pas vue, Mariah, dit le Dr Carter en coupant le fil des quatre points de suture qu'il venait de lui poser sur le front, avant de nettoyer toute la zone à l'alcool.

Allongée sur le dos, les yeux clos, elle tressaillit un peu avant de répondre à son vieux médecin de famille :

— Un superviseur ne risque pas souvent un accident du travail…

Le médecin adressa à Wes un clin d'œil complice.

— La famille Spangler forme à elle seule une grande partie de ma clientèle, lui dit-il. Grâce à eux, l'année dernière, j'ai pu m'offrir un microscope tout neuf.

Mariah se releva en position assise sur la table d'examen.

— Tous ceux qui travaillent à la brasserie ne sont pas des Spangler, fit-elle remarquer assez sèchement.

— C'est juste, certains d'entre nous sont des pièces rapportées, répliqua Wes en souriant à son tour.

— Je peux retourner au travail, à présent ?

— Pas question, répliqua le médecin en se lavant les mains dans une bassine. Tu as besoin d'un après-midi de repos, au moins. Et je veux que quelqu'un reste auprès de toi. On ne plaisante pas avec les blessures à la tête.

— Mais je vais bien, protesta la jeune femme.

Pourtant, quand elle voulut descendre de la table et faire un pas, elle se mit à vaciller sur ses jambes. Wes et le docteur durent la prendre chacun par un bras pour lui faire conserver son équilibre.

Elle se dégagea d'abord des mains de Wes, puis de celles du médecin.

— Très bien, soupira-t-elle, rentrons à la maison.

— Reviens me voir dans une dizaine de jours, lui recommanda le Dr Carter. Je t'enlèverai tes fils.

Cette fois, Wes ne se risqua pas à essayer d'aider la jeune femme à grimper sur le siège du chariot. Il resta bien tranquille en attendant qu'elle s'installe. Il était évident qu'elle n'aimait pas qu'il la touche.

Toutefois, arrivé à destination, il insista pour l'aider à descendre, mais quand elle fut à terre, elle marcha d'un bon pas vers la maison, pour ne pas lui laisser l'occasion de l'aider. Il l'accompagna même jusqu'à leur chambre, dont elle lui ferma la porte au nez.

— Je vais dire à votre mère que vous êtes là, lui annonça-t-il à travers le panneau de bois.

Mais il resta un instant appuyé des deux mains aux chambranles de la porte, ébranlé par le refus obstiné de la jeune femme de recevoir l'aide la plus infime de sa part. Toutefois il se rappela qu'elle ne le connaissait pas et qu'elle n'avait aucune raison de lui faire confiance. Comme elle ne répondait pas, il tourna les talons et descendit l'escalier pour trouver Henrietta.

La mère de Mariah était assise sur un sofa, devant les grandes baies vitrées qui donnaient à l'ouest. Le visage levé vers la lumière, elle se laissait caresser par les rayons du soleil de l'après-midi. En entendant son pas, elle se retourna.

— Wes ?

— Oui, ma'am ?

« Bien sûr, se dit-il, elle m'a entendu boiter sur le parquet. »

— Mariah est dans sa chambre, elle se repose.

Et il se mit à lui raconter ce qui s'était passé à la brasserie.

— … Et le médecin a bien dit que ce n'était pas grave ? demanda-t-elle quand il eut fini.

— Tout à fait. Elle n'a besoin que de quelques heures de repos.

— Mais… vous partez ? s'étonna Henrietta.

— Eh bien… Elle ne veut pas que je reste auprès d'elle.

Etrangement, il n'était pas difficile d'être franc avec Henrietta. Qu'il pût y avoir une réelle tension entre sa fille et son gendre n'étonnait pas vraiment l'aveugle, qui savait « voir » au travers des apparences.

— Donnez-lui un peu de temps, lui dit-elle. Vous êtes resté absent durant de longues années. Elle a toujours été têtue et a l'habitude de ne compter que sur elle-même. Il ne doit pas être facile pour elle d'oublier tout ressentiment envers vous, tout sentiment d'abandon et d'apprendre à vous faire confiance.

— Oui, ma'am. Vous avez raison et je peux comprendre cela.

Henrietta se leva.

— Voulez-vous m'aider à marcher jusqu'à l'escalier ? lui demanda-t-elle.

— Je peux même vous accompagner jusque sur le palier, lui répliqua-t-il.

— Vous êtes très charmant, Wes. Un véritable gentleman. Mais vous devez comprendre que vous pouvez être très troublant, pour une femme.

Il l'escorta jusqu'en haut de l'escalier, puis redescendit, sortit de la maison et reprit le chariot.

Mariah avait mal à la tête. Sa mère lui avait tenu compagnie, puis elle l'avait laissée dormir et s'en était allée préparer le dîner. Un peu plus tard, Hildy lui monta un plateau, qu'elle déposa sur sa table de nuit.

— Alors, lui demanda-t-elle, comment te sens-tu ?

— Bien mieux.

Mariah se rassit sur le lit, la main sur son œil blessé, puis elle l'écarta. Hildy ne put réprimer un cri de surprise effrayée.

— Oh, mon Dieu, Mariah !

Elle se précipita vers elle et prit ses mains dans les siennes.

— Je suis vraiment désolée !

— Bah, ce n'est pas si grave…

Mariah se pencha en avant pour que sa cousine pût placer deux oreillers derrière son dos.

— Tu ne t'es pas encore regardée, n'est-ce pas ? demanda doucement Hildy.

Mariah secoua la tête.

Hildy alla chercher le miroir à main qui se trouvait sur la coiffeuse.

— Oh, mon Dieu, comme tu dis, soupira amèrement sa cousine.

Elle avait au-dessus de l'œil droit une bosse aussi grosse qu'un œuf de pigeon, qui gonflait affreusement son arcade sourcilière et la peau, tout autour, passait par toutes les nuances de pourpre.

Hildy lui passa le plateau et Mariah posa le miroir pour le prendre.

— Tante Henrietta t'a fait de la soupe, annonça-t-elle.

— Ma mère croit toujours qu'un bon potage peut soigner n'importe quoi…

Hildy glissa le coin d'une serviette à carreaux vichy rouges et blancs dans le col du chemisier de sa cousine. Mariah prit sa cuiller et commença de déguster le délicieux bouillon de bœuf, remède universel.

— Lorsque John James rentrera, dit-elle à sa cousine, peux-tu lui dire qu'on a dû me poser des points de suture et me l'amener directement ? Je ne voudrais pas que quelqu'un d'autre lui raconte toute l'affaire et qu'il soit effrayé.

— Bien sûr !

Après avoir gardé le silence quelques instants, Hildy demanda :

— Mariah... C'est ton mari qui t'a fait ça ?

8

— Fait quoi ? répliqua Mariah, interloquée, en reposant sa cuiller dans son assiette de bouillon.

— Il t'a frappée ?

Mariah fronça les sourcils. Elle ne comprenait toujours pas ce que sa cousine voulait dire.

— Comment cela, Hildy ? Personne ne m'a frappée.

Sa cousine se mit à rougir, visiblement embarrassé.

— Je… je pensais que ton mari… Wes… les hommes se mettent parfois en colère. Cela ne fait rien, oublie ce que je t'ai dit.

Bien sûr, Wes Burrows avait quasiment détruit son univers en venant ici et il la mettait en rage à chaque instant, mais…

Mariah se souvint de la façon dont il s'était immédiatement occupé d'elle, avait couru lui chercher de la glace, l'avait entourée de soins… Il s'était montré doux et protecteur, rien d'autre…

Elle regarda sa cousine.

— Pourquoi me demandes-tu cela ?

Hildy se releva du bout de matelas où elle était assise et lissa les couvertures d'un geste un peu nerveux.

— Je… je ne sais pas, bredouilla-t-elle. On ne le connaît pas encore bien… Je me suis dit qu'il avait pu… enfin, je me demandais…

— J'ai reçu sur le front une bouteille qui a été projetée de la chaîne. Wes a couru chercher de la glace et s'est montré très attentionné. Il m'a emmenée en ville, chez le docteur, m'a ramenée ici… Je t'en prie, Hildy, ne va pas t'imaginer quoi que ce soit…

— Bien sûr. Je suis désolée.

— Est-ce que quelqu'un t'a raconté qu'il me battait ?

— Mais non !

Sa cousine se tordait les mains.

— Je t'en supplie, Mariah, oublie ce que je t'ai dit, s'il te plaît !

— Très bien, Hildy, très bien…

Elle lui prit la main. Elle ne pouvait supporter le désespoir soudain qui déformait son visage.

— Je t'assure, je ne suis pas en colère contre toi. Ne t'inquiète pas…

Mais les mains d'Hildy tremblaient toujours…

Elles avaient grandi comme deux sœurs, deux amies, deux confidentes. Mais tout avait changé lorsque Hildy avait épousé Philo. La cousine de Mariah avait alors transféré toute son affection sur sa tante Henrietta. Celle-ci était la sœur de sa mère, Clara, et Mariah avait supposé qu'Hildy s'était vouée à la garde des enfants et à aider Henrietta car elle se sentait mieux ainsi.

La jeune femme avait perdu deux bébés en bas âge et ces deuils avaient considérablement assombri le caractère de celle qui avait été autrefois une rieuse et insouciante jeune fille. Hildy venait presque tous les jours à la maison familiale mais, parfois, elle souffrait de migraines tenaces qui l'obligeaient à rester chez elle.

— Tout va bien, insista Mariah en regardant sa cousine dans les yeux, pour mieux l'en convaincre.

Hildy esquissa un pauvre sourire en essuyant une larme au coin de son œil.

— Finis ta petite collation, dit-elle à Mariah. Ta maman t'a fait de la crème anglaise, aussi.

Ensuite, Mariah fit une courte sieste en attendant qu'Hildy lui ramène John James. Quand il entra dans sa chambre, l'enfant la regarda, le front creusé d'une profonde ride d'inquiétude.

— Tu ne vas pas mourir, n'est-ce pas, maman ? lui demanda-t-il.

— Mais non, voyons !

Elle lui prit la main pour le rassurer.

— Je veux vivre assez vieille pour te voir grandir, toi et aussi les enfants que tu auras. Viens m'embrasser !

Le petit garçon grimpa sur le lit et noua les bras autour de son cou.

— Ne t'inquiète pas, lui dit-elle. Les points de suture et la vilaine bosse donnent à tout ça un air plus grave que ça ne l'est en réalité.

John James leva les yeux vers elle.

— Est-ce que cela fait mal ? demanda-t-il.

— J'ai eu la migraine, mais cela va mieux maintenant. Va avec Hildy à présent et travaille ton arithmétique. Tu pourras revenir après le dîner.

L'enfant prit docilement la main de la jeune femme et il sourit à sa mère avant de quitter la chambre. Alors, Mariah ferma les yeux pour essayer de se rendormir un peu, mais le sommeil ne vint pas.

Elle n'avait guère l'habitude de demeurer oisive et le travail qui restait à faire hantait ses pensées. Elle se demandait combien de bouteilles avaient été perdues et si la chaîne avait redémarré convenablement, après que tout eut été nettoyé. On frappa à la porte et Wes appela doucement son nom. Elle était bien obligée de s'avouer qu'elle prenait plaisir à entendre sa voix grave et profonde.

— Entrez !

Hésitant, il se tint un instant dans l'embrasure de la porte, sans faire un pas de plus à l'intérieur de la chambre.

— Votre maman dit que vous allez mieux, lui dit-il presque timidement.

— Elle m'envoie Hildy toutes les dix minutes pour s'en assurer. La pauvre doit être épuisée…

— Je crois qu'elle ne va pas trop mal, je l'ai vue rentrer chez elle avec un panier qui contenait son dîner et celui de son mari.

— Racontez-moi un peu ce qui s'est passé quand vous êtes retourné à la brasserie…

— Tout le verre brisé avait été ramassé. Gerd m'a

demandé de rester un peu dans la salle pour veiller à ce que tout se passe bien.

— Combien de bouteilles ont été cassées ?

— Une centaine, à peu près, je pense.

Elle secoua la tête.

— On a trouvé quelque chose qui ne marchait pas dans les machines ?

— Pas vraiment. Lorsqu'on a redémarré la chaîne, tout s'est bien passé. Marc pense qu'il a suffi qu'une bouteille prenne une inclinaison bizarre au détour du rail, pour qu'elle ait été projetée.

— Peut-être faudrait-il engager quelqu'un spécialement pour surveiller la chaîne.

Il s'approcha d'un pas.

— Ils ont aussi parlé d'adjoindre une sorte de bouclier qui pourrait empêcher la chute des bouteilles, l'informa-t-il.

— Oui, pourquoi pas ? C'est une bonne idée.

Visiblement il s'était lavé et changé. Il gardait des vêtements propres dans les sanitaires, comme les autres hommes de la brasserie. Ses cheveux aux reflets roux, soigneusement peignés, étaient encore mouillés.

— Avez-vous mangé ? lui demanda-t-elle.

— Non, je suis venu vous voir, d'abord.

L'effort coûta à Mariah, mais elle ravala sa fierté pour proposer :

— Eh bien, si vous alliez vous chercher une assiette, que nous puissions dîner ensemble ?

Les yeux de Wes s'agrandirent de surprise.

— Je… bien sûr ! bredouilla-t-il, ravi. Je reviens tout de suite.

Dix minutes plus tard il poussait la porte, un plateau dans les mains. Mariah avait entre-temps revêtu un joli chemisier imprimé et une jupe. Elle l'attendait, assise à une petite table, près de la fenêtre. Il n'y avait pas la place de déposer le plateau, alors Wes y disposa les assiettes et les couverts.

Il n'apportait pas que de la vaisselle. Mariah eut l'eau à la bouche en humant le riche arôme d'une perdrix rôtie accompagnée de carottes nouvelles et d'une purée de navets.

— Je ne connais pas une cuisinière qui soit à la hauteur de votre maman, lui dit-il en souriant. Je n'ai jamais aussi bien mangé de ma vie.

On frappa à la porte et Faye entra avec un pichet de bière et deux chopes.

— Ma pauvre chérie, dit-elle en voyant le front tuméfié de Mariah, comme te voilà arrangée ! Tu as mal à la tête ?

— Cela va bien mieux, merci.

— Je fais manger John James avec Paul et Emma.

Faye remplit leurs verres puis quitta la pièce dans le doux froufrou de sa robe.

Wes attendit poliment que Mariah ait porté un morceau à sa bouche, avant de prendre sa fourchette.

Elle étudiait le visage de l'homme qui lui faisait face, tout en savourant sa perdrix rôtie à la perfection. Mariah se sentait confuse, toutes ses certitudes ébranlées. Il fallait bien avouer que Wes Burrows n'avait confirmé aucun des soupçons qu'elle entretenait contre lui. Il était extrêmement attentionné et généreux. Il ne s'était offusqué d'aucune des nombreuses rebuffades qu'elle lui avait opposées et aujourd'hui, il s'était occupé d'elle sans relâche, avait veillé sur elle et sur sa sécurité.

On lui avait assigné un des postes les plus pénibles de toute la brasserie et il n'avait pas eu un seul murmure pour se plaindre. Quand il lui parlait de son travail, c'était toujours à propos de choses qu'il apprenait, de savoir-faire qu'il assimilait et avec une certaine fierté dans la voix. Plus d'un costaud aurait jeté l'éponge, après une seule semaine en salle de maltage.

Bien sûr, tout cela n'excusait pas le fait qu'il s'était présenté ici sous une fausse identité, ou plus exactement, une fausse qualité, mais aujourd'hui, il n'aurait pas été très délicat de lui en faire le reproche.

Rassemblant tout son courage, Mariah posa sa fourchette, essuya ses lèvres et articula :

— Vous vous êtes montré très attentionné, lorsque j'ai été blessée aujourd'hui. Je tenais à vous en remercier.

Elle vit briller une brève lueur de surprise dans les yeux sombres de Wes. Il finit d'avaler sa bouchée et répondit doucement :

— Je sais combien cela doit vous coûter de dire cela…

Il haussa les épaules et acheva :

— Mais, vous savez, n'importe qui aurait fait la même chose à ma place.

Le regarder droit dans les yeux la mettait mal à l'aise. Le contact qui s'établissait alors entre eux lui apportait du trouble et de la confusion, ainsi qu'une douzaine d'émotions contradictoires qui la submergeaient et contre lesquelles elle ne pouvait lutter. Pourtant, Mariah se força à regarder cet homme qu'elle ne parvenait toujours pas à comprendre. Elle s'obligea à accueillir ces émotions qui la prenaient de court. Elle mentait depuis si longtemps que c'était presque un soulagement que de devoir, pour une fois, faire face.

— Vous savez, lui dit-elle doucement, vous me donnez souvent l'impression que vous m'avez prise au piège.

Voilà, c'était dit. Avec honnêteté.

Wes posa sa fourchette et garda le silence un instant. Puis il hocha la tête.

— Je vous avoue que je n'avais pas prévu cela. Je n'y avais tout simplement pas pensé. Mais je ne vous ai rien caché. Je ne suis ni compliqué ni mystérieux. Si vous le vouliez, vous pourriez voir au fond de moi comme à travers de l'eau.

— Que voulez-vous dire ?

— Je n'ai jamais connu mon père et ma mère, jamais eu de famille. Alors, quand j'ai lu les lettres de John James, ce besoin si fort d'avoir un père, qu'il exprimait, je l'ai reconnu en moi et ça a été comme un appel. Il n'était pas question d'y résister.

Elle ne répondit rien. Elle n'était pas insensible au fait qu'il avait réellement été élevé dans un orphelinat et avait eu une enfance difficile. Mais cela n'excusait pas le fait d'être venu chez elle et d'y avoir pris ses aises. Elle reprit sa fourchette et il fit de même. Pendant plusieurs minutes, ils mangèrent en silence.

Elle ne voulait pas paraître parler en accusatrice, alors elle modéra sa voix pour lui demander :

— Il ne vous est jamais venu à l'idée que c'était peut-être moins pour John James que pour vous-même, que vous avez voulu faire cela ?

Et partant du principe que son histoire était vraie, elle ajouta :

— Peut-être aviez-vous tellement besoin de quelqu'un dans votre vie que vous avez imaginé que lui, avait besoin d'un père. En fait, peut-être aviez-vous plus besoin de lui, que lui de vous.

Calmement, Wes prit une longue gorgée de bière. Puis il reposa sa chope et s'essuya les lèvres. Lorsqu'il la regarda de nouveau, ses yeux brillaient dans la lumière de la lampe.

— Il est clair que beaucoup de gens l'aiment et veillent sur lui. Il a la chance d'avoir une grande famille, aimante, protectrice…

Il baissa encore la voix.

— … Et une merveilleuse maman.

Mariah se demanda pourquoi ces simples mots lui faisaient comme une brûlure à la poitrine.

— Et il est peut-être exact que j'ai davantage besoin de lui, que lui de moi. Mais il lui faut un père. Un enfant doit avoir un père.

— Mais beaucoup de garçons grandissent sans…

— Certes, mais moi j'ai la possibilité de lui éviter cela.

Tout cela les ramenait au fait qu'ils vivaient dans le mensonge et tout avait été dit à ce sujet. Argumenter davantage ne le ferait pas changer d'avis, Mariah en était bien consciente. Ils finirent de dîner. Pendant que Wes desservait la table, John James entra dans la chambre et se mit à jouer avec ses petits chevaux sur le couvre-lit. Mariah retourna s'étendre et cette fois, elle s'endormit un peu, comme Felix, qui s'était roulé en boule sur la carpette.

Lorsqu'elle s'éveilla, sans doute quelques minutes plus tard, Wes revenait dans la chambre avec un livre relié en cuir vert. Du lit, elle ne pouvait pas lire les petites lettres dorées du titre.

— Qu'est-ce que tu lis, papa ? demanda John James.

— J'ai trouvé *le Prince et le Pauvre*, de Marc Twain, sur les étagères de ta salle d'étude. Tu l'as lu ?

L'enfant secoua la tête.

— Marc l'a commandé dès qu'il a été publié, expliqua Mariah. Je ne crois pas que quiconque ici l'ait lu, à part lui.

John James regarda son père, plein d'espoir.

— Tu veux bien nous le lire, papa ?

Wes consulta Mariah du regard. Elle acquiesça silencieusement. Alors, il montra le chien.

— Il faut emmener Felix faire un tour, d'abord.

Quand ils revinrent, Wes tira le rocking-chair près du lit et s'y assit.

— Comment va votre jambe ? lui demanda Mariah.

— Je remettrai un peu de glace dessus, tout à l'heure.

Elle tapota le bord du matelas.

— Etendez-la, lui conseilla-t-elle, cela vous soulagera.

Il retira sa chaussure, posa son pied sur le couvre-lit et ouvrit le livre.

L'histoire en était celle d'un pauvre garçon qui était né à Londres. Lorsque John James entendit qu'il s'agissait d'un enfant non désiré, une ombre passa sur son visage. Mais au fur et à mesure de la lecture, quand une riche famille puis toute l'Angleterre se mirent à vouloir adopter le jeune garçon, son expression devint celle d'un profond intérêt.

Mariah aimait entendre la voix chaude et bien timbrée de Wes tandis qu'il lisait et puis, l'air attentif et concentré de son fils était, à lui seul, une récompense. Il avait même abandonné ses chers chevaux de bois et écoutait, le menton dans ses mains.

Il n'était pas difficile, à cet instant, de laisser son imagination divaguer et de se figurer qu'ils formaient vraiment, tous les trois, une famille. Comment en aurait-il été autrement, quand Wes passait beaucoup de temps à enrichir l'esprit de l'enfant, à l'aider dans ses devoirs et à lui raconter de belles histoires... Il était également évident que John James considérait l'arrivée de son père dans sa vie comme un véritable miracle. Il était aussi quelque peu inévitable que Mariah en ressentît une certaine jalousie. Elle s'était occupée de l'enfant depuis sa naissance, l'avait nourri, soigné, avait veillé à son éducation. Et à présent, c'était cet étranger surgi de nulle part qui lui prenait tout l'amour de son fils.

Ses autres pensées étaient moins plaisantes encore, car si elle se laissait aller à imaginer un instant que Wes était vraiment son mari et le père de James, alors ils auraient dû vivre dans leur propre maison, se connaissant depuis de longues années et partageant de chers souvenirs.

Mais aurait-ce bien été le cas ?

Souvent elle pensait aux couples de sa famille : Wilhelm et Mary-Violet, Gerd et Betz, Annika et Robert, qu'elle avait épousé l'année précédente. Mariah se posait beaucoup de questions sur leurs relations. Etait-il vrai qu'ils avaient quelque chose qu'elle n'aurait jamais ? Bien sûr, elle avait le soutien de ses parents, qui l'aidaient à élever son fils et s'occupaient de lui, mais il devait bien y avoir autre chose, puisque les hommes et les femmes vivaient ensemble depuis Adam et Eve.

En réfléchissant un peu plus profondément, les choses se gâtaient encore davantage et l'idée d'avoir un mari à elle perdait tout attrait. Mariah n'avait pas envie que quelqu'un pût lui dire ce qu'elle avait à faire, moins encore que l'on allât attendre d'elle davantage qu'elle ne pouvait donner. Même tout ce qu'on pouvait accoler au nom d'épouse, en termes de soutien, de protection et de relations physiques ne l'attirait que modérément. Elle ne voulait pas qu'une trop grande implication émotionnelle pût lui dérober sa liberté.

Elle avait souvent observé des couples de fiancés,

de jeunes mariés et même ceux qui étaient unis depuis longtemps, comme Marc et Faye. Tout ce qu'elle pouvait deviner d'intime entre eux, à les voir s'embrasser et se toucher à la dérobée lui paraissait à la fois gênant et intrigant. Mais elle n'y accordait pas trop d'attention. Elle ne voulait simplement pas remettre son avenir entre les mains d'un homme.

Les paupières de John James s'alourdirent et sa tête se mit à dodeliner au-dessus du couvre-lit. Wes referma le livre.

— Je vais l'emmener se coucher, dit-il.

Elle acquiesça.

— Voudriez-vous me le porter un instant, que je l'embrasse ? demanda-t-elle.

Wes souleva délicatement l'enfant dans ses bras, puis s'assit au bord du matelas pour le présenter à sa mère. Mariah caressa les cheveux du petit garçon et l'embrassa sur la joue. Puis, elle écarta une mèche de son beau front et y déposa également un baiser. Ceci fait, elle leva les yeux vers Wes et vit qu'il la regardait tendrement, intensément. Une étrange émotion se noua dans son ventre et sa poitrine. La tête lui tourna et elle se mit à se demander si sa blessure n'était pas plus grave qu'elle ne l'avait cru. L'espace d'un instant, elle eut quelque mal à reprendre son souffle. Alors, elle ferma les yeux et prit une profonde inspiration. Lorsqu'elle les rouvrit, elle vit la petite cicatrice sur la lèvre supérieure de Wes, la peau douce de ses joues, sentit le parfum de son eau de toilette. Elle avait l'impression de tomber au fond d'un puits et, étrangement, de l'avoir ardemment désiré.

Wes se pencha doucement, protecteur, au-dessus de l'enfant qui s'endormait. Ce ne fut qu'au tout dernier moment que Mariah comprit ses intentions. Elles étaient claires, dramatiquement claires.

Il voulait l'embrasser, elle.

9

Elle ne pouvait pas s'écarter ni fermer ses yeux, rien, à part ressentir cette sorte de fièvre, de panique mélangée d'envie folle. L'espace d'un instant, elle crut s'être évanouie.

Il se pencha, si près qu'elle pouvait respirer l'odeur de ses cheveux et sentir son souffle sur son menton. Alors, il posa ses lèvres sur les siennes. C'était un contact chaud et très doux, beaucoup plus qu'elle ne l'aurait imaginé. Une sensation extraordinaire qui faisait battre son cœur et vibrer chacun de ses nerfs. Comment tout cela était-il possible ?

Mariah n'avait jamais été embrassée ainsi par un homme. Bien sûr, son père et ses frères l'embrassaient, mais il n'y avait pas de comparaison.

Bonté divine, si ce baiser-là était de ceux que ses sœurs et ses cousines partageaient avec leur mari, alors elle comprenait mieux leur bonheur. Peut-être parce que John James était entre eux et que les mains de Wes étaient occupées à porter son précieux fardeau, l'angoisse de Mariah s'apaisa un peu.

Elle ouvrit ses lèvres, juste assez pour l'accueillir mais pas suffisamment pour qu'il ait l'impression qu'elle aimait vraiment cela et se laissa aller à la magie de l'instant.

Or, Wes n'avait pas vraiment eu l'intention de l'embrasser. Bien sûr, il y avait déjà pensé. Mariah avait les lèvres les plus douces et la plus jolie bouche qu'il avait jamais vues. Chaque fois qu'ils étaient seuls, l'idée de prendre cette bouche s'imposait à lui. Mais s'y mêlait, hélas, la certitude qu'elle ne pouvait pas le supporter. Il s'était montré bien hardi mais en tout cas, pour l'instant, elle ne lui avait pas envoyé son poing sur le menton.

Pourquoi, d'ailleurs ? Elle le détestait. Elle ne manquait jamais une occasion de lui rappeler qu'il n'avait rien à faire chez elle.

Alors, pourquoi se laissait-elle embrasser ? Pourquoi lui rendait-elle même son baiser ?

Voilà. Un frémissement de ses lèvres sous les siennes, un souffle délicatement exhalé, comme un soupir et, fallait-il le croire ? un acquiescement…

Mariah.

Oui, cette femme était forte. Tranchante comme le diamant. Obstinée, indomptable. Mais en ce moment, il ressentait, de sa part, comme un appel et une réponse enfiévrée. Bien sûr, il avait abusé de la situation. En d'autres circonstances, jamais elle ne se serait montrée aussi complaisante, aussi complice, aussi douce.

Avec regret et une réelle dose de force d'âme, Wes interrompit leur baiser. Il se redressa.

Comme surprise, Mariah battit des paupières. Ses beaux yeux bleus parurent égarés un instant, puis se fixèrent. Alors une ombre de honte passa sur eux. De quoi avait-elle honte ?

— Je… je vais le coucher, murmura-t-il.

Il emporta John James de l'autre côté du couloir. Lui retirer ses vêtements, en luttant avec les membres flasques de sommeil du petit garçon, fut assez difficile : Wes n'y était guère habitué. Mais il y parvint néanmoins après quelques tentatives maladroites et, au bout de quelques minutes, l'enfant fut couché dans son petit lit et bordé sous ses couvertures.

Wes songea qu'il n'avait pas vraiment laissé à Mariah l'occasion de réagir à son baiser. Sans doute avait-il eu un peu d'appréhension quant à ce qu'elle pourrait faire ou dire. Et plus encore sur ce que lui-même devrait dire ou faire. Jusqu'ici, elle ne lui avait pas épargné les rebuffades. Il ne pouvait pas l'en blâmer, mais cela faisait tout de même du mal.

Non, il n'avait pas vraiment eu l'intention de se pencher pour l'embrasser. Mais ils avaient été tellement près l'un de l'autre, tellement proches, qu'il pouvait respirer l'odeur si fraîche de ses cheveux et voir passer, sur son beau visage, la moindre émotion, la plus petite vulnérabilité. Alors, c'était arrivé, tout simplement…

Wes regarda un instant John James, puis le petit Paul, lui aussi profondément endormi, et il éteignit la lampe. Il avait bien besoin d'une minute ou deux de solitude pour reprendre son calme, alors il se laissa doucement tomber dans le fauteuil le plus proche. Les deux garçons dormaient sous de gros édredons brodés, d'épais tapis de laine couvraient le plancher… Sous la fenêtre, une étagère offrait un choix de jouets.

Dans l'obscurité, le regard de Wes passa successivement sur chacune de ces formes presque indistinctes. Par un bond de sa mémoire dans son propre passé, il revit le dortoir froid et austère de l'orphelinat. En ce temps-là, se coucher n'était guère un plaisir, surtout l'hiver, lorsque les orphelins étaient obligés de garder leurs bas trop minces et leur pauvre uniforme de drap sous la couverture, afin de ne pas avoir trop froid. Dans le couloir, une cloche leur intimait l'ordre de se déshabiller et d'aller au lit. Mieux valait ne pas rester debout quand elle retentissait pour la seconde fois. Le directeur passait alors dans la travée, entre les lits de fer. Il envoyait les retardataires se coucher puis, tout de suite, éteignait l'éclairage au gaz, plongeant le dortoir dans l'obscurité.

Bien souvent, les plus jeunes ou bien les nouveaux arrivés pleuraient dans leur lit. Parfois, l'un d'entre eux murmurait une prière pour demander à Dieu des vêtements chauds, de la sécurité et, plus simplement, une famille.

Wes regarda pensivement les deux enfants, dans cette chambre chaude et accueillante. Savoir que jamais ils ne connaîtraient la faim, la solitude, l'humiliation de la pauvreté, le remplissait de soulagement et de satisfaction. Jamais leur grande, aimante et belle famille n'abandonnerait un des siens, quoi qu'il arrive. Les deux garçons ignoraient qu'ils avaient cette chance et peut-être était-ce aussi bien ainsi. Mais Wes, lui, savait et cela n'en rendait l'idée que plus réconfortante.

John James n'avait jamais eu besoin que d'un père et l'ancien orphelin ne regrettait pas d'avoir donné vie à cette chimère.

Il ne pouvait toutefois s'empêcher de se demander ce que c'était que de se sentir en sécurité, aimé et même désiré. John James était la seule personne pour qui Wes comptait. Le seul qui souhaitait vraiment qu'il restât chez les Spangler. Le seul qui voyait en lui quelqu'un d'important. Le seul qui l'aimait.

Pour la première fois de sa vie, Wes se sentait aimé et il se savait qu'il était attaché par un lien indestructible à ce petit garçon. C'était un sentiment tout nouveau pour lui et une véritable bénédiction. Jamais, non jamais, il ne l'abandonnerait.

Silencieusement, il se leva et quitta la chambre, fermant doucement la porte derrière lui.

Mariah se leva et resta debout un moment pour vérifier son équilibre. La tête ne lui tournait pas et elle ne vacillait pas sur ses jambes. Elle avait un sentiment étrange, mais qui n'avait rien à voir avec son coup sur la tête. Ses nerfs à vif et son cœur battant, elle les devait à Wes et à ce qui venait de se produire.

Elle n'avait pas trop envie d'analyser tout cela, pas envie de s'interroger sur le fait qu'elle *voulait* qu'il l'embrasse, mais elle ne pouvait éviter de considérer l'intensité des sentiments qui se bousculaient en elle.

Réfléchir à peu près froidement à ce baiser permettait de conjurer la panique qui menaçait toujours de l'envahir. Il fallait qu'elle sorte de cette chambre. Pas question d'être de nouveau confrontée à Wes Burrows si vite après « l'incident ».

Elle attrapa un peignoir, l'enfila à la diable et glissa ses pieds dans des pantoufles, puis, quittant la chambre, elle se dirigea vers l'escalier du fond.

C'est là qu'elle rencontra son grand-père, qui avait encore sur lui les vêtements qu'il avait portés toute la journée au bureau.

— Je montais justement voir comment tu allais, lui dit-il.

Elle était heureuse de le voir.

— Je vais bien. J'ai juste envie d'un lait chaud pour m'aider à dormir. En veux-tu un aussi ?

Louis Spangler tourna les talons et ils descendirent l'escalier ensemble. Le pas du vieil homme était un peu raide et difficile, sur les marches. Heureusement, les pièces qui lui étaient réservées étant au rez-de-chaussée, il ne les montait pas très souvent.

Il y avait encore des lampes allumées dans la cuisine et le fourneau était chaud. Elle attisa les braises, remit quelques bûchettes et sortit une jarre de lait de la glacière. Puis elle alla remplir généreusement une casserole et la mit sur le feu.

Louis s'assit devant la grande table et elle prit une chaise à côté de lui.

— Tu es toute rouge, remarqua-t-il.

— C'est probablement dû à la chaleur du fourneau.

— Les sutures ont un air bien net. L'ami Carter connaît son affaire.

Elle eut un sourire timide.

— Intéressantes couleurs autour de l'œil, n'est-ce pas ?

— Une bonne douzaine de personnes m'ont dit que tu allais bien, mais j'ai voulu le vérifier par moi-même.

Mariah se leva et alla verser le lait chaud dans deux bols, avant de revenir les déposer sur la table.

Louis la regarda d'un air curieux.

— Comment est-ce que cela va avec Wesley ? demanda-t-il.

Mariah regarda vers le couloir, pour vérifier que l'on ne pouvait pas les surprendre. Comme la maison était silencieuse, elle répliqua :

— Un parfait étranger se préoccupe de mon fils, l'emmène à l'école le matin, mange à notre table, fait des sourires aimables à ma famille et dort dans ma chambre chaque nuit. C'est particulièrement pénible et je déteste chaque minute de cette situation.

Louis tapota un instant ses doigts sur la table, avant de murmurer :

— Je n'aurais jamais imaginé qu'une chose de ce genre pouvait arriver. Jamais je n'aurais cru qu'il viendrait ici.

Il la regarda dans les yeux et il y lut la profonde détresse qu'elle éprouvait.

— C'est un type plutôt gentil, tu ne trouves pas ? lui demanda-t-il tout doucement.

— C'est bien possible mais il n'en reste pas moins que tout ceci est un mensonge. Est-ce qu'il va rester ici pour toujours ? Est-ce à cela que va ressembler ma vie, à jamais ? Je ne peux m'empêcher de le redouter. Et mon équilibre personnel ? Et mon intimité ? Je n'ai pas choisi cet homme-là comme époux. Et si je voulais épouser quelqu'un d'autre ?

— Pourquoi, c'est le cas ? demanda Louis.

Mariah soupira et se prit la tête dans les mains, les coudes sur la table.

— Non, mais j'aurais bien aimé qu'on me laisse le choix. Or ce choix, je ne l'ai plus.

Elle regarda son grand-père de nouveau.

— Le pire, c'est que autant je peux détester le voir ici, autant je redoute qu'il s'en aille et laisse John James le cœur brisé.

— Moi aussi, dit simplement le vieil homme.

— Que pouvons-nous faire, alors ?

Un pas, dans le couloir, les fit sursauter.

— Vous vous demandez quoi faire de moi, c'est cela ?

Wes se tenait dans l'encadrement de la porte, le chiot dans les bras.

— On ne l'a pas sorti avant de coucher John James, expliqua-t-il en montrant le pelucheux petit animal. Je crois qu'il vaut mieux que je le fasse.

Lorsqu'il revint, il brisa une croûte de pain et en donna les morceaux à Felix. Puis il se tourna vers Mariah et son grand-père.

— Alors, leur demanda-t-il. Vous en concluez quoi ?

Mariah se raidit et but une gorgée de lait.

— Vous nous tenez à votre merci, dit-elle, et nous le

savons. Ce que je n'arrive toujours pas à comprendre, c'est pourquoi vous faites ça.

Wes alla fureter dans le petit cellier attenant dans la cuisine et en ressortit avec une chope de bière à la main.

— Je vous ai donné mes vraies raisons dès le début et au moins une douzaine de fois depuis. Vous ne semblez pas les avoir acceptées. Je vous ai dit aussi que je regrette tout ce que ceci impliquait pour vous, que je n'avais pas pensé que cela vous affecterait autant et que j'étais désolé que vous vous sentiez prise au piège.

» Mais ce que je ne regrette pas, c'est d'avoir trouvé John James. Ni la fierté qu'il éprouve à me présenter à ses amis, ni le plaisir que je peux voir sur son visage, quand je suis auprès de lui. Je n'ai pas la moindre intention de mettre fin à un tel bonheur. Je ne le pourrai jamais.

— Et moi, dans tout cela ? ne put s'empêcher de demander Mariah.

— Est-ce que je dérange tant que cela votre vie ? Etes-vous bien sûre de ne pas être en colère parce que vous ne détestez pas cette situation autant que vous le voudriez ? Peut-être même que je ne vous déplais pas autant que cela…

Il faisait allusion à leur baiser et elle le savait aussi bien que lui. Que voulait-il donc en fait ?

— Vous surestimez votre charme, lui répliqua-t-elle. Pourquoi voudrais-je être mariée avec vous ?

Wes but une longue gorgée et sourit, en passant brièvement sa langue sur sa lèvre supérieure.

— Vous avez eu peur dans le passé, je le devine, dit-il à Mariah. Mais ce n'est rien auprès de la terreur que vous éprouvez aujourd'hui.

— Je n'ai pas peur de vous !

— Eh bien, c'est que vous avez peur de vous-même, alors, ma'am. Mais vous avez peur, ça, je peux l'affirmer.

Il reposa sa chope.

— Et c'est à cause de ce baiser.

10

Voilà qui n'était guère parlé en gentleman et Mariah se sentit rougir jusqu'aux oreilles. Un rapide regard à son grand-père lui permit de découvrir que celui-ci arborait un petit sourire, comme si cette révélation l'amusait. Cette constatation aviva davantage encore sa colère.

Pas embarrassé pour un sou, Wes la regardait droit dans les yeux.

— Mais si un baiser vous fait si peur, j'imagine que c'est parce que vous avez aimé cela…

Mariah faillit en rester bouche bée. Jamais elle n'aurait imaginé qu'il irait encore plus loin dans l'impudeur.

— Vous ne savez pas ce que vous dites et vous ne me connaissez pas, répliqua-t-elle. Tout ce…

Elle eut un geste vague et nerveux du bras, comme si elle ne trouvait pas de mots pour qualifier l'impasse où ils se trouvaient.

— Cet… arrangement n'a aucune chance de fonctionner jamais.

Il hocha la tête.

— Je dois admettre que je ne suis pas enthousiaste

à l'idée de dormir sur le plancher, tout le reste de mon existence.

De nouveau, Mariah regarda Louis, qui écoutait à présent avec un évident intérêt. Il se composa une attitude soucieuse et intervint d'une voix douce.

— Je comprends ce que vous ressentez tous les deux… Mais il y a peut-être une solution.

Mariah, pour sa part, n'y croyait guère, mais elle n'avait rien à perdre. Elle croisa ses bras.

— Nous t'écoutons.

Louis Spangler tapota de nouveau ses doigts sur le plateau de la table.

— Et si vous vous faisiez construire une maison ici, autour, ou bien à la sortie de la ville ? Cela vous permettrait de sauver les apparences et d'avoir des chambres séparées.

Wes hocha pensivement la tête.

— Ça me dirait bien de construire ma maison, approuverait-il en regardant Mariah.

Mais elle, les yeux écarquillés, fixait son grand-père en se demandant si elle ne rêvait pas. Essayait-il de l'unir à cet homme contre son gré ?

— J'ai toujours vécu ici depuis ma naissance, protesta-t-elle. Et John James aussi. Jamais je n'ai ressenti le besoin de quitter cette maison. Je… je suis bien ici, protégée, au sein de ma famille.

— Bon…

Wes réfléchit un moment.

— Peut-être pourrions-nous dire… Que cela ne marche pas très fort entre nous, que nous avons du mal à nous retrouver et qu'il vaut mieux que j'aille vivre de mon côté, tout en restant dans les environs.

Mariah réfléchit à toute vitesse, examinant l'idée d'une séparation affichée, qui permettrait tout de même à Wes de rester un père pour John James. Oui, bien sûr, c'était plausible. On savait qu'il était censé l'avoir abandonnée durant des années. Il aurait fallu être une sainte pour pardonner une telle faute et accueillir son mari comme si de rien n'était.

— Je vais y réfléchir, dit-elle pensivement.

Mais elle ne pouvait s'empêcher de penser que John James allait être bien triste.

— Oui, il faut y penser, dit Louis en reculant sa chaise… Et si tu as encore mal demain ou bien si tu es fatiguée, pas la peine de venir à la brasserie.

— Je verrai comment je me sentirai en me levant, répondit sa petite-fille.

— Bonne nuit à vous deux, alors.

Son grand-père se leva et quitta la cuisine. Mariah ramassa les deux bols vides.

— Pourquoi avoir dit cela devant lui ? murmura-t-elle, en colère.

— Je n'ai rien à cacher.

Elle se sentit piquée au vif par sa réponse.

— Ce qui veut dire que moi, oui ?

— Nous savons tous les deux ce qu'il en est.

Furieuse, elle ne put rien répliquer, alors elle souleva et s'écarta de la table.

— Au fait, lui demanda Wes, de quoi vouliez-vous me parler ce matin, avant votre accident ?

Mariah alla poser les bols dans l'évier. Elle n'avait

guère envie de bavarder avec lui, mais n'était pas fâchée, néanmoins, de changer de sujet de conversation.

— Grand-père veut que vous m'accompagniez à Denver, lui dit-elle. Je précise que c'est son idée et non la mienne. Mais une bonne partie de la famille va se rendre à la foire-exposition, même si tous ne resteront pas du début à la fin.

— Pourquoi veut-il que j'y aille ?

— Je suppose qu'il pense que j'y serai plus en sécurité avec vous.

Comme Wes ne répondait rien, elle le regarda. Il y avait de l'étonnement dans ses yeux, mais aussi un plaisir évident.

— Il me fait confiance pour vous protéger ?

— Apparemment.

A en juger par les événements de la journée, le vieil homme avait vu juste. Le plus agaçant là-dedans, c'est qu'elle-même, oui, elle-même, faisait confiance à Wes pour cela. C'était la raison pour laquelle elle acceptait qu'il l'escorte à Denver.

Le chiot avait retourné un coin de carpette contre la pile de bois de chauffage et mordillait l'un, comme l'autre, émiettant des bouts de laine et de bois mâchonné sur le sol. Wes se leva pour le faire cesser, puis s'agenouilla pour faire disparaître les dégâts.

— Et vous ?, demanda-t-il. Qu'en pensez-vous ?

Elle se demandait franchement si elle n'avait pas plus à redouter ses propres réactions, plutôt que ce qu'il pourrait bien lui faire.

— J'ai l'intention d'emmener John James au moins une partie du temps et je serai plus tranquille si vous pouvez veiller sur lui. Je serai très occupée, mais je ne pourrai pas supporter de ne plus le voir pendant des semaines. Faye l'amènera avec elle et ses enfants, lorsqu'ils nous rejoindront.

Wes ouvrit la trappe d'approvisionnement du fourneau, jeta les morceaux de bois dans la braise et referma.

— Je serai heureux de m'occuper de lui, répondit-il, et de vous aider, aussi.

Il revint s'asseoir auprès d'elle.

— Cela va être tout un événement, n'est-ce pas, que cette foire ?

— Chaque Etat et territoire de l'Union y participe. Le pavillon central a été construit il y a neuf ou dix ans et le parc-exposition tout autour couvre à peu près cent hectares. Outre qu'il y aura des compagnies minières et ferroviaires parmi les exposants, on y verra aussi des artistes et la Wells Fargo a ouvert tout spécialement un théâtre pour qu'ils s'y produisent.

— J'ai du mal à me l'imaginer.

— Il y a des foires-expositions dans beaucoup d'Etats à travers le pays, mais celle-là est comme l'addition de toutes les autres.

— Je suis impatient de voir cela.

Mariah se dit que les choses n'auraient pu être pire. Sa vie était en train de changer si radicalement qu'elle ne parvenait pas à imaginer la direction qu'elle allait prendre. C'était comme se trouver à bord d'un train devenu fou. Un train sans arrêt, sans destination finale et, surtout, sans raison d'être. Mariah tenta de se calmer en prenant une profonde aspiration. Elle avait bel et bien un but, elle. Celui de protéger son fils et accessoirement, elle-même.

Elle aurait tout de même donné cher pour deviner quelles raisons exactes avait Wes de se retrouver ici, à part celles qu'il proclamait : avoir une famille, montrer à John James que le petit garçon avait un père qu'il aimait.

S'il mentait et que son but était ailleurs, quel pouvait bien être celui-ci ? Quand bien même elle tomberait amoureuse de lui et accepterait de l'épouser réellement, il n'y gagnerait pas nécessairement grand-chose. Cela ne suffirait pas, en tout cas, à lui faire chausser les bottes de grand-père. Son père et ses oncles veillaient au grain et c'étaient eux qui détenaient l'autorité.

La possibilité ultime et peut-être, la pire, était qu'il était bien là pour la raison qu'il leur avait tout de suite donnée : son désir sincère de devenir réellement le père de James.

Mariah n'avait aucune envie de donner foi à cette version-là, car elle lui faisait peur. Et si cette option était la bonne, cela n'excusait certes pas Wes Burrows de se montrer présomptueux et peu respectueux de leur intimité familiale, mais en tout cas il se montrait protecteur et attentionné.

Elle, elle ne parvenait pas à le manipuler. Ni à le haïr, et moins encore à lui résister. C'était tout juste s'il la laissait respirer. Mariah avait la poitrine tellement oppressée qu'elle dut se frapper du plat de la main pour la dégager et reprendre de l'air dans ses poumons.

— Ça… ça va ?

Wes s'était avancé vers elle, les mains tendues comme pour la rattraper si jamais elle se trouvait mal.

— S'il vous plaît… ne me touchez pas, lui dit-elle.

— Que se passe-t-il ? C'est votre tête ?

Elle acquiesça.

Wes alla déposer son bol auprès des deux autres dans l'évier, puis il tisonna un peu les braises dans le fourneau avant d'éteindre les lampes à pétrole et de la suivre dans l'escalier.

Mariah était très anxieuse, sans qu'il pût réellement comprendre pourquoi. Mais il ne prenait certainement pas cette angoisse à la légère. Bien sûr, il y avait sa présence qui devait la mettre sur les nerfs mais étrangement, il avait l'impression que ça n'était pas la seule raison. Voire peut-être même pas la principale.

Il y avait quelque chose, quelque chose qui la rongeait depuis plus longtemps. Un souvenir qui l'obligeait à rester sur ses gardes et à n'accorder sa confiance à personne. Wes se dit que John James n'était peut-être pas le seul à avoir besoin de lui. Bien que cette idée aurait vraisemblablement fait horreur à Mariah et qu'elle l'aurait, sans nul doute, repoussée de toutes ses forces, peut-être qu'elle avait besoin de lui, elle aussi.

11

Les semaines suivantes passèrent avec une étonnante rapidité. Il y avait beaucoup à faire pour préparer la foire-exposition et toute la famille s'activait pour que tout fût prêt à temps. Ainsi, il fallut un samedi entier pour terminer l'étiquetage des dernières bouteilles. Il n'était toutefois pas question de rappeler tous les ouvriers de la brasserie ce jour-là, aussi même les enfants prêtèrent la main.

Tout en travaillant, on décida d'aller tous ensemble à la messe, le lendemain matin. A eux seuls, ils occupaient une grande partie des bancs de la petite église. A la fin de l'office, le révérend Thomas dit une prière pour le succès de la foire-exposition et pour que tout s'y déroule sans encombre.

Delia Renlow se précipita vers Mariah et Wes sur les marches, quand ils sortirent dans la lumière de cette belle matinée.

— Ah, Mariah ! C'était quelque chose de voir toute ta famille à l'office, ce matin !

Delia souriait de toutes ses dents sous le rebord de son grand chapeau, festonné de marguerites de soie.

— Mais je suppose que voici ton mari, roucoula-t-elle en tournant son regard vers Wes. Je t'en prie, présente-nous !

Lucas Renlow vint se placer à côté de sa femme, le chapeau à la main. Mariah lui dédia un sourire bref. L'été qui avait suivi leur diplôme d'études secondaires, ils étaient allés ensemble à quelques bals ainsi qu'à un pique-nique au bord de la rivière. A l'automne, Mariah lui avait signifié qu'elle ne désirait pas que leurs relations aillent plus loin. Au printemps suivant, il épousait Delia.

— Mon mari, Wes Burrows. Wes, voici mes amis d'école Delia et Lucas Renlow.

Les deux hommes se serrèrent la main.

— Toute la ville a retenti du bruit de votre arrivée, monsieur Burrows, lui dit Delia. Il faut dire que certains commençaient à douter qu'il y ait eu jamais un M. Burrows, ajouta-t-elle avec le sourire, comme si elle plaisantait.

Mais Mariah savait qu'il n'en était rien. Delia prêchait toujours le faux pour savoir le vrai.

— Je crois que je suis très réel, madame Renlow, lui dit très tranquillement Wes.

— A vous voir, on ne peut en douter, en effet, répliqua Delia, d'un ton lourd de sous-entendus.

— Bienvenue à Ruby Creek, lui dit sobrement Lucas et, prenant le bras de son épouse, il l'entraîna un peu plus loin.

Arlen les avait rejoints pendant ce court échange. Une fois que le couple ne fut plus à portée d'oreille, il chuchota à Wes, avec un sourire en coin :

— Delia a toujours été jalouse de Mariah parce que Lucas et elle ont eu un peu le béguin l'un pour l'autre, autrefois.

Mariah donna une tape vigoureuse sur le bras du jeune homme.

— Tu sais que tu es resté une peste de petit frère, toi ? ragea-t-elle.

Wes regarda Mariah qui, s'en apercevant, se crut obligée d'expliquer :

— C'était à l'école, en classe terminale.

Elle haussa les épaules pour bien appuyer sur le caractère anodin de cette anecdote.

— Bon, conclut-elle, rentrons à la maison.

Le déjeuner dominical fut bruyant et animé, comme le dîner du soir de l'arrivée de Wes. Mais cette fois, le nouveau venu était plus détendu. Il se moquait de Roth en suppliant le jeune homme de lui laisser un peu d'*Apfel-strudel*.

— Maman l'a fait avec les meilleures pommes du verger, lui rétorqua Roth. C'est moi qui les ai cueillies, donc il est normal que j'en aie la plus grosse part.

Wes se tourna vers le visage souriant de Betz Feuermann, à qui il tendit son assiette.

— Ce n'est pas encore la saison, lui dit-elle, mais à l'automne rien ne vous empêchera d'en cueillir, vous aussi !

— Et je pourrais en avoir une plus grosse part, alors ? plaisanta encore Wes. A ce compte-là, je veux bien passer mes journées sur une échelle !

— Ça va, ça va ! lui répliqua Roth en déposant une

part sur son assiette. Arrête un peu de pleurer, tu vas nous briser le cœur !

Wes sourit et porta la tranche du délicieux gâteau à sa bouche.

— Je n'ai jamais aussi bien mangé de toute ma vie, dit-il avec satisfaction.

Mariah se tenait à la porte de la salle à manger, observant la façon dont Wes s'était intégré à la famille et était entré dans leur vie à tous, sans effort. Et eux l'avaient accepté. Bien sûr, c'était de si braves gens ! Confiants, aimants, chaleureux, généreux et tendres…

Enfin… La plupart d'entre eux.

Annika et Robert faisaient eux aussi la queue pour remplir leurs assiettes. Robert, les mains sur les hanches de sa femme. Celle-ci souriait à quelque chose qu'il lui disait et se tournait vers lui avec un regard d'adoration qui fit comme un pincement au cœur de Mariah. Par jeu, Robert toucha du doigt le nez de sa femme, dans un geste de tendre complicité. Au milieu du brouhaha et de tout ce joyeux désordre, ils étaient comme dans une bulle. Heureux. En paix avec le monde, comme avec eux-mêmes.

Mariah les enviait si fort que soudain ses yeux se remplirent de larmes. Elle dut se maîtriser et détourner son regard. Non loin de là se tenait Hildy. Elle ne souriait pas, ne se mêlait à aucune conversation. Lorsqu'elle parvint à la desserte sur laquelle étaient exposées les sucreries, elle remplit silencieusement deux assiettes et les emporta.

Mariah la suivit du regard et la vit en apporter une

à Philo, assis en compagnie de plusieurs hommes de la famille, dont Louis, Dutch et Gerd. Quand il prit l'assiette qu'elle lui tendait, on eût dit qu'il prenait soin d'éviter de la regarder en face. Il lui désigna une chaise en silence et elle s'assit à côté de lui.

Mariah n'aimait pas les interrogations qui se bousculaient en elle et lui tordaient le ventre, tandis qu'elle les observait. Mais ne valait-il pas mieux, au contraire, se poser toutes ces questions ?

Elle s'avança et appela sa cousine.

— Hildy, tu veux bien venir m'aider une minute ?

Elle ne répondit pas tout de suite mais regarda son mari. Philo échangea avec Mariah un regard qui ressemblait à un défi, puis hocha la tête et retourna à sa conversation avec les hommes. Hildy se leva et alla rejoindre sa cousine.

— Qu'y a-t-il ?

— Rien d'important. J'ai pensé que nous pourrions discuter un peu de ce qui va se passer au cours des prochaines semaines.

Elles sortirent de la maison. Il faisait plus frais, dehors, et la brise soulevait des mèches de leurs cheveux. Sous le porche-véranda, Youri et Felix se réveillèrent de leur sieste pour venir renifler le bas de leurs jupes. Par jeu, le chiot donna un coup de patte à son compagnon et le robuste Youri le mordilla doucement, prenant visiblement soin de ne pas lui faire de mal. Puis ils se mirent à courir et à gambader dans la cour et Mariah ne put s'empêcher de rire, à les voir faire. Elle se tourna vers sa cousine, comme pour partager avec elle ce joyeux moment, mais le visage d'Hildy ne montrait aucune trace d'amusement. Une mèche de cheveux bruns pendait sur son œil et, machinalement, Mariah avança la main pour l'en écarter.

Hildy tressaillit.

Leurs regards se croisèrent et Mariah s'immobilisa. Elle tenait la tresse de sa cousine entre deux doigts et venait de découvrir un bleu qui se décolorait, assez semblable à celui qu'elle avait elle-même eu longtemps à la tempe, ces dernières semaines. Il était très évident qu'Hildy avait tenté de le dissimuler avec de la poudre de riz.

— Que t'est-il arrivé ?

Sa cousine recula et replaça ses cheveux comme ils l'étaient auparavant.

— Un accident idiot, expliqua-t-elle. Une pile de jarres en équilibre instable dans le cellier. L'une d'elles m'est tombée sur le coin du visage.

— Je sais ce que c'est. Tu as dû avoir bien mal.

— Bah, pas tant que ça… J'aurais dû faire plus attention.

Mariah avait la désagréable impression que cette explication n'était pas la bonne. Elle se souvint de la question que lui avait posée sa cousine, lorsqu'elle avait elle-même été blessée au-dessus de l'œil. Aucune des femmes de la famille Spangler ne se piquait d'adhérer aux canons de la mode, qui voulait que l'on porte un corset ou que l'on se prive de nourriture. Mais Hildy, elle, était plus que mince ; carrément maigre. Si Mariah autorisait ses soupçons à prendre forme, il allait falloir demander à sa cousine si Philo n'avait pas levé la main sur elle. Mais elle ne se serait jamais pardonné de garder le silence.

— Tu me dis la vérité ? C'était bien un accident ?

— Bien sûr.

— Tu es tout à fait certaine que ton mari n'a rien à voir avec ce bleu-là ?

De pâle qu'il était habituellement, le visage de la jeune femme devint livide. Tremblante, elle prit la main de Mariah et la serra très fort.

— Non. Seulement ma maladresse. Ne va pas t'imaginer autre chose.

— Je m'inquiète pour toi, c'est tout.

— Et ne répète cela à personne, je t'en supplie.

Malgré ses dénégations, l'expression affolée d'Hildy avivait encore davantage les soupçons de Mariah, mais elle *voulait* croire ce que lui disait sa cousine. Il fallait bien. Elle n'aurait pu supporter une autre explication.

— Très bien, je ne dirai rien.

— Tu pars toujours demain ?

— Oui, une douzaine d'entre nous doivent être sur place une semaine avant l'ouverture. Je ne vous remercierai jamais assez, maman, Sylvie et toi de veiller sur John James jusqu'à ce qu'il me rejoigne. Il va beaucoup me manquer.

— Bien sûr, mais il sera bien, ici, avec nous. Tu sais que je l'aime comme mon fils.

— Oui, je le sais.

C'était vrai. L'attachement d'Hildy envers le petit garçon n'était un secret pour personne. Ayant perdu deux enfants en bas âge, elle avait reporté toute son affection sur Emma, Paul et John James. S'occuper d'eux l'avait aidée à surmonter sa peine. Et on ne pouvait lui dénier cet attachement.

Hildy regarda sa cousine.

— Ton mari est très gentil avec lui, n'est-ce pas ?

Mariah pouvait difficilement le nier, là encore.

— Oui, c'est vrai.

— Et toi ? Il te traite bien ?

« Il le ferait, songea-t-elle, si je le laissais faire… »

Encore quelque chose qu'elle ne pouvait nier.

— Oui, il est respectueux et attentionné.

— Tu as de la chance qu'il soit revenu. C'est curieux, cette relation que vous avez ensemble. Tu paraissais… résignée à passer ta vie sans lui, durant toutes ces années. Et maintenant, quand je vous regarde tous les deux… Tu sais, je t'envie beaucoup ta capacité à pardonner.

Ainsi, Hildy les regardait un peu comme elle, Mariah, regardait les autres couples de la famille ? Et qu'avait-elle donc vu entre eux ?

La jeune femme fit mine de s'absorber dans la contemplation des montagnes, au loin. Mais ses pensées étaient bien loin de leurs pentes couvertes de grands sapins.

Pauvre Hildy, si elle savait que la capacité de pardon de sa cousine n'était pas en cause… Car ce n'était pas de l'avoir abandonnée avec son enfant que cet étranger était coupable…

Soudain, ce fut comme si le vent déjà chargé de

l'odeur piquante des grands arbres lui apportait en outre une révélation. Durant ces dernières semaines, qui avaient passé si vite, sa colère s'était peu à peu effacée. Lorsqu'elle voyait Wes, qu'elle s'asseyait en face de lui à table, qu'elle le regardait embrasser John James ou le border dans son lit, elle n'éprouvait plus de ressentiment.

Quand donc l'armure dont elle se cuirassait toujours s'était-elle dissoute, quelque part entre les histoires fascinantes du Grand Nord et les nuits où elle écoutait le souffle tranquille de Wes, dans la chambre plongée dans l'obscurité ? Cette barrière tombée, il lui semblait que les émotions qu'elle pouvait éprouver à son sujet étaient moins pénibles et moins effrayantes. Mais était-ce un bien ?

Wes Burrows avait su trouver une faille dans son armure et Mariah ne savait pas si elle allait pouvoir la réparer assez vite pour être à l'abri du risque.

Les Spangler furent parmi les premiers à débarquer en force dans le pavillon principal de la foire-exposition de Denver et à s'y installer. Bien sûr, les grands exposants, compagnies minières ou ferroviaires, ne tardèrent pas à les rejoindre dans la belle construction de briques et de poutres d'acier qui ne couvrait pas moins de trois mille mètres carrés. Tous les jours, du matériel arrivait sur place par la voie ferrée spécialement construite à cet effet et on le déchargeait à toute heure du jour et de la nuit.

Pour tous ces besoins et d'autres encore, une sorte

de ville champignon, à la mode de l'Ouest, avait poussé autour du pavillon principal. Et les Spangler, qui s'y étaient pris très longtemps à l'avance, avaient pu réserver un emplacement dans ce pavillon. A côté d'eux, un Allemand replet avait ouvert un stand de boulangerie-pâtisserie-confiserie et salon de thé. Il n'avait pas eu grand mal à réserver sa place, car on disait qu'il possédait un magasin au centre-ville, à dix minutes de là. Le visiteur de la foire-exposition pourrait donc, à quelques pas de distance, boire de la bière et déguster des plats typiques du vieux pays, puis trouver des douceurs et gâteaux divers. Il pourrait d'ailleurs déguster les uns comme les autres juste à l'extérieur, sur la terrasse couverte par un grand auvent de toile. De l'autre côté du stand des brasseurs, une tribu de Navajos venus de leur réserve accompagnés de leur agent fédéral proposaient de somptueux tapis et des bijoux en turquoise.

Wes étudia le plan fourni par les organisateurs.

— On dirait que nous sommes la seule brasserie, remarqua-t-il.

Mariah sourit.

— Parfaitement !

Il leva les yeux vers le ciel très bleu.

— Mi-juillet… une chaleur de four et des hordes de visiteurs assoiffés…

— Vous comprenez maintenant pourquoi nous nous sommes donné tant de mal…

Elle montra le boulanger, M. Baur, perché sur un escabeau, en train de mettre la dernière main à la peinture de son enseigne.

— … Et des glaces au stand suivant…

Wes sourit.

— J'aimerais bien qu'il soit déjà en mesure de les servir…, dit-il en s'épongeant le front avec son mouchoir.

— Nous pourrions peut-être aller voir sa boutique en ville, ce soir… ?

Wes lui fit un clin d'œil.

— Madame, voilà une idée qui me plaît…

Une légère inquiétude, aussi discrète qu'une aile de papillon, effleura Mariah.

— Allons voir si les machines à glace marchent bien, avant que la température extérieure ne monte encore, recommandait-elle.

Lorsque le soleil descendit sur l'horizon, ils étaient épuisés et leurs vêtements, trempés de transpiration.

Arlen et Wilhelm, qui ne les avaient rejoints qu'à midi, réussirent à persuader Mariah d'aller prendre un peu de repos et de nourriture.

— Nous avons les choses en main, lui dit Wilhelm. D'ailleurs, Roth et oncle Gerd doivent nous relayer pour la nuit.

A présent que machines et produits étaient en place et même si la clôture du parc-exposition était militairement gardée, il fallait que chaque équipe d'exposants se relaie en permanence sur les stands.

— A demain, alors, dit Wes aux deux jeunes gens, en se chargeant de la serviette en cuir de Mariah.

Il y avait un peu de marche à pied jusqu'aux écuries, mais elle déclina l'offre de son « mari » de l'attendre pendant qu'il allait chercher le buggy, et préféra l'accompagner.

Comme la nuit descendait sur les montagnes et que l'air devenait nettement plus frais, ils croisèrent assez peu de monde dans les rues de la turbulente cité, tandis que le ciel se striait d'orange et de pourpre. Nombreux étaient ceux qui semblaient être déjà rentrés chez eux.

Wes arrêta son attelage devant l'hôtel. Le temps qu'il fît le tour du chariot pour l'aider à descendre, elle était déjà à terre.

— Allez-y, lui dit-il. Je vais emmener le buggy à l'écurie.

Elle le remercia et, avant de monter, passa à la réception pour demander de l'eau chaude. Les cinquième et sixième étages avaient été réservés par la famille Spangler et il n'y avait plus de chambres disponibles dans tout l'hôtel. S'ils avaient voulu faire chambre à part, tout le monde n'aurait pas manqué de le remarquer. Bah, ils s'en étaient accommodés jusque-là, ils pouvaient bien continuer encore quelque temps…

Grâce à Dieu, la salle de bains de l'étage était vide. Mariah en fut soulagée, bien qu'en fait, il y avait là plusieurs baignoires dans des boxes séparés. Elle se déshabilla et entra dans l'eau chaude avec un soupir de bonheur. Quand elle en eut terminé, elle s'essuya et passa un peignoir. En traversant le couloir, elle rencontra Wes, qui montait à la chambre. Il jeta un regard bref mais appréciateur sur sa tenue légère et ses pieds nus.

— J'ai demandé qu'on nous serve à dîner dans la

chambre, mais nous pouvons descendre à la salle à manger, si vous voulez…

— Non, c'est parfait. Je n'ai pas envie de me rhabiller.

Elle rougit jusqu'aux oreilles en entendant ses propres paroles.

— Enfin, je veux dire… Pas envie de me rhabiller comme tout à l'heure…

Wes lui sourit.

— J'ai très bien compris.

Mariah se rua vers la commode pour y prendre un pantalon et un chemisier. Puis elle prit le temps de brosser et de tresser ses cheveux.

Entre-temps, Wes était passé lui aussi dans la salle de bains. On frappa, elle ouvrit et il entra dans la chambre, une serviette accrochée à la diable autour du cou. Il était torse nu et des petites gouttes coulaient de ses cheveux sur sa poitrine et son ventre.

Mariah s'effaça pour le laisser entrer, sans cesser de le regarder. La fois où il avait déchiré sa chemise pour lui reporter de la glace, elle avait déjà remarqué sa musculature sèche, qui convenait bien à un homme qui avait parcouru pendant des années les solitudes glacées du Grand Nord avec des chiens de traîneaux qu'il fallait probablement mener avec autorité et courage. Même la bonne cuisine de maman et de tante Ida n'avait pu en venir à bout. Ses muscles étaient peut-être un peu moins anguleux qu'à son arrivée, mais leur masse et leurs contours étaient solides et vous coupaient le souffle. Ainsi, en ce moment, les bras levés pour s'essuyer les cheveux, il était d'une beauté incroyable. Puis, il prit un peigne et plia ses genoux de façon à pouvoir se voir dans le miroir accroché au-dessus de la table de toilette. Son dos était aussi musclé, aussi bellement sculpté que le reste de son corps.

Ce n'était pas la première fois qu'elle le voyait ainsi. Certains matins, lorsque John James tapait à la porte (il lui était interdit d'entrer sans y être invité), Wes roulait rapidement sa natte, la faisait disparaître, puis lui ouvrait. Elle le regardait faire, mais elle n'avait jamais pris le temps de l'observer ainsi.

Il la vit dans le reflet du miroir.

— On dirait que vous avez pris un peu de poids, lui dit-elle.

Il termina de se peigner.

— J'avais attrapé les fièvres, peu avant de quitter le Nord. Je devais être un peu décharné, à la suite de ça...

— Vous ne l'êtes plus, à présent.

Après avoir reposé le peigne, il se tourna pour lui faire face, en séchant ses épaules. Sa poitrine était couverte d'un fin duvet sombre et frisé, qui se terminait en une ligne descendant sous sa ceinture. Il remit la serviette sur le crochet où il l'avait prise, à côté de la table de toilette.

— J'espère que vous aimez la truite arc-en-ciel, lui dit-il.

— Pardon ?

Il la regarda.

— Il y a longtemps que je ne suis pas allé à la pêche,

expliquait-il. Et j'adore les petites truites de montagne. Alors, c'est ce que j'ai commandé, pour dîner.

— Oh, moi aussi, je les aime beaucoup. C'est délicieux, la truite…

Le chasseur avait disposé leurs bagages dans un coin de la chambre. Wes en ouvrit plusieurs pour trouver ce qu'il cherchait. Il prit son sac de voyage, le posa sur le lit, l'ouvrit et rangea quelques vêtements dans un tiroir de la commode. Tandis qu'il allait et venait dans la pièce, Mariah ne le quittait pas des yeux, admirant le jeu de ses muscles et la grâce fluide de ses mouvements.

— Mais… On dirait que vous ne boitez plus ! s'étonna-t-elle.

— Non.

Il referma le tiroir.

— Ma jambe est un peu raide le matin et parfois elle me fait mal durant la nuit, mais cela va beaucoup mieux, en effet.

Il déplia une chemise, y enfila ses bras, puis la boutonna..

— Tout va bien ? demanda-t-il.

Mariah battit des paupières, comme prise en faute.

— Très bien, oui. J'ai faim.

Justement, on frappait à la porte. Wes sourit et alla ouvrir.

Les truites étaient délicieusement pochées et la garniture de riz sauvage et de pois à la crème était parfaite. Il avait commandé du thé pour l'accompagner et Mariah en but deux tasses.

— Vous reste-t-il de la place pour une glace ? lui demanda Wes.

La jeune femme avait oublié son idée d'aller en déguster une.

— Vous voulez toujours sortir ? lui demanda-t-elle.

— Pourquoi pas ? Si cela vous dit, bien entendu. Vous n'avez pas besoin de vous changer.

Ils déposèrent leur plateau dans le couloir et sortirent en refermant la porte derrière eux. Trouver la boulangerie-pâtisserie Baur ne fut pas bien difficile : apparemment, chacun à Denver savait où elle se trouvait. C'était le rendez-vous de tous les gourmands et de tous les amateurs de desserts glacés.

Quelques regards intéressés suivaient Mariah dans la rue.

— J'aurais dû mettre une jupe, regretta-t-elle.

— Bah… Laissez-les regarder.

La boulangerie Baur disposait d'une terrasse. Ils s'y installèrent. Une jeune femme leur servit de généreuses portions de crème glacée dans de la jolie porcelaine bleue et blanche. Mariah avait choisi du chocolat aux éclats d'amandes et Wes, de la vanille et de la menthe poivrée.

— Vous voulez goûter ? lui proposa-t-il en poussant sa coupe vers elle.

C'était très tentant. Elle plongea sa cuiller et apprécia le goût délicatement mentholé. Puis, elle montra sa coupe.

— Allez-y, vous aussi…

Wes dégusta une cuillère de chocolat en fermant

les yeux. Puis il les rouvrit et la regarda avec une expression de plaisir enfantin.

— Vous vous rendez compte…, commença-t-il.

— Quoi donc ?

— Cet excellent M. Baur va être notre voisin le plus proche pendant les deux… que dis-je, les trois prochaines semaines !

Son air de pure béatitude, à cette perspective, parut soudain à Mariah la chose la plus drôle du monde. Elle partit d'un fou rire irrépressible et se saisit de sa serviette pour se couvrir la bouche. Entre ces hoquets d'hilarité, elle soupira :

— Je me demande si lui et sa famille sont aussi excités à l'idée de boire notre bière.

Ce fut au tour de Wes de trouver ça très drôle et ils rirent tellement, tous les deux, que les gens assis aux autres tables se mirent à se retourner sur eux.

Cela avait été une excellente journée, qui augurait bien de toutes celles qui allaient suivre. Elles seraient chargées, certes, mais très excitantes.

— Je crois que John James aimera beaucoup cet endroit, fit-elle remarquer.

Wes acquiesça.

— Il me manque déjà, dit-il doucement.

Elle scruta son visage avec attention, cherchant à savoir s'il exagérait, mais ne vit pas trace de mensonges sur son visage, non plus que quand il ajouta :

— C'est un garçon si intelligent. Il comprend tout, tout de suite, et ses questions révèlent la façon dont son esprit travaille. Je ne sais pas comment l'expliquer exactement, mais je crois qu'il pense très au-delà de ce qu'il peut appréhender. Il réfléchit de manière prospective, inventive.

— Oui, je vois ce que vous voulez dire, répondit Mariah, surprise de la perspicacité dont Wes faisait preuve. A propos des machines à vapeur, dans votre livre, il m'a posé tout un tas de questions auxquelles j'ai été bien en peine de répondre.

— Je ne serais pas surpris qu'un jour il invente ou découvre quelque chose de révolutionnaire, dit rêveusement Wes.

Il y avait aussi, dans sa voix, un accent de fierté qui ne trompait pas.

Arlen, par exemple, s'était toujours montré très bon pour John James, mais Wes, lui, montrait plus que de l'intérêt. Il parlait de l'enfant comme d'une réussite à mettre en œuvre, construction dont il devait prendre sa part. Il en parlait comme en parlerait un vrai père.

Ils finirent leur glace jusqu'à la dernière cuillerée, puis payèrent et partir. Il faisait tout à fait nuit, à présent, mais les rues, plus calmes quelque temps auparavant, au crépuscule, avaient repris toute leur animation. Wes tendit sa main à Mariah.

Elle pouvait voir son visage, illuminé par les becs de gaz et les lumières des vitrines. Son cœur à elle battait à tout rompre, comme si elle venait de faire une course en robe et en jupe. Au lieu de cela, elle se promenait dans les rues de Denver en pantalon, comme un homme, effrayée de devoir mettre sa main dans celle de Wes, effrayée aussi… mais de quoi, au juste ?

Elle ne s'était pas montrée coquette envers lui, ni

outrageusement féminine. Ne l'avait jamais encouragé à lui faire la cour. Bien au contraire, elle lui avait opposé rebuffade sur rebuffade.

Mais rien de tout cela ne l'avait découragé. Il la traitait toujours comme une princesse, avec mille attentions : lui faisant apporter du thé, lui offrant une glace, la priant, même si cette prière était muette, de bien vouloir lui donner la main.

Sans qu'elle sût très bien pourquoi, Mariah sentit les larmes lui monter aux yeux. Son cœur se mit à battre moins vite, aussi, et c'en était presque douloureux.

Wes Burrows aimait ce fils qu'il n'avait pas eu avec elle. Il jouait avec lui, lui racontait des histoires, lui en lisait aussi, l'aidait à apprendre ses leçons. Il écoutait ses espoirs et ses rêves, comme s'il s'agissait des brillantes démonstrations de quelque philosophe.

C'était un homme bon, à l'évidence. Un homme qui voulait une famille.

Lorsqu'elle avança timidement sa main pour la placer dans la sienne, les bruits des passants, des chevaux et même la musique qui sortait d'un saloon au bout de la rue, tout cela s'estompa. Sa peau était chaude, sa main solide et il lui souriait, heureux comme si elle venait de lui offrir une mine d'or.

Elle lui sourit en retour. C'était peut-être le cas, après tout…

Wes mit le bras de Mariah au creux du sien et couvrit de la sienne sa main, qu'il n'avait pas lâchée un instant. Ils continuèrent à marcher le long des trottoirs. La jeune femme ne savait pas très bien où il l'emmenait et se demandait s'il le savait lui-même, mais cela n'avait pas d'importance. Il s'arrêta.

— Mariah ?

Elle le regarda, le cœur battant à tout rompre.

Il jeta un rapide regard en arrière et l'entraîna dans l'ombre d'une petite porte cochère, comme une alcôve. Là, il prit le visage de Mariah entre ses mains et elle sentit sa vision se brouiller. Une peur panique allait envahir la jeune femme, mais elle sentit son odeur musquée, si reconnaissable et tout s'éclaira. Elle posa sa main sur le devant de la chemise de Wes, là où son cœur à lui aussi battait vite et fort.

Elle ferma les yeux et le revit porter son fils dans son lit et puis une autre fois, le chiot dans ses bras et encore une autre, quand il lisait une histoire captivante aux neveux et nièces. Et puis, elle revit son torse nu, ses cheveux sombres au-dessus des épaules musclées…

Ce n'était pas la peur, ni la crainte, qui irradiait son corps en des endroits secrets.

— Oui, lui dit-elle.

Et ce n'était plus qu'un murmure rauque.

12

Elle venait de lui accorder une permission qu'il n'avait pas même demandée.

Une main dans son dos, il l'attira contre lui. Ce fut presque comme s'il la soulevait du sol. Elle poussa un soupir.

Elle s'attendait plus ou moins à ce qu'une vague de panique vînt l'envahir, mais elle ne ressentait qu'une merveilleuse excitation, qui tendait chacun de ses nerfs comme les cordes d'un instrument. Cette fois, cela n'avait rien d'un baiser dérobé, un peu à la sauvette, avec John James entre eux comme un frein, une barrière. Celui-ci serait délibéré, exigeant et possessif. Etrangement, pourtant, elle se sentait en sécurité entre les bras de Wes, un sentiment paradoxal qu'elle n'aurait pu expliquer.

Sa paume devenait moite sur la chemise de son compagnon et elle la frotta contre le tissu tendu sur ses muscles durs.

Il effleura doucement de ses lèvres le coin de sa bouche et elle frémit sous ce léger contact. Mais cela ne suffisait pas et elle leva la tête pour un baiser plus profond, plus satisfaisant. Il poussa, du fond de la gorge, un grognement rauque.

Emerveillée et comme hors d'elle-même, Mariah s'abandonna au bonheur de cet instant, à ce baiser, à cet homme qui la déroutait et l'excitait à la fois. L'attente de ce qui allait suivre rendait son souffle court et elle tremblait de tous ses membres.

Wes aussi semblait avoir besoin de reprendre sa respiration. Il s'écarta un bref instant, puis revint l'effleurer doucement de ses lèvres, avec une délicatesse qui vous donnait envie d'en goûter davantage. Sa langue vint titiller la courbe de ses lèvres et elle les ouvrit pour mieux l'accueillir. Elle avait un goût de menthe poivrée et de paradis.

Elle posa sa main sur la sienne, beaucoup plus large et ferme, avec ses petits poils drus qu'elle sentait sous sa paume. Le cœur battant, elle s'abandonnait à son baiser, ne pensant à rien d'autre.

— Je crois… que nous ne pouvons pas rester ici indéfiniment, murmura-t-il.

S'apercevant alors qu'elle était dressée sur la pointe des pieds pour mieux profiter de ses lèvres, elle se détendit et les reposa au sol, interrompant leur intense étreinte. Ce fut comme le sentiment d'une perte soudaine.

Mariah songea aux nombreuses fois où elle avait combattu cet affaiblissement de ses propres défenses et à sa fière révolte contre l'intrusion de cet homme dans sa vie. Et pourquoi, finalement ?

A cause de cela. Parce que « cela » était dans l'air,

suspendu au-dessus de sa tête. Une possibilité. Une impossibilité, bien plutôt.

Mais Mariah se refusait à gâcher l'instant présent. C'était bien incertain, mais c'était là, à sa portée. Elle désirait le vivre et ne regrettait rien.

Il la relâcha complètement, avant de reprendre son bras au creux du sien. Puis il lui sourit et elle sentit comme quelque chose qui s'apaisait en elle. Rassérénée, elle le laissa la ramener à l'hôtel et prit plaisir à marcher à son côté.

Comme John James devait partager leur chambre un peu plus tard, Mariah avait demandé l'installation d'un lit supplémentaire. Pour les quelques jours à venir, Wes n'avait donc pas à dormir sur le plancher. La jeune femme ne savait pas exactement ce qu'elle ferait lorsque le petit garçon viendrait les rejoindre, mais elle se disait qu'elle n'aurait qu'à tout simplement exprimer le désir de dormir avec son fils. La semaine passée à travailler ensemble, manger ensemble et dormir dans cette chambre d'hôtel avait développé entre eux une sorte de coexistence pacifique, apaisée, à défaut d'être confortable.

Mais leur baiser venait de changer tout cela. Elle était maintenant bien plus sensible à sa présence et à tout ce qui pouvait désormais se passer entre eux. Chaque fois que leurs regards se croisaient, c'était là, indicible mais bien réel. Une sorte d'acceptation d'un fait, d'appel et d'attente, tout à la fois. Désormais, il y avait, tout ensemble, le souvenir de ce moment de grâce et l'espoir secret qu'il soit suivi d'autres.

Avec autant de boutiques à portée de la main, Mariah put s'activer à acheter toute une garde-robe en prévision de la foire-exposition. C'était Gerd qui avait suggéré qu'elle devrait s'habiller pour impressionner leurs clients et proposer de la marque Spangler une image d'élégance, voire de sophistication.

— Pour nous, lui avait-il expliqué, ça ne fait pas de différence, la façon dont tu es habillée. Mais tu vas accueillir des hommes d'affaires venus de tout le pays et il ne faut pas que tu sois fagotée comme un de nos magasiniers.

Sur le moment, elle avait trouvé cette requête aussi incongrue que désagréable et plus encore, la comparaison qui l'accompagnait. Mais, à la réflexion, elle s'était aperçue que l'argument était fondé et son pragmatisme l'avait emporté sur son entêtement.

Mais la mode du moment n'avait pas grand-chose pour la séduire. Les gants étroits fermés par trois boutons, que l'on était censée porter à toute heure du jour, les robes droites devant, mais à la traîne bouffante derrière, les chapeaux qui ne cessaient de prendre de l'envergure et l'infâme corset, voilà ce qui faisait rage cette année-là. Mariah sanglotait presque à l'idée de devoir passer ses journées emprisonnée dans un tel attirail, en plein été, dans un bâtiment clos et qui allait probablement être passablement bondé.

— Si Madame était venue un peu plus tôt dans

la saison, nous aurions pu lui proposer des tenues plus adaptées à la température, lui dit une vendeuse particulièrement hautaine.

Mariah la remercia du bout des lèvres et tourna les talons pour prendre la porte du magasin.

Elle venait de passer sur le trottoir lorsqu'une jeune femme qui sortait elle aussi de la boutique l'aborda.

— Excusez-moi, lui dit-elle, j'ai entendu malgré moi ce que vous disiez.

Cette personne, qui avait un visage frais et agréable, portait une longue jupe plissée, un joli chemisier et un chapeau à rebords étroits.

— Je crois que je pourrais peut-être vous aider…

Mariah était prête à porter tous les jours une simple jupe brune et le même genre de chemisier qu'elle avait sur elle aujourd'hui, mais quelque chose dans l'air de cette jeune femme éveillait son intérêt. Toujours souriante, l'inconnue lui fit signe de la suivre.

— Mon nom est Katie Alverson, lui dit-elle, chemin faisant. Ma sœur Rebecca et moi, nous avons une boutique à deux pas d'ici. Bien sûr, elle est plus modeste que celle que vous venez de quitter, mais nous avons des tenues toutes prêtes : cela fait plusieurs mois que nous préparons de nouvelles créations en vue de la foire-exposition. Nous essayons de faire des vêtements qui soient élégants, tout en restant abordables et confortables. Peut-être trouverez-vous chez nous quelque chose à votre goût et faire quelques retouches ne sera pas un problème.

— Ma foi, je n'ai rien à perdre à essayer, lui répondit

Mariah en la suivant vers une petite boutique, dans un quartier plus calme.

Katie lui confia que sa sœur et elle avaient placé toutes leurs économies dans l'achat de ce commerce. Elles luttaient pour le lancer.

— Peut-être que quelque chose comme cela vous plairait ? proposa la jeune femme en lui montrant un portant garni de toilettes en coton et en tulle. Bien finies, toujours élégamment décorées de détails tels que rubans, parements de velours ou de soie, ces toilettes étaient très élégantes, sans paraître effectivement pesantes et affichaient un prix raisonnable.

— Je crois que vous allez me sauver à la fois de la honte de n'avoir pas trouvé et des maux de tête consécutifs aux recherches, lui dit Mariah en souriant, soulagée.

La couturière se rengorgea.

Mariah choisit dix robes de jour et quatre du soir, ainsi que de la lingerie, des bas et de petits rubans tour-de-cou. Elle parla aussi avec Katie de chapeaux et d'ombrelles, articles que la jeune couturière ne proposait pas.

— Je vous recommande la modiste de Martin Avenue, lui dit-elle. Ses créations sont légères et discrètes.

— Si vous le dites, alors je suis sûre que j'y trouverai mon bonheur, lui répondit chaleureusement Mariah.

Puis, elle paya et s'arrangea avec les deux sœurs pour que tout soit livré à son hôtel, lorsque les retouches auraient été faites.

— Je ferai mieux, lui dit Rebecca. Je viendrai vous les porter moi-même avec mon panier à couture, pour m'assurer que tout vous ira.

Mariah fut touchée de cette bonne manière, même s'il ne s'agissait probablement que d'un geste commercial. Habituellement, elle ne prêtait que peu d'attention à toutes ces fanfreluches, mais ces deux jeunes couturières ne semblaient pas demander mieux que lui être agréable.

— Mesdemoiselles, j'ai deux sœurs, deux belles-sœurs, une mère, des tantes et une bonne douzaine de cousines, leur dit-elle en ramassant les sacs qu'elle pouvait déjà emporter. Et au cours des deux semaines qui vont suivre, je vais toutes vous les envoyer !

Les deux sœurs se regardèrent et leurs yeux brillèrent d'excitation.

— Nous serons prêtes, lui dit Katie.

Le jour de l'inauguration, comme il en avait pris l'habitude les jours précédents, Wes se leva tôt, se prépara et attendit Mariah dans la salle à manger de l'hôtel. Elle arriva un peu haletante, du fait d'avoir dû s'occuper de plus de détails féminins qu'à son habitude.

Wes la regarda par-dessus sa tasse de café et son journal, et ses yeux s'agrandirent de surprise. Il se leva aussi vite que sa chaise et sa jambe le lui permirent.

— Mariah !

Elle avait été bien soulagée que sa robe ne nécessite aucune retouche, car c'était sa favorite et ce jour-là était vraiment spécial. Katie lui avait assuré que cette toilette verte avec son ourlet soutaché d'or accentuait la blondeur de ses cheveux et soulignait ses yeux bleus.

Elle avait dû faire la concession du corset, mais en avait choisi un particulièrement léger et fin, juste suffisant pour souligner la finesse de sa taille et la ligne de ses hanches, au-dessus de l'évasement de la jupe.

Il y avait bien longtemps qu'elle n'avait pas fait tous ces efforts pour s'habiller et se coiffer. Plus longtemps encore qu'elle ne s'était pas sentie jolie et féminine. Il lui avait fallu pour cela faire taire ses démons familiers, qui lui murmuraient qu'en jetant toutes ses inhibitions par-dessus les moulins, elle poursuivait un but inavoué. Mais il n'y avait rien de particulièrement suggestif ou de coquin dans sa tenue. Elle était simplement vêtue avec élégance, comme quelqu'un qui s'apprêtait à faire honneur à ses visiteurs. Elle était bien un peu embarrassée de son ombrelle, accessoire qui lui semblait toujours légèrement ridicule, mais le soleil de plomb de cette journée le justifiait, après tout.

Wes était élégant, lui aussi, dans un complet veston de serge légère, une chemise blanche au col souple sous son gilet. Ses cheveux étaient toujours un peu trop longs, mais elle aimait cela.

— Vous êtes très belle, lui dit-il, debout, en tirant sa chaise, pour l'aider à s'asseoir.

Ce compliment la prit de court et elle murmura

un merci embarrassé. Elle dut s'avancer un peu sur son siège, pour laisser un peu de place au drapé de sa courte traîne. Sa grand-mère lui disait souvent qu'elle était jolie et ses sœurs vantaient la blondeur de ses cheveux ou la pâleur de son teint, mais jamais un homme ne lui avait fait cet hommage.

— Espérons que je survivrai deux semaines à ce régime, soupira-t-elle. Voulez-vous me dire quelle est la logique qui veut que l'on porte des manches longues et des cols montants durant la journée, puis des décolletés et pas de manches du tout, le soir ?

— Je crains que la mode n'ait que peu de rapport avec la logique, répondit-il en souriant, mais je suis sûr que vous ferez mieux que survivre… Ils ont des scones et de la gelée de citron, ce matin…

Mariah leva un sourcil ironique.

— Mais je nous ai commandé des œufs au jambon, acheva Wes en lui servant du café.

— Dieu soit loué ! soupira-t-elle en levant sa tasse.

— On peut s'asseoir avec vous ?

Roth et Louis se tenaient près de leur table.

Mariah se leva pour embrasser chaleureusement son grand-père.

— Quand êtes-vous arrivés ? demanda-t-elle.

— Hier soir, répondit Louis en s'asseyant. Nous sommes rentrés un peu tard à l'hôtel, parce que mon arrière-petit-fils ici présent a tenu absolument à me faire faire une petite tournée d'information en ville…

— Il faut s'informer de la qualité des produits

que proposent nos concurrents, fit observer Roth en souriant.

— Tout à fait ! approuva le vieux monsieur.

Mariah se tourna vers son neveu.

— Je ne peux pas croire que tu aies emmené grand-père faire la tournée des bars, lui dit-elle.

— Seulement les meilleurs, lui répliqua Roth sans se départir de son sourire.

Un garçon affairé vint prendre les nouvelles commandes. Ils furent rapidement servis et déjeunèrent de bon appétit.

Au-dehors, le soleil qui montait rapidement promettait une journée étouffante. Main Street semblait envahie par une marée humaine qui se dirigeait au son de nombreuses fanfares, vers le parc-exposition. Mariah regarda, ébahie, cette longue procession. La foire devait commencer par une grande parade.

— Comment allons-nous retrouver les autres, dans cette foule ? demanda-t-elle.

— Wilhelm est venu peu avant l'aube, pour disposer les voitures, lui expliqua son neveu. Il m'a dit qu'elles seraient stationnées aussi près de la banque que possible.

En effet, plusieurs de leurs véhicules attendaient, rangés en double file. Quatre chariots avaient même été décorés de tonneaux portant la marque de la brasserie Spangler. Le nom et le logo de la compagnie étaient également inscrits sur des banderoles, à l'arrière et sur les côtés.

Malgré son âge, Louis grimpa avec agilité sur le siège de l'un des buggies et Roth vint s'asseoir à côté de lui. La famille lui avait confié la tâche d'assister son arrière-grand-père pendant tout le temps que celui-ci resterait à la foire-exposition.

Ils étaient en bonne place dans le cortège, peu après le comité de direction et les officiels, qui étaient naturellement en tête. Une batterie d'artillerie tira une salve de coups de canon en guise de salut et la procession s'ébranla. Louis, qui s'amusait comme un enfant, saluait la foule à grands coups de chapeau. Ses cheveux d'argent brillaient au soleil. Des milliers de visiteurs se pressaient sur les trottoirs et sur la route jusqu'aux portes de la foire-exposition, largement ouvertes pour les accueillir.

Quand ils furent parvenus devant les pavillons, Wes laissa Mariah à la garde de Gerd et Wilhelm, pendant qu'il s'occupait des chariots. Il la rejoignit un peu plus tard, tandis qu'aux côtés de Roth et de son grand-père, elle écoutait la bénédiction de la foule, puis le discours d'ouverture prononcé par le gouverneur du Colorado. Celui-ci partagea cette inauguration avec le sénateur de l'Etat, qui donna le signal de mise en route à l'énorme machine à vapeur de 250 chevaux et déclara la foire-exposition officiellement ouverte. Wes prit alors furtivement la main de Mariah et l'entraîna vers leur pavillon, au milieu de l'enthousiasme de la foule.

Celles et ceux qui étaient chargés de la confection des plats allemands étaient au travail depuis l'aube. Parmi eux : la tante Clara, Mary-Violet, plusieurs cousines, cousins et amis. On y respirait la même odeur que celle des jours de fête chez les Spangler.

Au-dehors, sur la terrasse, les tables et les parasols étaient décorés de banderoles aux couleurs vives.

— Nous n'avons pas encore grand monde, ce matin, constata Wilhelm.

— Pour l'instant, les gens sont surtout attirés par les stands de la compagnie de chemin de fer Richmond & Danville et ceux des compagnies minières, lui concéda Gerd. Mais bientôt, ils auront faim et soif…

— Et envie de se détendre un peu les jambes, ajouta Wes.

— Alors, ils iront faire un petit tour de notre côté, reprit Mariah, et la nouvelle se répandra comme une traînée de poudre…

Wes la regarda en souriant et ils achevèrent ensemble :

— De la bière gratuite !

Sans cesser de sourire, Wes se tourna vers le stand voisin.

— D'ailleurs, nous pourrions nous-mêmes nous rafraîchir, avant que les choses séricuses ne commencent.

Il regarda Louis.

— Que diriez-vous d'une coupe de glace ?

La prédiction s'avéra juste. Peu avant 9 heures du matin, les visiteurs commencèrent à se presser au stand Spangler, en quête de boisson et de nourriture. Parmi tous ceux qui passèrent ce matin-là, Mariah fit la connaissance de ranchers, de commerçants et de dirigeants des compagnies de chemin de fer. Plus tard, dans l'après-midi, un grand monsieur barbu qui venait de boire une bière se présenta à la famille comme un homme d'affaires de Philadelphie.

— Je n'ai pas bu une aussi bonne *lager* depuis le temps de ma jeunesse, commenta-t-il.

Mariah écouta Gerd et son grand-père lui expliquer les techniques de fermentation qui donnaient à leurs produits son goût si particulier.

L'homme regarda avec attention l'étiquette de la bouteille qu'il avait devant lui.

— Je vais bientôt ouvrir une salle de jeux, avec un associé, leur expliqua-t-il. Je pense que notre clientèle apprécierait une aussi bonne bière.

Gerd se tourna vers Mariah.

— Je voudrais vous présenter ma sœur, madame Mariah Burrows.

Le monsieur s'inclina courtoisement.

— Très heureux, madame Burrows.

— C'est Mariah qui a organisé notre présence ici, expliqua Gerd. Je m'en voudrais de ne pas lui présenter notre premier client potentiel de cette foire-exposition.

L'ombrelle dans sa main gauche, elle lui tendit la droite.

— Nous sommes fiers de notre produit, monsieur Simson, dit-elle. Il y a des générations d'amour de la bière et de savoir-faire, dans chaque bouteille qui quitte notre brasserie.

— C'est un plaisir de rencontrer une belle dame qui soit également un véritable entrepreneur, répondit galamment l'homme d'affaires.

Wes ne put s'empêcher de se raidir. Louis s'en

aperçut et lui adressa un sourire apaisant. La foire-exposition ne faisait que commencer et Mariah allait rencontrer beaucoup d'hommes qui admireraient sa toilette, sa beauté et son esprit. Il était normal qu'on lui en fît compliment et tout cela n'était après tout que relations d'affaires. D'ailleurs, s'il s'était agi d'autre chose, de quel droit aurait-il pu s'en formaliser ?

Elle n'était pas réellement sa femme.

Cette pensée assombrit durablement sa journée. Dans quel crève-cœur s'était-il laissé embarquer ? Il essaya de ne plus y songer en emmenant de nouveau Louis prendre une glace à côté.

Ce soir-là, Wes se détendit sous l'un des parasols de la terrasse du stand, tandis que Mariah et ses frères discutaient de l'opportunité de faire installer un nouvel accès pour les chariots à l'entrée ouest de la brasserie. Roth avait déjà ramené Louis à l'hôtel. Le vieux brasseur avait eu une longue journée.

Le dîner qu'ils avaient pris sur le stand même avait été savoureux, grâce au talent de tante Clara : poisson fumé, pommes de terre en robe des champs et *Leberkäse*, ce qui, comme on le lui avait expliqué, pouvait se traduire par : « fromage de foie » mais ne contenait étrangement ni foie, ni fromage. Tous ces plats allemands aux noms imprononçables étaient plus délicieux les uns que les autres.

On dîna vers 19 h 30, puis les hommes débarrassèrent, lavèrent la vaisselle et emmenèrent les dames au stand Baur pour leur offrir desserts et café. Après ces petits plaisirs, il faudrait continuer à servir de la bière gratuite et des bretzels jusqu'à la fermeture du parc-exposition, à 23 heures.

Wes avait lavé tant de chopes toute la journée que le bout de ses doigts était tout fripé.

— Je ne me serais jamais douté qu'une foire pût demander une telle organisation, soupira-t-il.

— Vous serez épuisé, quand ce sera terminé, lui dit Mary-Violet, assise en face de lui. Et mon mari ne vaudra pas mieux. Pourtant, c'est un rude travailleur.

— On ne rechigne pas au travail, dans cette famille.

Mary-Violet passa doucement sa main sur la nappe et reprit plus doucement :

— Je n'ai jamais vu Mariah aussi heureuse. Je veux dire… que depuis que vous êtes là. Au début, il faut bien le dire, nous étions tous un peu perplexes. Franchement, personnellement, je doutais que vous puissiez vous remettre ensemble après tout ce temps. Mais quelle que soit la façon dont vous vous y prenez, il semblerait que cela marche.

Une profonde amertume s'empara de Wes. Mentir à tous ces braves gens était un perpétuel recommencement. L'affaire d'une vie, peut-être.

Il ne répondit pas.

— Est-ce que je vous ai offensé en disant cela ? s'inquiéta Mary-Violet.

Il secoua la tête.

— Non… non, pas du tout.

Ils étaient tous francs comme l'or, ces Spangler. Pas

un seul d'entre eux qui ne vous disait franchement ce qu'il avait sur le cœur. Il n'y avait guère que lui qui mentait.

Un peu avant 23 heures, il amena le buggy près du pavillon. Mariah grimpa sur le siège à côté de lui et les autres montèrent dans les différentes voitures pour rentrer à l'hôtel.

Avec un soupir de soulagement, la jeune femme retira son chapeau, puis les épingles qui maintenaient sa chevelure. Des vagues d'or tombèrent sur ses épaules.

— Cela fait deux heures que je rêve d'un bain, avoua-t-elle.

Le sang de Wes se mit à bouillir dans ses veines, car lui, il venait de l'imaginer dans la baignoire. Il préféra changer de sujet.

— Une bonne première journée, non ?

— Mieux que cela ! M. Simson et son associé vont nous signer un gros contrat pour cinq ans.

— Toutes mes félicitations !

Il garda le silence quelques instants puis en vint au sujet qui occupait son esprit depuis plusieurs jours.

— Avez-vous pensé à ce dont nous avions parlé avec votre grand-père ? Déménager dans notre propre maison… Ou bien que moi, je m'installe à part…

Elle ne voulut pas le regarder, préférant fixer d'un air faussement distrait le paysage qui défilait devant elle.

— Je vous avoue que je n'ai pas vraiment eu le temps d'y réfléchir.

— Mais l'une de ces deux solutions a-t-elle votre préférence ?

— John James aura le cœur brisé, si vous n'habitez plus avec nous. Nous le savons, vous comme moi.

— Oui, mais vous disiez que vous vous sentiez piégée.

— Je me sens ainsi depuis très longtemps. Je ne vois pas ce qu'un déménagement y changerait.

Comment devait-il comprendre une telle remarque ? Et la psychologie de celle qui la lui faisait ?

Il baissa les yeux vers l'attelage et ne dit plus rien, bien que pas mal de questions trottaient toujours dans sa tête. Pour une raison qu'il ne connaissait pas, elle avait gardé secrète durant toutes ces années l'identité du père de John James. Lorsqu'elle avait été enceinte, elle n'avait pas dû quitter l'école depuis bien longtemps. Elle ne fréquentait pas beaucoup les gens de la ville voisine, mais elle devait bien être allée en classe avec eux. Il repensa à la rencontre avec les Renlow, devant l'église, l'autre dimanche. Lucas Renlow était un bel homme et apparemment, Mariah et lui avaient eu un penchant l'un pour l'autre, à une époque.

Bien sûr, il n'avait pas prêté une grande attention aux plaisanteries d'Arlen à ce sujet, mais il y avait peut-être du vrai dans tout cela. Dans ce cas, pourquoi ne l'avait-elle pas épousé ? Pourquoi s'était-il marié avec Delia ? Wes se demandait s'il avait bien appris tout ce qu'il y avait à savoir là-dessus.

Mais peut-être aussi le père de John James avait-il été un oiseau de passage, un employé temporaire à la brasserie, par exemple. Il était probable qu'ils engageaient quelques extra, de temps à autre.

— Où John James est-il né ? demanda-t-il tout à trac.

Elle le regarda bien en face.

— Pourquoi me demandez-vous cela ?

— Nous sommes censés nous être rencontrés à Chicago, n'est-ce pas ? Que faisiez-vous là-bas ? Suis-je supposé avoir été présent lors de sa naissance ?

— Je suis allée fréquenter une école supérieure de jeunes filles et je vous ai rencontré. Nous nous sommes mariés et John James est né. Puis vous êtes partis et je suis rentrée au Colorado.

— Avez-vous vraiment vécu à Chicago ?

— Oui, pendant un temps.

Il était possible qu'elle ait rencontré un homme là-bas. Cette pensée le troubla. Un individu capable de profiter d'une jeune fille seule, loin de sa famille et de son cadre de vie habituel ne devait pas valoir grand-chose…

— Etait-ce l'usage, parmi les jeunes filles de votre famille, d'aller suivre des études aussi loin ?

— Au cas où vous ne l'auriez pas remarqué, je ne ressemblais pas aux jeunes filles de ma famille.

— Oh, je l'avais noté, effectivement.

Il tira sur ses guides, car l'attelage arrivait devant l'hôtel. Embarrassée par sa jupe bien droite, Mariah attendit sagement, cette fois, qu'il l'aide à descendre. On ne se conduisait pas, attifée ainsi, comme lorsque l'on portait une paire de pantalons. Pas question de sauter souplement au sol.

— J'ai même remarqué beaucoup de choses, enchaîna-t-il, bien qu'on ne peut pas dire que vous m'ayez beaucoup aidé en répondant à mes questions…

— Je monte dans la chambre. Merci de vous occuper du buggy et des chevaux.

Il toucha cérémonieusement le bord de son chapeau et s'écarta. Elle le regarda un bon moment, comme pour s'assurer qu'il ne se moquait pas d'elle, puis elle rassembla ses jupes autour d'elle et pénétra dans l'hôtel.

Wes n'était pas bien sûr de savoir lui-même pourquoi l'idée qu'elle avait pu connaître un autre homme l'agaçait autant. Peut-être était-ce parce qu'il n'en savait pas bien lourd sur le compte de ce personnage. Le goût du secret, qu'elle avait au plus haut point, n'arrangeait pas les choses. Pourtant, un beau jour, un homme avait réussi à percer sa carapace et à lui dérober son cœur. A le briser, peut-être aussi.

Il quitta l'écurie de l'hôtel et remonta la ruelle obscure d'un pas vif. Il ne fallait pas s'étonner qu'elle ait bâti toutes ces défenses autour d'elle, après une telle expérience. Il avait bien fallu, puisque son cœur avait été brisé. Elle était jeune, vulnérable et était tombée sur un homme qui avait profité d'elle.

Comment gagner après cela la confiance et l'amour d'une telle femme ?

Et pourquoi y songeait-il ?

Wes tourna le coin de la rue et regarda la façade illuminée de l'hôtel. Pourquoi son cœur battait-il si fort dans sa poitrine chaque fois qu'il pensait à elle ?

Pourquoi ressentait-il une telle colère contre un homme qu'il n'avait jamais vu ?

La réponse n'était que trop évidente.

Parce qu'il était amoureux.

13

Aussi obstinée, farouche et hautaine qu'elle était, il ne pouvait plus se passer d'elle. Mariah lui avait pris son cœur.

D'abord, cela avait été son petit garçon et il ne fallait pas non plus sous-estimer l'émotion qu'il avait ressentie en se faisant accepter de cette grande famille, tellement unie. Jamais encore il n'avait appartenu à un groupe humain de cette qualité. Il aimait avoir l'impression d'être un des leurs. Il appréciait même les tâches qu'on lui confiait à la brasserie, même les plus dures. Et il était fier comme un enfant, lorsque la mère de Mariah reconnaissait son pas sur le plancher et qu'elle l'accueillait comme un fils.

Oui, tout cela était bel et bon.

Mais ce n'était pas tout, il y avait Mariah… Elle lui faisait espérer des choses auxquelles il n'avait seulement jamais pensé. Elle l'attirait comme la lune attire la marée. Et il ne pouvait pas comprendre comment un homme avait pu l'aimer — se servir d'elle, plutôt — et ne pas être demeuré auprès d'elle, captivé. Il ne se passait plus une minute, dans la vie de Wes, pendant laquelle il ne pensait pas à elle ou ne rêvait pas d'elle.

Ce matin, lorsqu'elle était apparue dans la salle à manger de l'hôtel avec sa jolie robe, il s'était senti profondément ému par sa vulnérabilité. Elle était visiblement aussi peu sûre d'elle qu'un poulain sur ses jambes toutes neuves. Bien sûr, elle faisait parfaitement illusion, avec sa grâce, son élégance et son autorité naturelle. Mais Wes avait déjà vécu plusieurs vies et couru le monde. On ne l'abusait pas facilement. Il avait senti sa vulnérabilité et savait, à présent, que la carapace si dure de Mariah n'était qu'une protection. Dessous, elle n'était que tendresse et naïveté.

Il était fou d'elle.

Il frappa doucement à la porte de leur chambre et elle lui ouvrit, vêtue d'un peignoir et chaussée de mules. Elle avait brossé et tressé sa chevelure mais quelques-unes de ses mèches étaient encore humides du bain.

Wes prit une tenue de rechange dans le tiroir de la commode et se dirigea à son tour vers les commodités de l'étage. Là, il détendit son corps fatigué et sa jambe meurtrie dans l'eau chaude, la nuque contre le rebord de la baignoire. Il ferma les yeux. S'il avait été un buveur, ça aurait été le soir de chercher l'oubli et l'apaisement dans le whisky.

Quand il revint, elle ouvrit la porte et s'écarta sans le regarder.

— Mariah, commença-t-il d'un ton un peu hésitant, lorsque vous vous figurez la vie que vous aimeriez avoir, quand vous vous imaginez heureuse… Que voyez-vous ?

— Je… je ne sais pas.

— Vous avez sûrement déjà rêvé d'une vie parfaitement heureuse ?

Elle haussa les épaules. Ses réponses évasives mettaient le pauvre Wes au supplice.

— Oui, peut-être…

— Eh bien, comment est-ce ?

— J'imagine John James heureux, grandissant pour devenir un homme bien et moi… moi, ayant une position importante à la brasserie…

Il frotta ses cheveux avec une serviette, puis les peigna tandis qu'elle le regardait à la dérobée dans le miroir.

— Comment voyez-vous le bonheur de John James ?

— Faisant un métier qu'il aime. Marié à celle de son choix, avec de beaux enfants.

— C'est ce que vous voulez pour lui ?

— Oui.

— Comment se fait-il que votre rêve ne parle pas d'amour ?

— Mais si… en un sens…

— Vous avez dit que vous vouliez une position importante à la brasserie et que John James trouve l'amour, mais rien pour vous-même.

Elle se retourna, plia quelques vêtements dans ce qui devait être un sac de linge sale destiné à la buanderie de l'hôtel.

— Tout le monde n'est pas voué à vivre une grande

passion, expliqua-t-elle, sur la défensive. Certains d'entre nous se contentent de leur vie de tous les jours.

— Ainsi, on ne peut pas vous aimer ?

— Bien sûr que si, répondit-elle d'un ton un peu précipité. Ma famille m'aime.

— Mais vous n'avez pas d'amour à offrir à une personne extérieure à votre cercle familial, c'est bien cela ?

Elle se reprit et se tourna pour lui faire face.

— J'ai beaucoup d'amour à donner, au contraire, répliqua-t-elle d'un ton indigné. J'aime mon fils. J'aime ma famille.

C'était vrai. Il avait vu à quel point elle pouvait les aimer. Mais il devait la pousser dans ses retranchements. Il insista.

— C'est donc juste que vous n'avez pas d'amour à offrir à un homme ?

— Je préfère mon indépendance. Pourquoi me parler de tout cela, de toute façon ? Il est tard et nous avons une longue journée devant nous, demain.

Elle tourna la molette de l'une des lampes à pétrole, laissant l'autre allumée et se mit au lit.

Wes éteignit la deuxième avant d'ouvrir les couvertures sur son lit de camp et d'enlever son pantalon. Il se coucha, les mains croisées sous la tête.

— Et si vous aviez un véritable mari, Mariah ?

Il se demandait bien ce qu'elle allait pouvoir lui répondre, mais au bout d'un long moment de silence, elle murmura :

— Si vous voulez savoir si je peux vous aimer,

songez qu'il y a beaucoup de choses que vous ne savez pas, à mon sujet.

— Vous pouvez me les dire.

— Non, je ne peux pas.

— Qu'est-ce que cela changerait si vous me les disiez ?

— Tout.

Le mot resta suspendu entre eux dans l'obscurité.

Mariah se détourna, lui tournant le dos dans la nuit. Elle savait vivre dans les limites qu'elle s'était fixées, sans rien voir d'autre que ce qu'il lui fallait pour accomplir cette tâche. Elle tenait sa force de l'obligation qu'elle avait de contrôler, à chaque instant, la vie qu'elle s'était créée.

La vulnérabilité était une faiblesse à laquelle elle n'avait pas les moyens de se laisser aller. Depuis l'arrivée de Wes, l'armure qu'elle s'était forgée devenait de plus en plus lourde et étouffante, mais elle n'avait rien pour la remplacer.

Elle savait bien que, non content d'être sa principale faiblesse, Wes pointait toutes les autres, tout ce qui était perdu pour elle, tous ses rêves brisés. C'était même ses réactions à la présence de cet homme dans sa vie qui rendaient toutes ces pertes plus douloureuses encore.

Mais elle n'avait pas besoin de lui. Elle s'était parfaitement débrouillée toute seule durant toutes ces années, avant son arrivée. Cependant, il y avait John James. Elle n'était plus la seule dont les sentiments étaient en cause. Mariah avait bien été forcée de constater le manque dont avait souffert son fils, dans sa jeune vie. Elle avait dû rabattre de sa fierté pour admettre qu'il avait besoin d'un père. Oui, cet aveu fait à soi-même lui avait coûté et elle avait eu peur, aussi.

Force était de constater que le petit adorait cet homme. D'abord, elle en avait conçu de la colère, et ensuite la tendresse même que Wes manifestait à l'enfant l'avait effrayée. Mais là encore, elle avait cherché le défaut, la faille dans le comportement du nouveau venu envers le petit garçon et n'avait trouvé en lui que pure dévotion pour John James. A présent, ils étaient bel et bien père et fils, quoi qu'elle pût en penser : il suffisait de les voir ensemble pour le vérifier.

Fallait-il en déduire que Wes Burrows allait devenir pour elle un « vrai » mari ? Non, c'était deux choses entièrement différentes. Un mari était un partenaire… et un amant.

Mais la tendresse qui émanait de lui la touchait d'une façon très particulière. Bien sûr, son grand-père, son père et tous ses frères l'étaient aussi envers elle, à leur manière. Ils l'aimaient, la respectaient… Mais Wes, lui, la traitait d'une façon… particulière. Il y avait comme une révérence dans la façon dont il la regardait, dont il prononçait son nom et même… dans la manière dont il l'embrassait.

Mariah n'avait jamais fait beaucoup d'efforts pour souligner sa féminité ou essayer de se rendre plus attirante. En fait, attirer l'attention sur elle la gênait.

Et justement, l'intérêt que lui manifestait Wes la rendait mal à l'aise, mais d'une tout autre façon. Elle était gênée parce qu'elle était attirée par lui en retour.

Chaque fois qu'elle pensait à ce baiser qu'ils avaient partagé l'autre soir, dans l'ombre complice de ce porche, elle se souvenait de la sensation d'être ainsi serrée contre son torse solide, entre ses bras. Cela vous donnait un infini sentiment de sécurité et l'impatience de vivre l'instant suivant. Jamais elle n'aurait cru faire l'expérience de quelque chose de semblable.

Dans la vie, Wes Burrows ne semblait pas avoir de grands besoins, ni demander grand-chose à l'existence. Il était arrivé chez elle avec bien peu de bagages et il ne semblait accorder de valeur qu'aux gens qu'il respectait, ainsi qu'à ses chiens. Ses vêtements étaient pratiques, bien coupés, mais sans ostentation. Il appréciait les choses simples comme un bon repas, une agréable conversation et… la glace à la menthe.

Mariah repensait encore et toujours à ce baiser.

Ces questions de ce soir avaient été particulièrement dérangeantes, mais il fallait bien admettre que sa curiosité était fondée. D'ailleurs, il ne la pressait pas, ne lui demandait pas davantage qu'elle pouvait lui donner. Si elle se forçait à être honnête quelques instants, elle devait bien admettre qu'elle aimait tout de lui, depuis son apparence et son honnêteté dans le travail jusqu'aux histoires qu'il racontait et… ses baisers.

Chaque fois qu'elle pensait du mal de lui, elle s'apercevait ensuite qu'elle s'était trompée et qu'il était tout le contraire de ce qu'elle avait cru. Il se passait un peu la même chose dans leurs relations et dans ses réactions envers lui. Elle pouvait vouloir le fuir ou prétendre le vouloir, mais ce qu'elle voulait réellement — et là elle était honnête, pour un instant — c'était d'être toujours davantage auprès de lui, pour tout oublier et profiter simplement du bonheur d'être ensemble.

D'ordinaire, Mariah s'occupait du présent et non du passé ou de l'avenir. La raison en était bien simple : le futur était trop incertain pour que l'on pût l'envisager, quant au passé, mieux valait l'oublier. Mais penser à Wes l'obligeait à voir les choses en face, avec honnêteté. Or, elle n'était pas bien sûre de pouvoir se le permettre.

— Vous dormez ? demanda-t-elle.

— Non.

Le cœur de Mariah se mit à battre nerveusement.

— Avez-vous fait, dans votre vie, quelque chose de tellement mal que vous ne pouvez rien faire pour réparer ? lui demanda-t-elle soudain. Quelque chose qui causerait énormément de peine aux gens que vous aimez, qui les détruirait, qui vous anéantirait vous-même, à chaque instant, si vous vous laissiez aller à y penser ?

— Je n'ai pas vraiment eu la chance d'avoir des gens que j'aurai aimés, lui répondit-il au bout d'un moment. Mais j'imagine que ce n'est pas de cela que vous voulez parler…

Il resta silencieux encore plusieurs minutes.

— Il n'y a rien que vous ne puissiez me dire, Mariah, reprit-il doucement. Quoi que cela puisse être, je suis prêt à vous aider. Vous pouvez me faire confiance.

Mais tout révéler était au-dessus des forces de

Mariah, au-delà de la confiance qu'elle pouvait accorder à n'importe quel être humain. Même son grand-père ne savait pas tout de cette histoire.

— Non, vous ne pouvez pas m'aider.

Les Spangler avaient réservé plusieurs tables dans la salle à manger de l'hôtel, le soir suivant. Hildy et Philo étaient assis en face de Wes et Mariah. John James, très excité, racontait ce qui s'était passé lors de leur voyage jusqu'à Denver.

— Faye a été malade, dit-il à sa mère.

Mariah et Hildy échangèrent un regard compatissant. La chaleur et la grossesse de sa cousine avaient dû lui rendre le trajet bien difficile.

— Elle doit se sentir mieux, à présent qu'elle est arrivée.

— Oui, elle se repose dans sa chambre, confirma Hildy.

Wes regarda Philo à la dérobée. Hormis le fait qu'il travaillait sous ses ordres, il n'avait que bien peu de contacts avec lui et espérait que le fait de le côtoyer durant la foire-exposition changerait un peu leurs rapports, car Philo le regardait toujours de haut. En famille, Hildy et lui ne s'attardaient jamais longtemps parmi les autres. A table, ils se retiraient généralement dès la dernière bouchée avalée. Il y avait toujours quelque chose d'un peu étrange dans la relation de couple qu'ils semblaient partager tous les deux, mais bien que Wes fût assez intuitif, il n'arrivait pas à deviner exactement ce que c'était. Quant à Mariah, si elle était toujours très chaleureuse envers sa cousine, il n'en était pas de même avec Philo, envers qui elle manifestait toujours une sorte de prudente réserve.

— Nous n'avons pas encore vu toute la foire, mais nous avons fait le tour du pavillon, dit Hildy. Il y a vraiment des montagnes de minéraux en exposition.

— Même de l'or ? demanda John James, très intéressé.

Il se tourna vers sa mère.

— Quand est-ce qu'on ira voir l'exposition ?

— Demain, promit Mariah.

Hildy lui sourit.

— Oui, tu pourras voir de l'or et aussi des fleurs et des fruits de Californie.

— On peut les manger, les fruits ?

Hildy lui assura qu'il pourrait les goûter.

Tante Clara, sa mère, se pencha vers elle.

— Je ne cuisinerai pas demain soir, je prends ma soirée pour aller au théâtre Wells Fargo… Ton père vient avec moi. Si vous veniez aussi, tous les deux ?

Hildy regarda son mari du coin de l'œil. Celui-ci conserva le silence, en passant son doigt sur le manche de son couteau de table. Sa belle-mère le regarda comme si elle attendait une réponse, puis se tourna vers sa fille.

— Veux-tu que nous y allions aussi ? demanda Wes à Mariah de la façon familière dont ils étaient convenus qu'il devait lui parler lorsqu'ils n'étaient pas seuls.

— J'aimerais bien, mais il faut s'organiser de

façon à ce qu'il y ait toujours du monde pour tenir le stand.

— Ce serait bien, non, si nous y allions tous ensemble ? avança prudemment Hildy.

Philo regarda Wes et il répondit à sa femme :

— Si c'est ce que tu veux, nous irons.

Ils mirent au point tous les détails de la soirée, et après le dîner, Mariah monta dans les étages pour aller voir Faye. Celle-ci se sentait mieux, en effet. Sa cousine par alliance lui offrit même de garder John James pour jouer avec Emma et Paul, pendant qu'elle serait au théâtre.

Ensuite, Mariah rejoignit son fils et Wes, et ils retournèrent ensemble à la foire-exposition. Là, toute la famille s'installa sous les parasols de la terrasse du stand et les chopes de bière passèrent de main en main.

Tandis que le soleil se couchait à l'horizon, un groupe de visiteurs venus de Ruby Creek se montrèrent devant le stand en faisant de grands signes. Il y avait parmi eux le gérant des écuries de louage, Turner Price, son épouse Gabby, leurs jumeaux de quatre ans, Marcus et Jack, ainsi que leur bébé, une petite fille qui avait déjà les cheveux noirs et bouclés de sa mère.

— C'est ton portrait tout craché, dit Mariah à Gabby en prenant le nourrisson dans ses bras. Bonjour, ma toute belle !

La petite gazouilla en souriant, puis tendit sa main vers John James. Celui-ci lui permit de toucher sa joue de son doigt mouillé.

C'est alors que Wes surprit beaucoup Mariah en

s'approchant d'elle pour prendre à son tour le bébé dans ses bras, saisissant la fillette avec autant de précautions que si elle avait été en cristal. Son large sourire montrait bien qu'il était ravi de l'expérience.

— Tu es le papa de John James ? lui demanda l'un des jumeaux.

Wes se rassit sur sa chaise pour être à la hauteur du petit garçon et posa le bébé sur ses genoux.

— Oui, je le suis.

Cette simple réponse fit battre le cœur de Mariah. D'habitude, il répondait toujours de façon évasive, afin de ne pas se laisser aller à trop de mensonges. Là, du reste, il n'avait fait que confirmer qu'il était bien le père de l'enfant. Mariah n'aurait pas dû réagir. D'ailleurs, elle faisait bien attention à dissimuler sa réaction. L'entendre prononcer ces mots aurait dû être, après tout, quelque chose de bien naturel.

Mais ce n'était pas ce qu'elle ressentait. Il était extraordinaire pour elle d'entendre un homme affirmer sa responsabilité paternelle envers son enfant. Elle sentait sa gorge se serrer mais ne bougea pas d'un cil.

— C'est vrai que tu vivais en Alaska ?

— Oui, et au Yukon, aussi. C'est au Canada, mais la frontière n'est pas vraiment marquée… J'y suis resté plusieurs années.

L'autre jumeau s'approcha à son tour.

— Et c'est vrai qu'avant ça, tu étais sur un baleinier ?

— Eh oui !

Mariah regarda Hildy à la dérobée. Elle paraissait triste. Bien sûr, il pouvait sembler bien injuste que l'on pût avoir d'aussi beaux enfants, alors qu'elle-même n'avait pu en garder un en vie. Mariah souffrait beaucoup de l'acharnement du sort sur sa gentille et malheureuse cousine.

Son regard passa sur Philo. Il regardait Wes et les enfants avec une sorte de rictus de mépris, puis il se détourna pour parler à l'un des autres hommes venus de Ruby Creek.

Mariah se déplaça latéralement vers Hildy et plaça tendrement sa main sur son épaule. Les doigts de sa cousine se posèrent sur les siens et les serrèrent brièvement.

Turner avait déjà une bière à la main et les autres hommes parlaient ensemble, tandis que Wes racontait aux garçons l'histoire d'une tempête qui s'était abattue sur lui en mer. Mais avant longtemps, les adultes se turent pour écouter eux aussi le récit de la goélette qui dansait sur les vagues en furie comme un bouchon.

— … Les attaches qui retenaient les barils d'huile de baleine s'étaient rompues et ils roulaient sur le pont, menaçant d'écraser tout homme qui se trouverait sur leur passage. Cette huile, c'était le produit d'un travail de six mois à vous casser les reins, alors tout le monde, sous les embruns, les pieds dans l'eau glacée qui déferlait de toutes parts, essayait fébrilement de les rattacher avant qu'ils ne tombent à la mer…

Cet homme avait toujours une histoire à raconter et il savait captiver un auditoire. C'était un don, une capacité à faire vivre un récit que tout le monde écoutait bouche bée, en attendant la suite.

Oui, il avait vécu une vie bien excitante avant de

venir ici. Mariah ne pouvait s'empêcher de se demander ce qu'il pouvait bien éprouver à faire, aujourd'hui, le travail éprouvant mais banal d'un ouvrier de brasserie. Elle ressentit soudain un véritable effroi à la pensée qu'il pourrait se lasser de ce travail dans l'entreprise familiale. Se lasser d'elle.

Elle n'avait jusqu'ici pensé qu'au chagrin de son fils, s'il partait, mais en fait elle s'était refusée à seulement l'envisager. A présent, elle devait bien reconnaître que son cœur aussi serait brisé si Wes Burrows devait un jour reprendre la route et quitter Ruby Creek.

Elle était encore plongée dans ses pensées lorsque Gabby lui souhaita le bonsoir, reprit son bébé et s'éloigna avec sa famille et ses amis.

Wes les regarda partir, puis se tourna vers John James et enfin vers elle. Son lent sourire semblait indiquer qu'il était satisfait, voire heureux. On pouvait se demander pourquoi et aussi combien de temps cela durerait. Il avait accumulé des centaines et des centaines d'expériences fascinantes, qui pouvaient lui permettre de raconter tout autant d'histoires. Peut-être que dans quelques années d'ici, son passage au Colorado ne serait jamais qu'une histoire de plus pour un nouvel auditoire.

Philo fit sèchement remarquer à Hildy qu'il était temps de partir. Elle se leva et John James se précipita pour l'embrasser. On entendit soudain son mari articuler nettement :

— On a assez entendu les salades de l'autre héros, là…

Tout le monde se figea. Wes soutint sans s'émouvoir

le regard de Philo. Mariah, elle, eut l'impression que son cœur s'arrêtait de battre dans sa poitrine.

— Vous avez tous l'air de croire que c'est quelqu'un, ce type, reprit le mari d'Hildy. Moi, je vous dis que c'est juste un paumé qui a abandonné sa femme et son gamin pour aller chercher de l'or.

— Viens, allons-nous-en, le supplia Hildy.

— En fait, c'est peut-être bien ce que tout le monde pense de lui, continua Philo, sans chercher à dissimuler le mépris qu'il ressentait envers Wes. Je crois que je dis simplement tout haut ce que tout le monde pense tout bas.

A cet instant, le père de Mariah qui ne s'était pas encore joint à eux car il travaillait sur le stand s'approcha entre les tables. Son arrivée surprit la jeune femme. Craignant soudain pour sa sécurité, elle se rua auprès de lui mais il étendit le bras pour l'écarter de son chemin et vint se camper devant Philo.

— Wesley fait désormais partie de notre famille, lui dit-il très sèchement, les yeux dans les yeux. Si tu l'insultes, c'est moi que tu offenses. Cesse de vomir ton fiel en public et de répandre l'opprobre sur le nom des Spangler.

Le cœur de Mariah battait toujours à tout rompre et ses yeux étaient remplis de larmes. Un torrent d'émotions se bousculait en elle, parmi lesquelles la crainte, la colère et le choc étaient les plus importantes. Mais c'était la gratitude envers son père qui les dominait toutes. Elle regarda Friederick avec tout l'amour du monde. Il avait publiquement défendu son mari, avait affirmé qu'il était bien de leur famille. C'était à la fois une reconnaissance et une bénédiction.

Du coin de l'œil, elle vit son grand-père approuver en hochant la tête. Puis elle se tourna de nouveau vers Wes, qui faisait simplement face à Philo, sans le défier mais sans baisser les yeux, John James à côté de lui. Il avait posé une main protectrice sur l'épaule du petit garçon.

Sans un mot, Philo tourna les talons, prit la main d'Hildy et s'éloigna à grands pas entre les tables, vers les écuries.

Puis Mariah sursauta, comme le reste de la famille, car un nouvel événement inattendu venait de se produire. De jeunes garçons couraient à perdre haleine entre les stands, poursuivis par des hommes en bleu de la police militaire. Dans leur hâte, ils faillirent bousculer Philo et Hildy, avant de disparaître.

— Pourquoi la police chasse-t-elle ces garçons ? demanda John James, choqué.

— Parce qu'ils ont escaladé les barrières pour entrer sans payer, lui expliqua Wes. Beaucoup d'entre eux font cela, chaque jour.

— Il faut payer, pour entrer ici ? Nous n'avons pas payé, nous.

— Nous, nous avons des passes, lui répondit patiemment Wes.

— Est-ce que la police va mettre ces garçons en prison ? demanda encore John James.

— Je ne pense pas. Ils vont seulement les ramener à la porte.

Une fois encore, Wes venait de réconforter et

d'apaiser John James, qui avait vivement réagi à cet incident. Il avait agi en protecteur, en père, comme toujours.

Mariah passa une main sur ses yeux pour essayer d'éclaircir un peu ses idées. Apercevant son geste, son père posa sa main sur le bras de la jeune femme.

— Tout va bien ? lui demanda-t-il doucement.

Elle le regarda.

— Oui, très bien, merci.

Elle envoya John James jouer avec son cousin August et murmura à son père :

— J'aurais pu intervenir moi-même, tu sais.

— C'est vrai, tu aurais pu, répondit, flegmatique, Friederick. Mais nous aurions eu un peu de mal à évacuer le verre brisé et les tables en miettes, avant le coup de feu de demain matin…

D'un signe de tête, Wes le remercia silencieusement de son intervention.

— Vous honorez ma fille et les miens, alors je ne veux pas que l'on vous manque de respect. C'est ainsi que cela se passe dans notre famille, lui dit Friederick.

Wes ne répliqua rien. Les lèvres toujours closes, il se contenta d'acquiescer de nouveau.

Sentant la détresse de sa fille, Friederick la prit dans ses bras. Elle ferma les yeux, soulagée, puis il la lâcha et s'en fut.

— Nous rentrons, à présent ? lui demanda doucement Wes.

Mariah hocha la tête sans oser le regarder.

Il aida les autres à rapporter les chopes sur le stand,

puis alla chercher le buggy tandis que Mariah et John James l'attendaient devant celui de M. Baur.

Le petit garçon, qui avait eu une longue journée, s'endormit sur l'épaule de sa mère durant le trajet vers l'hôtel. Wes paya un gamin pour reconduire le buggy à l'écurie à sa place et il porta John James assoupi dans ses bras jusqu'à la chambre.

14

Wes resta sur le pas de la porte, tandis que Mariah allumait la lampe à gaz, sur le mur.

— Où voulez-vous que…

— Je pensais… qu'il pourrait dormir avec moi, répondit-elle doucement.

John James s'éveilla, ouvrit les yeux et regarda successivement Wes et sa mère.

— Je veux dormir dans le petit lit, leur dit-il d'un ton décidé.

— Tu seras mieux dans le grand avec maman, lui répondit Mariah, cajoleuse. Ce n'est pas très confortable, ce lit-là, tu sais…

— Si, il l'est ! Je l'ai essayé, il est aussi bon que celui que j'ai à la maison.

Mariah regarda brièvement Wes comme pour quémander son appui.

— En tout cas, je ne peux pas rester comme ça toute la nuit, remarqua celui-ci en montrant le petit garçon dans ses bras.

Il était visible qu'il était légèrement amusé par la situation.

— Puisque tu es réveillé, jeune homme, lui dit-il,

tu vas te débarbouiller un peu et te changer pour dormir.

John James accepta sans murmure d'aller se laver le visage et les mains derrière le paravent. Mariah lui passa une chemise de nuit au-dessus de la tête.

— Il fait chaud, maman, protesta-t-il. Il faut vraiment que je porte ce truc-là ?

Il grimpa sur le petit lit de camp, se coucha et sa mère remonta le drap sur sa poitrine.

— Si tu as trop chaud, tu peux la retirer, concéda-t-elle.

— Bonne nuit, maman ! J'ai hâte de revoir la foire, demain.

— Bonne nuit.

— Tu viens me border, papa ?

Wes s'approcha du lit lui aussi, se pencha et embrassa l'enfant sur le front.

— Bonne nuit, petit homme.

John James se mit à bâiller, puis il sourit, déjà à demi endormi.

— Je suis content que tu sois revenu, tu sais, murmura-t-il.

Wes garda le silence un moment.

— Je le voulais. Je voulais être avec toi.

— Maman me disait toujours que tu aurais été avec nous, si tu avais pu. Et tu m'as envoyé plein, plein de lettres…

— Ta maman avait raison. Je t'ai toujours aimé.

— Et elle aussi, n'est-ce pas ? Tu l'as toujours aimée ?

Wes prit bien soin de ne pas quitter le visage de l'enfant des yeux et lui répondit, la gorge serrée :

— Oui, je l'ai toujours aimée.

Mariah se retira derrière le paravent, les joues en feu. D'une main fébrile, elle dégrafa la ceinture de sa jupe et déboutonna son chemisier. Puis elle trempa un linge dans l'eau tiède et humecta son visage, son cou, ses bras, partout où elle ressentait une gêne. Décidément, depuis que cet homme était entré dans sa vie, elle était la proie de ses émotions.

Elle était passée de la colère au ressentiment, puis à la gêne, à l'inquiétude, à l'étonnement et à... cette chose étrange qu'elle ressentait à présent. Il semblait avoir le don de réveiller toutes ses émotions et de les transformer en attirance, en besoins divers autant qu'inavouables et en toutes sortes de sentiments.

Une part d'elle-même la faisait se sentir coupable d'avoir menti à John James. Si elle ne l'avait pas fait, Wes n'aurait jamais entendu parler d'eux. Il n'aurait pas non plus ressenti ce manque, cet amour qu'il prétendait avoir pour l'enfant. A côté de cela, une autre part d'elle-même et qui prenait de plus en plus d'importance, voulait que tout ce mensonge devienne la vérité.

John James était tellement heureux ! Il possédait à présent quelque chose qu'elle n'avait jamais été capable de lui donner.

Elle aussi aurait pu l'être, si la triste vérité n'était pas suspendue au-dessus de sa tête, comme une épée de Damoclès, un nuage noir qui menaçait d'éclater à chaque instant. Elle brossa et natta ses cheveux avant de ressortir du paravent, dans sa chemise de nuit en coton.

Wes était assis au bord du lit et son regard semblait formuler une question muette, mais aisée à deviner.

Elle éteignit le gaz, plongeant la chambre dans l'obscurité et alla ouvrir le lit du côté opposé. Il faisait très chaud, comme John James l'avait fait remarquer, aussi rejeta-t-elle la couverture et tira simplement le drap sur elle. Wes s'étendit directement dessus, laissant intentionnellement le drap comme une barrière entre eux. On entendait déjà la respiration tranquille de John James, qui devait dormir profondément.

— Je vais aller voir s'il y a une autre chambre disponible, lui murmura Wes.

— Pas la peine, l'hôtel est complet, répondit-elle sur le même ton. Est-ce que vous avez l'intention de dormir tout habillé ?

Il se redressa pour retirer ses bottes, qui tombèrent sur la descente de lit avec un bruit feutré. Puis il retira son pantalon et sa chemise.

Elle roula à l'extrémité du lit, en lui tournant le dos, mais elle ne put échapper à son odeur, ni au fait que, qu'elle le voulût ou non, il était bel et bien sur le point de s'étendre à quelques centimètres d'elle.

Le matelas s'enfonça sous le poids de Wes, puis elle l'entendit murmurer, juste derrière sa tête :

— Votre père a dit que je faisais partie de la famille.

— Je l'ai entendu.

— J'ai l'impression de trahir. De vous trahir tous, en fait.

— Pourquoi ?

— Vous savez très bien pourquoi, Mariah.

Elle se tourna sur le dos. Il était à peine à quelques centimètres d'elle.

— Vous l'avez voulu, répliqua-t-elle dans un chuchotement. Je vous avais prévenu. Je vous ai dit que tous ces mensonges seraient très difficiles à supporter. Vous avez passé outre.

— Si c'était à refaire, je recommencerais. Mais les choses peuvent changer. Je peux les faire changer. Et dans le bon sens.

Une peur subite saisit Mariah en pleine poitrine.

— Que voulez-vous dire ? s'inquiéta-t-elle. Vous ne pouvez pas leur révéler la vérité, cela briserait bien trop de cœurs ! Vous le savez, n'est-ce pas ?

— Et si nous faisions en sorte que cela devienne la vérité ?

— Comment cela ?

— Epousez-moi. Devenez ma femme, légalement et pour de bon. Je vous plais, je le sais.

Mariah se redressa sur le lit. Le rayon de lune argenté qui filtrait entre les rideaux éclairait le profil bien ciselé de Wes, son épaule carrée et le haut de son bras. Les mots qu'il venait de prononcer et l'idée même qu'il évoquait firent leur chemin dans l'esprit de Mariah comme un courant d'eau chaude dans la mer. Il voulait qu'elle soit sa femme ? Vraiment ? Dans tous les sens du terme ?

Elle ne trouva rien à répondre. Même si elle l'épousait et que leur mariage soit parfaitement légal, il y aurait toujours un secret entre eux, comme une muraille invisible. Déjà, il l'avait interrogée, avait tenté de lui faire avouer qui était le père de John James. Il ne s'arrêterait pas là. Il exigerait de connaître la vérité.

Sa main sur l'épaule de la jeune femme, Wes la poussa délicatement à remettre sa tête sur l'oreiller.

— Ne répondez pas tout de suite, lui dit-il très doucement. Je sais que je vous prends de court en vous parlant ainsi, sans préparation. Réfléchissez, prenez tout votre temps.

L'instant d'après, il se penchait au-dessus d'elle et trouvait ses lèvres, dans l'obscurité.

Instinctivement, Mariah se serra contre lui. Sa main rencontra la peau lisse et ferme de Wes et la caressa, d'abord hésitante, puis d'une façon plus décidée. Ses doigts passèrent dans les cheveux bruns, s'y enfoncèrent.

Il poussa une sorte de grognement rauque et approfondit son baiser. Leurs langues se mêlèrent avec une fureur qui prit Mariah par surprise. La façon dont elle réagissait aux caresses de cet homme ne laissait pas de l'étonner. Il la rendait folle, mais précisément, elle adorait la façon dont il s'y prenait. Elle aimait son odeur, sa voix, ses baisers. Tout cela faisait voler en éclats ses dernières inhibitions.

Sans même en avoir parfaitement conscience, elle passa son bras autour des larges épaules et il l'attira plus encore contre lui. Elle aimait la chaleur, la fermeté de son torse et de ses bras, s'épanouissait comme une fleur à la glorieuse excitation née de son baiser.

— Vous êtes si douce, si douce… Je pourrais vous embrasser ainsi toute la nuit.

— J'aime la façon dont vous m'embrassez, admit-elle d'une toute petite voix.

C'était plus facile à dire, dans l'obscurité.

Elle sentit son poids peser sur elle et s'enfonça dans le matelas. Le corps de Mariah répondait à celui de Wes, à sa chaleur, au désir qu'elle ressentait, mais son cerveau était sous l'emprise de la panique, comme paralysé. Son cœur, aussi, menaçait de l'abandonner et battait contre ses côtes, si péniblement que c'était à peine si elle pouvait respirer. Elle se répéta qu'elle n'avait rien à craindre de cet homme, mais la terreur qui l'envahissait refusait d'entendre raison.

Elle le repoussa, de sa main sur son torse.

— Je… je n'ai pas demandé cela…, bredouilla-t-elle.

Immédiatement, il relâcha son étreinte.

— C'est vrai… je… vous avez raison. Je suis désolé.

Elle s'assit sur le bord du lit, lui tournant le dos, en attendant que son rythme de respiration redevienne plus normal.

— Je suis navré, Mariah. Je ne voulais pas vous faire peur… ni… ni vous mettre en colère.

— Je n'ai pas peur. Et je ne suis pas en colère.

Elle se retourna à demi et regarda la forme étendue de ce corps d'homme, dans l'obscurité.

Il y avait six mois de cela, elle n'aurait certainement pas pu imaginer devoir examiner une demande en mariage. Il n'était certes pas question d'un mari dans la vie bien sage qu'elle s'était arrangée.

Seulement, cet homme-là…

Il avait su faire fondre sa résistance et voler en éclats la carapace dont elle s'était toujours protégée. Non, elle n'avait pas peur de lui. Elle avait bien plutôt peur d'elle-même, de la façon dont elle réagissait. Elle craignait aussi de ne pas pouvoir l'aimer vraiment, de ne pas pouvoir se donner à lui.

— John James est là. Nous ne pouvons pas…

— Je sais…

Au fond, son hésitation, à présent, venait moins du sentiment qu'elle avait pu avoir de se sentir piégée que de celui, de plus en plus précis, d'avoir été volée de la vie qui aurait pu être la sienne. De tout ce qu'elle avait pu vouloir, désirer. Mais il était clair que, maintenant, elle désirait Wes.

— Pourriez-vous… voulez-vous… me reprendre dans vos bras ? murmura-t-elle.

Oh que oui, il le voulait, et il comprit qu'elle avait besoin d'être réconfortée. Il lui prouverait qu'il pouvait lui apporter ce qu'elle recherchait, quoi qu'il dût lui en coûter. Il lui ferait comprendre qu'elle pouvait lui faire totalement confiance.

Il la prit dans ses bras et l'attira contre lui entre les draps frais. Lui, comme il s'était vite habitué à partager la vie de Mariah et à vivre dans sa famille ! Une vie calme et heureuse, tranquille. Même ici, loin de Ruby Creek.

Sa souple et odorante chevelure était douce, contre son torse d'homme, et chaud son souffle sur sa peau. Elle avait les bras repliés, les mains en protection sur sa poitrine. Celle de Wes vint en envelopper une et la caressa jusqu'à ce qu'il sentît les doigts si fins se détendre sous les siens.

L'ancien aventurier pensa alors à toutes les nuits passées dans un poste d'équipage rempli d'hommes en sueur, puis sous la tente, dans un camp de chercheurs d'or et enfin seul, sous les étoiles, avec ses chiens pour seule compagnie. Il avait, au fond, toujours été un solitaire. Et c'était dans sa boîte postale, parmi tous les hommes seuls de la terre, qu'étaient un jour arrivées, peut-être cadeaux d'un dieu aveugle, les lettres d'un petit garçon qui avait besoin d'un père.

Ces pages pleines d'amour et de candeur, il aurait pu les froisser sans les lire et les lancer dans la fournaise de son poêle. Mais il les avait lues et relues, encore et encore, jusqu'à en devenir un autre homme, radicalement transformé. Alors, il avait pris la route et traversé un continent pour rencontrer une femme qu'il n'avait jamais vue.

Il pouvait dire que la chance lui avait souri.

Le jour suivant, ils visitèrent tous les stands du pavillon principal. Tandis qu'ils parcouraient les allées, Wes ne pouvait s'empêcher de frôler Mariah à chaque occasion. Sa main effleurait la sienne, comme par mégarde, ou se posait un instant, légère, sur son dos. Chaque fois, elle le sentait, ses joues rosissaient et son œil bleu se mettait à pétiller d'une adorable façon.

Les Etats côtiers du Sud, ainsi que la Californie, présentaient sur leurs stands de nombreuses compositions florales et des paniers de fruits. Wes chipa une très jolie fleur dont il ignorait le nom et la piqua dans les cheveux de Mariah, juste au-dessus de son oreille. Avec le petit John James, ils goûtèrent des oranges, des figues et des dates. Découvrant que Mariah adorait les amandes grillées, Wes lui en acheta un sachet. Pour John James, il dénicha des pièces de monnaie venues de tous les pays du monde puis, sur le stand d'un souffleur de verre, il fit l'emplette d'un sac d'agates multicolores. Le petit garçon regarda les billes délicates avec ravissement. Il connaissait plusieurs jeux qui les mettaient en œuvre et Wes promit de lui en apprendre d'autres, dès qu'ils seraient rentrés à la maison. A cette idée, le visage du petit garçon devint grave.

— Je suis sûr que tu manques à Youri, lui dit-il, et moi, je dois manquer à Felix.

— Peut-être un peu, mais il ne faut pas trop t'inquiéter pour eux, lui répondit Wes. Je ne crois pas que les chiens aient la même notion du temps que nous. Et puis, en ce moment, Youri doit être en train d'apprendre à Felix comment attraper un lapin…

En fin d'après-midi, ils rentrèrent à l'hôtel pour prendre un bain et se reposer une petite heure, avant le dîner. Après le repas, ils laissèrent John James à la garde de Faye, et Mariah remonta dans leur chambre pour se changer, en vue de la soirée au théâtre.

Wes l'attendit dans le salon de l'hôtel, près de la réception. Il ne lui faudrait pas longtemps pour passer un costume, quand elle en aurait terminé. Il tua le temps en bavardant avec quelques membres de la famille Spangler, qui passaient par là et aussi avec de parfaits inconnus. Mariah aurait aimé la façon dont il vantait la brasserie à ces visiteurs venus d'Etats aussi lointains que l'Illinois ou le Maryland, en les invitant chaleureusement à venir visiter leur stand.

Lorsque Mariah apparut enfin, il en eut le souffle coupé. Elle avait mis une robe à la délicate couleur ivoire, avec un décolleté très sage mais qui dévoilait joliment son cou gracile et même, quelle audace ! la naissance de ses seins… Ses magnifiques cheveux blonds tombaient sur ses épaules en une savante apparence de liberté.

— Vous êtes la plus belle femme que j'ai jamais rencontrée, lui dit-il, sincère.

Elle rougit.

— Attendez-moi, reprit-il. Je vais me changer, j'en ai pour une minute.

La chambre embaumait, du parfum de fleurs qu'elle utilisait.

Il passa rapidement une chemise et un costume, puis redescendit à la réception, où Mariah l'attendait, avec Hildy et Philo.

— Prenons-nous le buggy ? lui demanda-t-elle.

— Non, j'ai commandé une calèche. Au retour, par contre, nous passerons au stand et je prendrai l'une de nos voitures.

Philo poussa Hildy pour la faire monter sur la banquette, devant Mariah, si bien que Wes dut s'écarter.

— Allez-y, dit-il en contenant sa colère devant la muflerie du contremaître, et Philo monta s'asseoir à côté de sa femme.

Mariah dit à Hildy combien John James avait aimé les stands de la foire-exposition.

— Je suis étonné que tu n'aies pas demandé à Hildy de le prendre, grogna Philo d'un ton désagréable. Elle veille sur ton gosse toute la sainte journée !

— Seulement après l'école et avant que Mariah ne rentre du travail, corrigea son épouse. De toute façon, je suis à la maison, puisque j'aide tante Henrietta.

Mariah jeta sur Philo un regard de dégoût. Accepter d'aller au théâtre avec le mari de sa cousine avait été une erreur. Ce type lui donnait toujours la chair de poule.

— Si j'avais su que c'était une corvée, je n'aurais jamais demandé à Hildy de s'occuper de John James…

Philo eut un ricanement bref.

— Bien sûr, elle ne te dira pas non. Elle n'a rien à refuser à la petite chérie du Vieux.

Dieu seul savait d'où lui était venue cette jalousie et ce qui pouvait bien l'alimenter, mais Mariah refusait de se justifier ou même de discuter avec lui.

— Allons, ne gâche pas cette soirée, lui dit gentiment Hildy.

Jamais Mariah n'aurait accepté ce rendez-vous avec le couple, s'il ne s'était agi de faire plaisir à sa cousine. Moins elle voyait Philo, et mieux elle se portait.

L'attelage s'arrêta devant un vaste bâtiment. Philo sauta tout de suite à terre et tendit la main pour aider Hildy à descendre de la calèche. Si l'on ose s'exprimer ainsi, car c'est tout juste s'il ne l'arracha pas de son siège… Mariah en eut un sursaut de peur, mais elle se détourna pour cacher sa réaction à Wes.

Cependant, celui-ci avait dû se rendre compte de quelque chose, car il la regarda d'un air interrogateur. Elle prit son bras et l'entraîna, sans plus un regard pour le malotru qui les accompagnait.

Le théâtre que la Wells Fargo avait fait ouvrir était un grand bâtiment à la façade assez lourdement décorée. A l'intérieur, d'épaisses moquettes le disputaient en solennité au lourd brocart rouge des tentures et du rideau de scène. On n'avait pas regardé à la dépense pour en faire un lieu de luxe et de prestige.

Après qu'un ouvreur à la livrée chamarrée eut examiné leurs billets, ils s'avancèrent vers la double porte qui donnait accès au foyer du théâtre. De souriantes jeunes femmes, toutes habillées de la même robe de tulle jaune au col festonné, distribuaient des programmes et des petites médailles-souvenirs. Mariah examina celle qu'on venait de lui remettre. Sur l'avers, on distinguait une diligence de la firme bienfaitrice et son attelage de huit chevaux lancés en plein galop. Sur le revers, était mentionnée la foire-exposition, avec ses dates d'ouverture et de fermeture.

— Voilà qui va faire plaisir à John James, dit Mariah en plaçant le petit rond de métal dans son réticule.

Wes lui donna la sienne, ainsi qu'Hildy.

Philo enfouit sa médaille dans sa poche, sans même lui accorder un regard.

Leurs places étaient au premier rang du balcon, ce qui leur permettait de surplomber la scène et les rangs d'orchestre. Si Mariah avait déjà eu l'occasion d'aller au théâtre, durant son séjour à Chicago, pour les autres, Wes compris, c'était probablement la première fois.

Durant l'entracte, les comédiens et comédiennes, toujours maquillés et revêtus de leur costume de scène, vinrent saluer les invités de la Wells Fargo.

— Merci de nous avoir fait l'amitié de venir ce soir, leur dit l'acteur à la noble prestance et à la voix profonde, qui jouait le rôle du gouverneur.

Derrière lui, la jeune première en robe couleur lavande qui s'avançait déjà avec un sourire de commande sur le visage s'arrêta net, les yeux écarquillés.

— Mariah ?

Surprise, la jeune femme la regarda attentivement mais sans paraître la reconnaître.

— Lettie… Lettie Cox.

Elle s'avança encore d'un pas.

— Tu ne me remets sans doute pas, avec le costume et la perruque, mais c'est moi. Nous nous sommes connues à Chicago.

Mariah se souvenait parfaitement de ce nom, en effet, et elle reconnut enfin la jeune actrice. Elle ne l'était pas encore, à l'époque où elle l'avait connue, au foyer où elle avait attendu la naissance de John James. Comme elle, Lettie en était l'une des pensionnaires et comme elle, également, elle attendait un bébé. Un frisson de gêne et d'anxiété passa le long de la colonne vertébrale de Mariah. Lettie en savait davantage sur son secret que n'importe qui dans sa famille, ou que Wes, a fortiori…

Mais les premiers mots que lui adressa son ancienne condisciple ne furent guère compromettants pour elle.

— Tu ne t'attendais pas, je suis sûre, à retrouver ta camarade d'études attifée de ses oripeaux ?, dit-elle en riant. On dirait que tu t'es davantage assagie que moi, qui suis toujours sur les routes, vis à l'hôtel et n'ai toujours pas de mari…

Elle montra Wes de sa main gantée.

— Tandis que toi, visiblement…

— Oui, confirma précipitamment Mariah. Voici mon mari, Wes Burrows.

Puis, elle lui présenta Hildy et Philo.

— Lettie et moi étions amies, il y a des années de cela.

— C'est un plaisir de faire votre connaissance, mademoiselle Cox, dit poliment Wes.

— Peut-être pourrions-nous aller boire un verre, après le spectacle ? proposa Lettie.

— Pourquoi pas sur notre stand, la brasserie Spangler ?, répondit Wes. Nous avons une très agréable terrasse de dégustation. Amenez vos amis, vous êtes nos invités…

— Une terrasse de dégustation ? Mais voilà qui est très alléchant, je ne voudrais pas manquer cela pour un empire… Retrouvons-nous là-bas, alors.

Philo, qui était juste derrière Mariah, se pencha pour lui murmurer à l'oreille, de façon que personne d'autre qu'elle ne pût l'entendre :

— Ton mari en prend à son aise avec notre bière…

Mariah songea qu'il lui en avait toujours voulu. Il était donc naturel qu'il englobe Wes dans le même ressentiment. Elle refusa de croiser son regard, mais répondit sèchement, par-dessus son épaule :

— Nous sommes là pour ça.

L'entracte se termina et Mariah fit désormais davantage attention au personnage que jouait Lettie, au cours du second acte de la « Fille du Savetier ». C'était une comédie enlevée avec des couplets et des numéros de danse, dont le sujet était les amours contrariées de la fille d'un simple artisan et du fils d'un gouverneur. Les parties dansées et chantées impliquaient des gens du village et des ouvriers d'usine.

— Un match de boxe aurait été plus intéressant, dit Philo d'un ton méprisant lorsque, après le salut, ils quittèrent leurs fauteuils.

Wes prit la main de Mariah.

— Dis bonsoir à ta cousine, lui demanda-t-il simplement.

Hildy la serra dans ses bras avec un regard qui semblait présenter des excuses. Mariah l'embrassa et lui souhaita bonne nuit.

Wes l'entraîna hors du théâtre, vers le terrain de la foire-exposition.

— Ce type est certainement l'un des plus désagréables que j'ai jamais rencontrés, lui dit-il. Au travail, je dois faire ce qu'il me dit, mais ailleurs, qu'on ne compte pas sur moi pour lui témoigner le moindre respect.

— Je sais. Je suis désolée, Wes. Je suis aussi tellement navrée pour Hildy. Elle voulait tant que nous allions au théâtre tous les quatre. C'est dur pour elle, d'être mariée avec un homme comme lui.

— Pourquoi l'a-t-elle épousé ?

— Je l'ignore.

Elle regarda autour d'elle.

— Où allons-nous ? demanda-t-elle.

— Bah, je ne sais pas. Est-ce très important ?

L'air de la nuit était frais, enfin, sur la peau de Mariah. Au-dessus de leurs têtes, les étoiles brillaient dans le ciel sombre. La jeune femme regarda scintiller les constellations.

— Je suppose que non.

— Avez-vous faim ?

Elle secoua la tête.

Ils continuèrent à marcher lentement, main dans la main. Au loin, on percevait les accents d'un orchestre.

Mariah avait entendu la musique, les soirs précédents, mais elle n'avait pas cherché à savoir d'où elle venait. Des tréteaux en plein air avaient été montés dans le parc de la foire-exposition, après qu'elle eut effectué sa première visite des lieux. Tout autour, des tables que des torches éclairaient et en leur centre, un parquet de danse. Des couples y tournoyaient au son d'une musique entraînante.

— Aimeriez-vous danser ? lui demanda Wes.

— Oh, je ne sais pas, répondit-elle, évasive, cela fait une éternité que je n'ai pas…

— Cela n'a pas d'importance. C'est juste pour s'amuser. Venez.

Elle le laissa l'entraîner vers la piste, au son d'une

chanson alors à la mode qui s'appelait « Je ne suis la chérie de personne ». Ce fut facile. Elle n'eut qu'à suivre les pas de Wes.

— Je ne savais pas que vous étiez un aussi bon danseur, remarqua-t-elle, heureusement surprise.

— Je crois qu'il y a beaucoup de choses que vous ignorez, à mon propos, lui répondit-il avec un joyeux clin d'œil.

Elle ne put s'empêcher de sourire.

« Bientôt les lilas refleuriront » était une jolie valse, brillante, avec un tempo qui ralentissait pour repartir de plus belle, ensuite. C'était un air qui avait toujours beaucoup de succès et, quand il s'interrompit, il n'y avait plus guère de couples assis dans l'assistance. Quant à eux, ils étaient heureux, mais en nage, et Wes entraîna sa cavalière loin de la foule qui se pressait sur le parquet. Mariah était toute rouge, un filet de transpiration coulait sur sa tempe et elle s'éventait avec son petit réticule.

Ils s'arrêtèrent un instant derrière une rangée de tentes. Les grillons chantaient dans l'herbe autour d'eux. Jamais Mariah n'avait connu une nuit qui commençait sous d'aussi heureux auspices. Elle devait cette joyeuse expérience à Wes. Avant sa venue, elle travaillait, mangeait, dormait sans jamais accorder de temps à toutes ces autres choses qui étaient au moins aussi importantes. Cet homme avait décidément une excellente influence sur elle. Pas seulement sur elle : John James avait besoin de lui. Elle, elle avait besoin, justement, de cette influence qu'il exerçait sur l'enfant.

Elle avait besoin de lui.

Tiens ! Elle venait de l'admettre, tout simplement, sans que sa farouche volonté d'indépendance ne vînt réprimer cette idée. Elle se souvint de la nuit précédente, quand elle avait reposé tout contre sa poitrine. Elle s'était sentie si bien, alors, complètement en sécurité...

Mais d'autres pensées ne tardèrent pas à l'assaillir. Combien de temps pourrait durer une sécurité basée sur le mensonge ? Un mois ? Un an, ou bien davantage ? Une vie entière ? Mais après tout, quels nouveaux mariés, même dans les conditions les plus habituelles, pouvaient en avoir la certitude ?

— Je crois que nous devrions aller voir si nos invités sont arrivés au stand, maintenant, suggéra Wes.

L'idée de devoir de nouveau parler à Lettie emplit soudain Mariah d'appréhension. Elle s'arrêta, sans toutefois lâcher la main de son compagnon.

— Quelque chose ne va pas ? lui demanda-t-il.

— Rien... Rien qui soit de votre fait, ou du mien... Rien qui concerne cette nuit magnifique. Je voudrais qu'elle n'ait jamais de fin...

Elle sentit les larges mains, si douces, se poser sur ses épaules et leva les yeux vers lui.

— Oui, je voudrais que notre vie soit toujours ainsi, affirma-t-elle.

— Nous ne pourrons pas à chaque instant danser ou regarder les étoiles, lui fit-il remarquer tout doucement.

Elle ferma les yeux, comme à regret.

— Mais nous pouvons faire, de chaque journée, une éternité d'amour, reprit-il.

Il passa délicatement son doigt sous le cou nu de Mariah, faisant naître en elle de délicieux frissons.

— Ne croyez-vous pas que l'amour peut nous porter, jour après jour ?

— Je… je ne sais pas, murmura-t-elle.

— Vous ne savez pas si vous m'aimez ?

C'était, pour lui aussi, un chuchotement, un souffle, comme si, par avance, la réponse lui faisait peur.

Les criquets se turent brusquement et Mariah n'entendit plus que les battements sourds de son propre cœur.

Elle était la proie d'émotions à la fois violentes et terriblement douces, qui la parcouraient tout entière, à la manière d'une décharge électrique. De son pouce, Wes essuya délicatement une larme qui perlait au coin de l'œil si bleu de Mariah. Elle ne l'avait pas même sentie venir, celle-là…

Cet homme-là était bon, doux et tendre. Si facile à aimer.

— Je… je ne sais pas, répondit-elle.

Il la regarda au fond des yeux. A la lumière du clair de lune, l'expression de son visage signifiait clairement :

« Et maintenant, qu'allons-nous faire ? »

15

Est-ce que c'était donc si facile, pour lui ?

— Avez-vous déjà fait cela, avant ? Je veux dire… avouer à une femme que vous l'aimiez ?

Il secoua la tête.

— Avez-vous déjà aimé, avant ?

— Quand j'étais jeune et fou, j'étais tout le temps amoureux. Je devais aimer toutes les femmes, en fait.

— Peut-être est-ce la même chose, aujourd'hui ?

— Non, cela n'a rien de commun. Pourquoi évitez-vous de me répondre ?

Son ton avait changé.

— Cela n'est pas si facile pour moi, se défendit-elle.

Il la lâcha et instantanément, elle en eut comme un douloureux sentiment de perte.

— Très bien, lui dit-il. Beaucoup de gens se marient sans s'aimer et sont pourtant satisfaits. Je peux être un bon père pour John James. Aussi longtemps que nous jouerons honnêtement le jeu, je ne vous demanderai rien que vous ne soyez prête à me donner. Je pense que nous pouvons réussir. Mais naturellement, la réponse vous appartient.

Sur ces mots, il se remit en marche.

— Attendez ! lui cria-t-elle.

Il s'arrêta net.

— Ne soyez donc pas si pressé !

Il comprit naturellement que ce n'était pas de leur rendez-vous avec les comédiens de la troupe qu'elle parlait.

— Je ne le suis pas. Je ne veux pas vous hâter. Vous avez vos raisons, quelles qu'elles puissent être.

Elle fit un pas vers lui.

— Laissez-moi vous les dire.

Il attendit en silence qu'elle voulût bien continuer.

— Vous êtes tellement... étonnant et déconcertant que je ne sais jamais comment me conduire envers vous. Mais vous êtes aussi l'homme le plus tendre que j'ai jamais rencontré et vous êtes si bon, si gentil avec John James que j'ai envie de pleurer quand je vois comment il vous regarde. Si jamais vous devez partir un jour, cela lui brisera le cœur et oui, je dois admettre que le mien aussi sera brisé, mais je ne comprends pas comment une vie auprès de nous peut se comparer avec tout ce que vous avez vécu dans vos voyages et comment il peut se faire que vous souhaitiez rester.

» Toutefois, quand je vous ai vu tenir le bébé de Gabby Turner dans vos bras, je me suis sentie fondre et j'ai eu envie de pleurer parce que normalement, John James n'aurait jamais dû avoir la chance d'avoir un père tel que vous. Il vous aime tant ! Je ne pense pas qu'il soit trop tard, pour lui. Il peut encore grandir avec vous, auprès de lui. Mais je ne vois pas pour autant comment je pourrais accepter votre proposition et me laisser aimer sans être sûre d'avoir pour vous les mêmes sentiments en retour. Ce serait injuste.

» Tout ceci est tellement… inattendu pour moi. Vous entendre prononcer ces mots, c'est si étonnant… et effrayant aussi… »

Elle secoua la tête, comme pour se forcer à clarifier ses idées.

— C'est une grande responsabilité, je trouve, que d'avoir quelqu'un qui vous aime.

Wes gardait le silence, attentif, souhaitant visiblement lui laisser l'opportunité de dire ce qu'elle avait sur le cœur.

— Je crois…

Ce n'était pas sa propre voix qu'elle entendait.

— Je crois que l'amour pourrait naître entre nous et ne plus nous quitter, comme vous l'avez dit, mais seulement si nous nous aimons pour ce que nous sommes et non pour ce que nous souhaitons, ou attendons de l'autre.

A essayer ainsi d'être honnête envers elle-même, tout devenait plus clair. Elle ne voulait pas mettre sa vie en jeu à cause d'une magnifique nuit de folie.

— Ce que vous êtes me convient parfaitement, lui répondit-il. Je me moque du passé. Si vous pouvez l'oublier, je le peux aussi. Vous avez déjà donné beaucoup plus que je ne pouvais espérer recevoir.

— Et cela vous suffit ?

— Je m'en contente. Je suis déjà un homme heureux.

— Même à présent, alors que je vous dis cela ?

Il acquiesça silencieusement dans un rayon de lune.

— Vous savez, reprit Mariah, ce que je ressens pour vous n'est pas l'amour que j'ai pour les gens de ma famille, mais c'est profond. J'ai tellement mal, quand je pense que je ne suis pas la femme que vous méritez.

Comme il s'avançait vers elle, elle l'arrêta d'un geste.

— Mais je voudrais l'être et c'est pour cela que j'en souffre. Je voudrais être la femme que vous aimez, mais je ne sais pas comment le devenir. Tout ce que je sais, ce que je ne peux pas davantage supporter de vous faire du mal que d'en faire à mon fils. Je vous aime trop, tous les deux, pour cela…

» Je vous aime, Wes. Oui, je vous aime. Je ne l'avais jamais dit, jamais ressenti, avant.

— Mariah !

Ce nom, exhalé dans un souffle, c'était une prière, une supplique pour qu'elle le laissât enfin s'élancer vers elle.

Mais ce fut elle qui courut vers lui. Jetant son réticule dans l'herbe, elle jeta ses bras autour de son cou. Leurs lèvres se cherchèrent, se trouvèrent enfin. C'était la première nuit du monde. Elle voulait lui montrer combien elle avait faim de lui, comme elle brûlait de commencer une nouvelle vie, à ses côtés.

Son baiser était aussi merveilleux que jamais. Il

vous faisait vous sentir sûre de vous, heureuse et en sécurité, enfin. Dans ses bras, elle oubliait tout et tous, pour se sentir seulement aimée et vivante. Amoureuse de Wes, elle vivait une nouvelle vie.

Il s'écarta un peu d'elle pour lui demander :

— Vous voulez bien m'épouser, alors ?

— Oui, oui, oui…, répondit-elle dans un souffle.

— Nous pouvons le faire ici, à Denver, où personne ne nous connaît.

— Quand ?

— Ce soir… demain matin…

Elle s'accrocha à lui, il la souleva de terre et la fit tournoyer sous les étoiles. C'était plus qu'elle n'avait jamais espéré entendre, plus qu'il ne pouvait lui dire et jamais elle ne s'était sentie aussi heureuse, depuis l'instant où elle avait tenu John James pour la première fois dans ses bras.

— Cette fois, constata-t-il, nous sommes réellement en retard à notre rendez-vous…

— Allons-y, lui répondit-elle en riant et en prenant sa main.

Le sourire qu'il lui adressa en réponse la rendit plus joyeuse encore. Tandis qu'ils se hâtaient vers le pavillon d'exposition, c'est à peine si les pieds de Mariah touchaient terre.

Les acteurs et les actrices avaient retiré leur maquillage de scène, mais paraissaient toujours plus grands que nature aux yeux des Spangler et de leurs autres invités. Marc et Faye accueillirent Mariah et Wes avec de grands gestes de bienvenue.

Wes essayait pourtant de se mêler à la foule sans

trop attirer l'attention sur eux. Il tenait toujours Mariah par la main et quand leurs regards se croisaient, ils échangeaient un large sourire.

Lettie vint à leur rencontre et leur présenta les autres comédiens.

— Votre bière est délicieuse, leur dit l'un des hommes de la troupe. Je voudrais bien savoir quel est le procédé de fabrication qui lui donne ce goût exquis.

Wes se mit à expliquer le principe du maltage et bientôt, un petit groupe attentif d'hommes et de femmes se forma autour de lui.

Philo se tenait à l'écart, une chope à la main, et semblait observer les uns et les autres. Mariah avait espéré qu'il rentrerait directement à l'hôtel. Elle fit rapidement des yeux le tour de la terrasse et découvrit Hildy au sein d'un petit groupe. Il n'était pas courant de ne pas la trouver tout à côté de son mari.

Lettie prit Mariah à part.

— C'est bon de te retrouver, lui dit-elle. Comment vas-tu depuis tout ce temps ?

— J'ai eu un fils, lui répondit Mariah sans s'embarrasser de préliminaires. Il s'appelle John James.

Lettie lui sourit.

— C'est formidable !

— Wesley est son père.

— Je suis si heureuse pour toi !

Subitement, les yeux de la jeune femme se remplirent de larmes.

— J'ai dû abandonner ma petite fille, à l'époque, expliqua-t-elle. Tout ce que je sais, c'est qu'ils lui ont trouvé une bonne famille et c'est tout ce qui compte, bien sûr.

Mariah ressentit une immense compassion pour Lettie en découvrant le terrible choix que la jeune femme avait dû faire. Elle, elle n'aurait pu imaginer la vie sans son fils et ne parvenait pas même à se figurer ce que cela serait, que de ne pas savoir ce qui lui était arrivé. Mieux valait, cent fois, tous les mensonges auxquels elle avait dû se prêter, plutôt qu'une telle situation…

L'apparition inopinée de Lettie lui était d'abord apparue comme une menace, mais au fond, elles avaient toutes deux vécu des expériences similaires. Beaucoup d'eau avait passé sous les ponts depuis, Lettie faisait à présent du théâtre, tandis que Mariah était rentrée chez elle à la brasserie, mais elles avaient entre elles ce point commun, plus fort que toutes les différences. Elles ne tardèrent pas à se faire des confidences.

Pas plus qu'elle, certainement, Lettie ne souhaitait revivre les douleurs et les humiliations passées. Mais peut-être ces épreuves les avaient-elles toutes deux rendues plus fortes. Leur rencontre ramenait en tout cas à la surface des souvenirs doux-amers. Mariah se disait qu'elle n'en apprécierait que davantage d'avoir son fils auprès d'elle et d'être entourée par toute sa famille.

Du coin de l'œil, elle s'aperçut que Philo s'était rapproché d'une jeune actrice rousse qui portait un foulard jaune d'or autour de son cou gracile, et qu'il lui manifestait plus qu'une attention polie. Elle était jolie et bien faite, avec des lèvres rouges et des courbes voluptueuses. Il se pencha vers elle et lui murmura quelque chose à l'oreille. Elle sembla se renfrogner et s'écarta de lui ostensiblement. Quant à Hildy, toujours absorbée dans sa conversation, elle ne paraissait rien remarquer. Mariah croisa le regard de Wes, qui se tenait un peu plus loin et lui fit un petit signe discret.

Marc remarqua, lui aussi, l'attitude de son beau-frère et il vint se placer non loin de lui. Philo lui adressa un coup d'œil peu amène, puis il laissa errer son regard autour de lui. Lorsqu'il eut repéré sa femme, il s'avança vers elle et la prit par le bras.

A cet instant, un couple passa dans le champ de vision de Mariah. Elle se pencha pour ne pas perdre Hildy et Philo de vue, mais ils étaient déjà partis.

Wes la rejoignit son tour et murmura à son oreille :

— Cette nuit ?

Elle lui sourit.

— Il faut bien attendre demain matin, que le tribunal soit ouvert, pour prendre une licence de mariage.

— Et à quelle heure ouvre-t-il ?

— Ma foi, je n'en ai aucune idée ! lui répondit-elle en riant.

— J'aurais dû vous demander en mariage plus tôt dans la journée !

Mariah rit aux éclats.

Elle se tourna et regarda ce visage qu'elle avait appris à aimer.

— Moi, je dirais que la demande a été parfaitement présentée, en temps et en heure.

Wes n'aurait pu être plus heureux. Mariah avait accepté de l'épouser. Pas un instant il n'avait souhaité la mettre dans une situation difficile, mais il fallait bien reconnaître qu'en venir là où ils en étaient arrivés, en commençant par s'insinuer dans sa vie, comme dans sa famille, s'était révélé bien compliqué. Il avait fait très attention à ne pas heurter les sentiments de l'enfant, avait pensé aussi, égoïstement à lui-même, mais n'aurait pu imaginer le nombre d'autres personnes du clan Spangler avec qui il devrait désormais compter.

Mais il savait qu'il pourrait faire l'unanimité en continuant à se montrer un bon père pour John James et un bon mari pour Mariah. Pas question de le laisser entrevoir le moindre doute quant à la pureté de ses intentions. Pures, elles l'avaient été dès l'origine…

Lorsque, finalement, les gens de théâtre prirent congé, il fit venir une calèche des écuries afin de leur permettre de rentrer à l'hôtel.

— Je ne vous ai pas forcée ni pressée de prendre cette décision, n'est-ce pas ? demanda-t-il, soudain inquiet, à Mariah. Si vous voulez réfléchir encore, je vous promets de vous laisser tout le temps que vous voudrez…

— Pourquoi ? Vous avez déjà changé d'avis ? lui demanda-t-elle en souriant. Vous ne voulez plus m'épouser ?

Il secoua la tête.

— … Mais il est vrai que j'ai eu peur de vous avoir pressée.

— Je vous ai dit que je ne vous épouserais pas si je n'avais pas de vrais sentiments pour vous. Il ne m'a fallu qu'une minute de calme pour vérifier que je les éprouvais. Je vous aime, Wes.

Tenant les guides dans une main, il passa son bras autour des épaules de Mariah. Quand ils arrivèrent devant l'hôtel, elle lui dit doucement :

— Vous pourriez peut-être payer un gamin pour emmener la voiture à l'écurie, à votre place ?

Wes repéra un adolescent aux alentours et lui donna une pièce avant de lui tendre les guides. Puis, sa veste sur l'épaule, il emmena Mariah vers le porche de l'hôtel. Là, il s'arrêta un instant pour l'embrasser. Elle avait accepté de l'épouser et le désirait plus que tout au monde. Elle voulait vivre tous les aspects d'une relation amoureuse. Elle désirait Wes et savait, au fond d'elle-même, que tout était possible. De toute son âme, elle espérait pouvoir se plier à cette décision, qu'elle avait prise.

— John James doit dormir depuis longtemps, fit-elle remarquer. Nous n'allons pas déranger Faye et les enfants pour aller le chercher.

— Nous pouvons passer le prendre tôt demain matin, répondit Wes.

Il savait combien elle veillait toujours au bien-être de son fils, mais quelque chose dans le ton de sa voix lui suggérait qu'elle avait abordé ce sujet dans un autre but. De cette façon, ils allaient rester seuls… Certes, ils l'avaient souvent été, à l'hôtel comme dans la grande maison des Spangler. Mais à présent, les choses étaient différentes…

Il la suivit sans mot dire dans l'escalier. Sur le palier, elle s'arrêta et le regarda avec un sourire, l'air interrogateur. Il s'aperçut alors qu'il était devant la porte de leur chambre et qu'elle attendait tout simplement qu'il introduisît la clé dans la serrure.

Il ouvrit et s'effaça pour la laisser entrer. Contrairement à son habitude, elle n'alla pas tout de suite allumer les lampes à gaz. Elle posa seulement son réticule sur la commode.

Il mit sa veste sur le dossier d'une chaise et s'approcha d'elle.

— Vous savez... je peux attendre..., lui dit-il doucement. Ce n'est pas un problème.

La lumière de la lune et celle des réverbères de la rue filtraient par les rideaux. Il voyait donc distinctement son visage quand elle se tourna vers lui.

— Je sais que vous le pouvez...

Elle s'approcha plus près.

— C'est probablement pour cela que j'ai tellement confiance en vous.

Elle plaça la paume de sa main sur la poitrine de Wes et il l'enveloppa de la sienne.

— Vous savez, lui dit-elle, j'ai souvent observé les couples de ma famille... La façon dont ils se parlent, dont ils s'effleurent de temps à autre, les petits secrets qu'ils semblent partager...

— Oui, Annika et Robert, par exemple...

Il les avait remarqués, bien sûr, et aussi la sœur de celle-ci et son mari. Il avait souvent l'impression que Mariah avait eu des relations de couple une expérience désagréable, voire traumatisante. Mais il se refusait à l'interroger sur ce sujet. Elle lui en parlerait, peut-être, lorsqu'elle y serait prête. Tout ce qu'il pouvait faire, pour le moment, c'était lui prouver qu'elle avait raison de lui faire confiance.

— Toutes ces choses, reprit Mariah, cette complicité… Tout cela est très mystérieux pour moi. Mais je veux… oui, je désire la même chose.

— Vous savez ce que je ressens pour vous, Mariah, et pour John James. Je n'ai jamais eu personne d'autre que vous deux dans ma vie. Lorsque je regarde votre fils et que je vois combien il est naturel pour lui d'être aimé, je ressens une profonde émotion parce que je suis tellement heureux pour lui. Il n'a peut-être pas eu de père jusqu'ici, mais il a eu une merveilleuse mère et une formidable famille. Vous lui avez donné beaucoup plus que ce que beaucoup de garçons ne recevront jamais.

— Ce n'est pas ce qui m'inquiète…

— Qu'est-ce qui vous fait peur, alors ?

— Je crains de ne pas être à la hauteur en tant qu'épouse et de vous voir partir. De vous décevoir…

— Je ne partirai pas.

— Mais vous avez eu une vie tellement excitante, avant de venir ici. Les histoires que vous racontez…

— Ces histoires que je raconte ne font que montrer quel était le vide de ma vie, l'interrompit-il. Toujours ailleurs, toujours sur les routes, cherchant désespérément un endroit où poser mon sac et ne le trouvant jamais. Du moins, jusqu'à ce que je vienne ici. Pour que je parte, il faudra me chasser…

— Je ne le ferai jamais.

Elle le regarda de ses beaux yeux bleus, toujours tellement sincères.

— Nous suivrons ce que nous dicteront nos cœurs, n'est-ce pas ?

Les mains de Mariah montèrent jusqu'au col de Wes. Elles défirent sa cravate, puis les boutons de sa chemise.

— Nos cœurs nous montrent la marche à suivre, insista-t-elle.

— Même… Maintenant, tout de suite ?

— Oui, surtout maintenant.

— Et vous êtes sûre que vous le voulez ?

— Oui, j'en suis sûre.

16

Tandis qu'elle caressait doucement sa joue, il admirait la pâleur de ses cheveux, à la lumière de la lune qui filtrait par les rideaux ouverts. Il aimait tout de cette femme, depuis le parfum de sa chevelure jusqu'au pétillement de ses yeux, en passant par son indépendance et son esprit volontaire, rebelle. Cet aspect de la personnalité de Mariah aurait pu le rebuter, mais elle l'intriguait, bien plutôt.

Si finalement, elle refusait de livrer son secret, de lui révéler qui était le véritable père de John James et dans quelles circonstances elle l'avait connu, il faudrait bien qu'il s'en satisfasse. Il devait y avoir une excellente raison pour qu'elle refuse aussi obstinément d'en parler. Mais peut-être qu'un jour, lorsqu'il aurait vraiment mérité toute sa confiance, elle s'apercevrait qu'il n'y avait pas là de quoi avoir honte.

Mariah ne lui avait jamais demandé de lui raconter ses amours passées, mais si elle le faisait, alors il ne manquerait pas de l'assurer qu'aucune de ces histoires n'était comparable, en intensité, à ce qu'il ressentait pour elle.

— Je voudrais enlever mes chaussures, lui dit-elle, interrompant le cours de ses pensées.

— Asseyez-vous, je vais le faire.

Elle se posa à l'extrême bord du matelas, une main sur la tête de lit.

Wes s'agenouilla devant elle et prit une de ses chaussures entre ses doigts. Il défit les attaches des délicats escarpins et il les retira, l'un après l'autre.

— Ils sont plus légers que des plumes, constata-t-il.

— Ils ne protègent guère des cailloux. J'ai toujours mal aux pieds, depuis que nous sommes à Denver. Je regrette mes bottes.

Il sourit et frotta délicatement la plante de pied délicate à travers la soie.

— Les bas aussi ? demanda-t-il.

Mariah releva elle-même l'ourlet de sa robe, afin qu'il pût détacher les pinces de ses jarretelles.

Wes prit tout son temps pour rouler la soie blanche le long de la cuisse et du mollet, en goûtant la délicate caresse sur le galbe parfait. Puis, il lança le premier bas par-dessus son épaule.

Mariah rit et détacha le second. Wes le roula encore plus lentement que le premier, s'arrêtant pour la caresser de son pouce derrière le genou et écoutant le souffle de la jeune femme s'accélérer légèrement. Elle était incroyablement douce et féminine.

— Tu es belle, Mariah, lui dit-il doucement. Même au travail, ta beauté n'est pas dissimulée par les vêtements masculins que tu portes. Au contraire, ils la soulignent. J'aime toujours te voir marcher, quand tu portes tes pantalons. Tu es très attirante, ainsi.

— Je ne le fais pas exprès, répondit-elle rapidement, comme si elle voulait s'en défendre.

— C'est bien pourquoi c'est tellement… excitant.

Mariah sentit ses joues s'enflammer et instinctivement, elle y porta la main. Mais Wes la captura dans la sienne, à la volée, et l'appliqua contre son visage. Entrant dans son jeu, Mariah caressa la ligne de sa mâchoire. Elle le sentit frémir sous ses doigts.

Il reprit dans ses mains l'ourlet de la robe, toujours relevé au-delà des genoux.

— Qui t'a aidée à la mettre ? demanda-t-il.

— Faye.

— Je suis heureux d'être celui qui va t'aider à l'enlever.

Elle se tourna pour lui présenter son dos, il se leva et défit une à une les agrafes de la robe, en la caressant du dos de ses doigts au passage, jusqu'à ce que les pans se détachent. Elle bougea une épaule, puis l'autre et le bustier tomba. Wes retint la robe tandis qu'elle l'enjambait, et il la déposa sur une chaise.

Mariah se retourna vers lui, seulement vêtue d'une fine chemisette et de courts pantalons en dentelle. Elle leva les bras pour retirer les épingles de sa chevelure et il ne put s'empêcher de se pencher pour embrasser son cou et ses épaules dénudées. Un délicat frisson la parcourut en réponse. Elle sentait bon, l'odeur du linge fraîchement repassé et aussi le parfum délicat du lilas.

Les épingles tombèrent sur le sol et Wes enfouit ses doigts dans l'or des tresses de Mariah, les défit, jusqu'à en faire tomber la pluie blonde sur ses épaules. Elle posa sa tête sur son épaule, tout en avançant de nouveau la main vers la joue de son compagnon, pour la caresser.

Wes empauma doucement les seins de Mariah à travers la toile fine. Son corps tout entier brûlait de désir pour cette femme. S'exhortant lui-même à la patience, il effleura ses bras en goûtant de ses lèvres la chair succulente de son cou et de ses oreilles. Il avait bien l'intention de prendre tout son temps pour la guider dans ce merveilleux voyage. Il n'avait aucune raison de se presser et toutes, au contraire, de prolonger son plaisir et le sien.

Des frissons couraient le long des bras et des épaules de Mariah et ses seins devenaient lourds et tendus. La caresse que Wes avait osée sur eux l'avait d'abord prise de court, puis elle avait regretté qu'elle s'interrompît si vite.

Elle se tourna de nouveau dans ses bras pour lui faire face, cherchant à se presser contre lui, pour mieux goûter sa chaleur et sa force. Ses caresses étaient délicieuses et le mot était encore trop faible pour les qualifier. Les baisers qu'il déposait sur sa peau semblaient introduire des perles de plaisir jusque dans ses veines. Il devait être magicien, un enchanteur qui connaissait tous les secrets des caresses et s'apprêtait à les lui révéler.

C'était comme de se réveiller et de marcher dans le

soleil, après un sommeil lourd et cataleptique. Et dire qu'elle aurait pu passer à côté de tels moments !

— Embrasse-moi ! murmura-t-elle dans un souffle.

Il posa ses lèvres sur les siennes en un baiser plus exigeant cette fois, plus quémandeur, bien propre à mettre le feu à des endroits secrets, sous l'effet d'une langue agile. Wes empoigna ses fesses et l'attira violemment contre lui, contre son désir dressé, exigeant.

Le désir, c'était cette force inconnue, peut-être redoutable, qu'elle avait attendu si longtemps sans y croire, en se demandant vaguement ce qu'elle pouvait bien manquer. Ce quelque chose qui lui faisait peur. Il n'était plus temps d'avoir peur. C'était maintenant, c'était tout de suite. C'était Wes.

Il s'écarta juste un instant, le temps de dénouer les rubans de sa chemise et de la lui faire passer par-dessus sa tête. Puis, d'une main fiévreuse, il défit le lien du court pantalon de dentelle, le fit glisser le long des hanches. Mariah s'en débarrassa d'un coup de pieds. La fièvre la saisissait aussi et la faisait trembler mais il s'aperçut avec étonnement qu'elle vivait pleinement chaque seconde de cette expérience et que pas un instant, elle n'avait eu peur. C'était si différent de tout ce qu'elle avait vécu jusqu'alors ! Tous ses sens étaient en éveil et elle ne comprenait plus pourquoi elle avait tant hésité. Comme si Wes devinait ce qu'elle souhaitait, il déboutonna rapidement sa chemise, en tira les pans hors de son pantalon et la lança à l'écart.

Mariah avança alors la main pour toucher son torse musculeux. La peau en était douce et chaude et elle prit plaisir à effleurer de la pulpe de ses doigts le fin duvet bouclé de sa poitrine.

Il ne bougea pas tandis qu'elle se livrait à cette exploration. Mariah s'enhardit alors, se rapprocha d'un pas et posa ses mains sur les flancs de Wes. Il poussa un profond soupir et l'instant d'après, il s'écartait pour retirer ses bottes. Elles tombèrent sur le plancher avec un bruit sourd. Puis il dégrafa son pantalon, le laissa tomber au sol et l'enjamba.

Le cœur de Mariah battit à tout rompre quand il revint vers elle, mais ce n'était pas par peur de Wes. Elle voulait aller au bout de la magnifique aventure, tout goûter de lui, avec lui. Elle sentit, juste derrière ses cuisses, le tissu de l'édredon. Wes la reprit dans ses bras et ils tombèrent ensemble sur le lit.

La sensation de sa peau brûlante contre la sienne était un délice qu'elle n'aurait pu anticiper. Chaque courbe et chaque méplat de son propre corps semblaient s'adapter parfaitement et épouser les muscles saillants de Wes.

Cette fois, il ne lui fut pas nécessaire de demander de l'embrasser. Ses baisers étaient doux et délicats comme une promesse, un échantillon de ce qui allait suivre. Mariah prit la tête de son compagnon entre ses mains et le rendit, ce baiser, plus exigeant et plus enthousiaste, aussi.

Se souvenant du contact de cette main sur ses seins, tout à l'heure, elle la prit dans la sienne pour la poser sur un mamelon dressé. Leurs bouches se séparèrent alors et les lèvres de Wes vinrent entourer une pointe érigée, léchant et suçant la chair sensitive, exacerbée.

La réaction gourmande et émerveillée de sa compagne l'incita à s'occuper également de l'autre fraise orgueilleusement dressée. Mariah vit s'allumer des étoiles derrière ses paupières closes et elle les rouvrit pour mieux s'assurer que c'était bien réel et qu'elle ne rêvait pas.

— Tu avais raison, murmura-t-elle.

— A quel propos ?

— Je n'imaginais pas tout ce dont tu étais capable.

— Tu disais que tu voulais que la nuit n'ait pas de fin, tu te souviens ?

— Oui, je me souviens.

— Je compte bien la faire durer aussi longtemps que possible.

C'était une promesse faite tout contre sa chair, comme s'il s'adressait directement à son corps.

— Il y aura d'autres nuits.

Il reprit sa main et embrassa doucement le bout de ses doigts.

— C'est bon de t'entendre dire cela.

Puis il relâcha sa main pour embrasser ses seins, son ventre et ses cuisses. Instinctivement, elle tendit vers lui ses hanches dans l'attente de sa prochaine caresse, un effleurement plutôt, plus léger qu'une plume, mais qui lui coupa le souffle et l'entraîna dans une spirale de sensualité.

Il n'y avait plus aucune appréhension dans sa fièvre ascendante et sa soif de plaisir. Elle devenait une participante enthousiaste à son jeu, une vraie partenaire. Elle enfouit de nouveau ses doigts dans l'épaisse chevelure de son compagnon et attira ses lèvres vers les siennes, en un baiser merveilleusement exigeant.

Il se hissa sur elle et elle l'accueillit. Mariah aurait presque pu pleurer, devant la perfection, la beauté indicible de l'amour ainsi physiquement partagé. Mais elle était bien trop heureuse pour cela et aussi trop plongé dans l'émerveillement de la découverte. C'était pure splendeur que ce doux et si brûlant désir, ce besoin ébouriffant de gémir et de rire à la fois. Et d'être à lui.

— Je pourrais passer ma vie à te donner du plaisir, lui murmura-t-il.

— Je ne crois pas que je pourrais supporter d'être plus heureuse.

Au cours des instants qui suivirent, il lui montra combien il pouvait être étonnamment tendre et combien elle avait eu tort de penser un instant qu'elle avait quelque chose à redouter de lui. D'abord il prit sa main et la referma sur la hampe dressée de son désir. C'était à la fois dur et tellement doux. Fer et velours, tout ensemble.

Puis, sans interrompre le baiser qu'ils partageaient si intensément, il entra en elle en un mouvement lent et comme sacré, plein d'une beauté intense. Elle l'accueillit comme s'il avait toujours fait partie d'elle-même, comme si elle était née pour ce moment. Un frisson de joie ineffable la parcourut. Plus rien n'existait au monde, qu'elle et lui.

Les doux et intenses mouvements de son sexe en elle étaient comme un baume. Il lui parlait, mais elle n'entendait pas les mots prononcés entre deux gémissements rauques et pourtant, elle en comprenait parfaitement le sens.

C'était là ce qu'elle recherchait depuis longtemps. Le plus vieux savoir du monde. Le secret que partageaient les hommes et les femmes, celui par lequel on devait, on devrait bien, plutôt, mettre les enfants au monde.

Ce qu'elle découvrait dans les bras de Wes, c'était la vérité, l'essence de la vie. Cette nuit-là, Mariah apprit beaucoup de choses sur les hommes et les femmes et la moins surprenante d'entre elles n'était pas qu'elle avait l'étonnant pouvoir de faire trembler cet homme grand et fort.

Une sorte d'urgence naissait en elle. Elle retint sa respiration. Wes s'en aperçut et son mouvement voluptueux devint plus délibéré, plus impérieux.

Son plaisir explosa en une succession de déflagrations parfaitement synchrones entre elle et lui. Pas un instant elle ne cessa d'entendre les battements du cœur de Wes contre le sien.

— Tu avais raison, lui dit-elle, une éternité plus tard. Raison pour tout, sur toute la ligne.

Mariah s'éveilla lorsque le soleil, perçant à travers le rideau, vint réchauffer les draps, et son corps rassasié. Elle baignait dans la chaleur de celui de

Wes, qui dormait contre elle, le visage enfoui dans ses cheveux.

Ses premières pensées conscientes furent les souvenirs de la nuit passée, qui affluaient à sa mémoire. Toute sa chair en vibrait encore. Pantelante, elle se leva, chercha son peignoir en marchant sur ses vêtements épars.

Elle prit tout simplement quelques effets propres et enfila une paire de mules. Wes dormait profondément, le drap enroulé autour de ses jambes et de ses hanches.

Elle le regarda un moment, apprenant à goûter la nouveauté de leur intimité. Elle examina la cicatrice de sa cheville, souvenir de sa rencontre avec le piège à loups, en vit une autre sur son épaule, mais préféra s'attarder sur ses longs membres et son large dos. En souriant toute seule, elle se glissa dans le couloir de l'hôtel et se dirigea vers la salle de bains.

A son retour, elle trouva le lit vide et ses vêtements pliés sur une chaise. Un rapide coup d'œil autour de la chambre lui apprit que Wes n'y était plus.

Mariah s'installa devant la coiffeuse et entreprit de brosser ses cheveux puis de les peigner en chignon. Elle mit la touche finale à sa tenue en choisissant une robe jaune pâle qu'elle n'avait pas encore portée, puis en piquant dans ses cheveux quelques petites fleurs de papier blanc.

La clé tourna dans la serrure et une seconde plus tard, Wes entra, un plateau entre les mains.

— Bonjour, jolie dame, lui dit-il en souriant.

Mariah rougit en croisant son regard.

— Bonjour !

— Je me suis arrangé avec Gerd pour que nous ayons notre matinée libre et John James va aller avec son grand-père et Roth, qui veulent acheter des chevaux…

Il montra le plateau de petit déjeuner.

— Mange donc quelque chose pendant que je me rase et que je fais ma toilette.

Elle fit un pas vers lui. Il prit ses mains dans les siennes, l'attira contre sa poitrine et se pencha pour l'embrasser.

— Tu n'as pas changé d'avis, n'est-ce pas ? demanda-t-il, un peu inquiet.

Elle secoua vivement la tête.

— Non, et toi ?

— Je suis plus décidé que jamais. Je t'aime, j'aime tout de toi et j'adore te faire l'amour.

Mariah se sentit envahie par une vague de satisfaction béate. Leur projet pouvait se dérouler comme prévu. Jusqu'à l'année dernière, elle n'aurait pu imaginer un tel bonheur. L'avenir lui souriait, pour la première fois de toute sa vie.

— Je t'aime, Wes.

Il scella cette déclaration d'un tendre baiser, puis lui sourit, prit quelques affaires, son nécessaire de rasage et quitta la chambre.

Quarante-cinq minutes plus tard exactement, ils quittaient tous deux le greffe du tribunal avec une licence de mariage en bonne et due forme.

— … Permettant à tout ministre du culte autorisé, ainsi qu'à tout officier ou agent de l'administration locale ou fédérale, de procéder légalement au mariage des personnes dont les noms suivent : Wes Taylor Burrows et Mariah J. Feuermann.

Il la regarda avec curiosité.

— Au fait, pourquoi as-tu demandé au greffier de n'inscrire que l'initiale de ton second prénom ?

— C'est parfaitement légal, lui répondit Mariah.

— Oui, mais moi je ne le connais pas, ce second prénom.

— Est-ce que cela fait une différence ?

— Peut-être…

Elle mit les mains sur ses hanches.

— Ah bon ? Mais peut-être que tu ne voudras plus m'épouser, lorsque tu le connaîtras.

— Jane ?

Ils traversèrent le hall de marbre du tribunal.

— Le bureau du juge des mariages est ici, à droite, indiqua-t-elle. Est-ce que le greffier a dit qu'il y avait un autre couple avant nous ?

— Juanita ?

Dans le couloir, ils étudièrent les inscriptions dorées sur chaque porte devant laquelle ils passaient.

— Jack ?

Mariah s'arrêta devant une porte vitrée au nom de Thomas Huff et leva un sourcil intrigué.

— Qui appellerait sa fille Jack ? s'étonna-t-elle.

— Ma foi, je l'ignore. Dans ta famille, les prénoms sont souvent allemands et je ne les connais pas suffisamment pour deviner quels peuvent être ceux qui conviennent à une fille et commencent par un J.

— Tu vois, Wes, nous sommes sur le point de nous

marier et toi, tu fais toute une histoire au sujet de mon second prénom…

— Combien d'autres secrets vas-tu encore me cacher ? lui demanda-t-il doucement.

Elle le regarda au fond de ses yeux sombres. Continuer à le taquiner avec cette histoire de prénom n'avait guère de sens et n'était même plus drôle. Elle ne voulait rien lui cacher.

— Johanna. Mon second prénom est Johanna.

Il sourit et lui prit la main.

— Es-tu prête à devenir ma femme ? lui demanda-t-il.

— Je le suis.

Quelques minutes encore et Mariah tint entre ses mains un certificat de mariage. Elle le regarda comme si elle avait peine à y croire, étudiant la signature du juge ainsi que les leurs et la date. Wilhelm et Mary-Violet avaient fait encadrer le leur et l'avaient accroché dans leur salon, mais Wes et elle devraient garder caché celui qu'ils venaient de recevoir. Personne ne devait en voir la date. Mais cela n'avait pas d'importance. A présent, il était réellement son mari et, dans son cœur, Mariah savait bien que le reste ne comptait pas.

Dans le vaste hall du tribunal, Wes la prit contre lui et l'embrassa à pleine bouche.

— Et maintenant, allons retrouver notre fils, madame Burrows, lui dit-il.

Les yeux de Mariah se mirent à piquer et elle refoula des larmes de joie. Elle resta le front contre la chemise blanche de son mari jusqu'à ce qu'elle eût recouvré le contrôle de ses émotions. Wes le comprit fort bien et se contenta de lui caresser le dos et les épaules, pour la réconforter.

Ils entendirent des voix se rapprocher et se séparèrent, mais Wes garda sa main dans la sienne. Deux personnes, un homme et une femme, qui passaient par là, des dossiers sous le bras, les regardèrent en souriant.

— Etes-vous de jeunes mariés ? leur demandèrent-ils.

Comme ils répondaient par l'affirmative, ces deux inconnus les félicitèrent chaudement, avant de disparaître dans un corridor.

Leur pavillon de la foire-exposition était le rendez-vous obligé de toute la famille Spangler et Wes y arrêta leur buggy.

Ce jour-là, on y organisait une vaste exposition et de nombreux tableaux et sculptures ornaient les allées. Certaines œuvres avaient déjà reçu un prix, matérialisé par un ruban et une médaille.

— Si nous avons le temps, un peu plus tard, j'aimerais aller faire le tour de tout ça, dit Mariah. J'ai toujours aimé l'Art et je n'ai jamais l'occasion d'en voir, à Ruby Creek…

Le soleil était déjà haut dans le ciel et la brise agitait les fanions des exposants ainsi que les parasols. Wes alla garer la voiture à l'arrière du bâtiment, sous un vaste auvent. Il aida Mariah à descendre et ils s'en furent, main dans la main, vers le stand de la brasserie.

Plusieurs visiteurs y étaient assis, à l'ombre, une chope de bière à la main. Tante Ina se tenait à l'entrée du stand. Elle les accueillit en s'épongeant le front à l'aide de son tablier.

— Savez-vous ce qui est arrivé ? leur demanda-t-elle.

— Quoi donc ?

Tout de suite, Mariah fut prise de panique à l'idée que John James ou son grand-père avaient pu avoir un accident.

— Mon fils n'a rien ?

— Non, rien que je sache, répondit Ina, mais Clara a trouvé Hildy évanouie sur le plancher de sa chambre, ce matin.

— Hildy ! Mais comment va-t-elle ?

— Je ne sais pas. On a appelé un docteur et il l'a fait transporter à l'hôpital des Sœurs de la Charité, où on pourra s'occuper d'elle.

La voix de la bonne tante se fêla d'émotion et ses yeux s'emplirent de larmes.

— … Mais elle n'avait pas l'air bien et elle… elle…

Elle ne put en dire plus. Sa nièce la prit par le bras pour la ramener à l'arrière du stand, où il faisait plus frais.

— Tu devrais te reposer, lui dit-elle. Wes peut certainement te remplacer pour quelques heures, n'est-ce pas, Wes ?

— Bien sûr, j'en serais heureux, répondit celui-ci.

— C'est cet homme, Mariah, soupira tante Ina, c'est lui qui lui a fait ça. Sa mère avait une mauvaise impression de lui, depuis toujours. Mais tu sais comme Hildy se fermait quand Clara lui posait des questions…

Concernant Philo, Mariah avait bien plus qu'une mauvaise impression et elle redoutait d'apprendre ce qui avait pu arriver à sa cousine.

— Ramène ta tante à l'hôtel pour qu'elle puisse se reposer un peu et vois si nous pouvons aller rendre visite à Hildy à l'hôpital, lui dit Wes. Prends le buggy.

Mariah acquiesça avec gratitude. Il la serra dans ses bras, puis elle aida Ina à ramasser quelques affaires et elle l'emmena.

— S'il n'y a rien de nouveau, je vais peut-être dormir une heure ou deux, lui dit sa tante sur le trajet de l'hôtel.

— Bien sûr !

Dès qu'elle eut accompagné sa tante jusqu'à sa chambre, elle s'enquit de la direction pour se rendre à l'hôpital des Sœurs de la Charité. On la lui indiqua ; l'hôpital se trouvait dans une rue un peu plus loin, parmi des bâtiments en brique au milieu desquels il était seul à être construit en pierre de taille. Dès qu'elle y pénétra, l'odeur de l'éther assaillit ses narines. On lui indiqua un long couloir, qu'elle emprunta le dos raide, toute droite, sans oser regarder l'intérieur des chambres devant lesquelles elle passait. Elle entendait toutefois des gémissements s'élever de certaines d'entre elles et des jurons, d'autres.

La religieuse qui l'accompagnait la fit pénétrer dans une petite pièce assez obscure, puis elle tourna les talons, ses chaussures craquant sur les dalles du couloir.

Tante Clara était assise au chevet d'un petit lit de fer. Elle tenait la main de celle qui était couchée là et que Mariah avait bien du mal à reconnaître. Les traits d'Hildy étaient bleuis et déformés par les coups qu'elle avait reçus. Elle avait une entaille profonde au-dessus d'un œil et son bras était plâtré. A cette vue, un cri d'horreur monta de la gorge de Mariah qui eut toutes les peines du monde à le retenir.

— T...Tante Clara ? appela-t-elle doucement.

Sa tante leva les yeux vers elle. Sa lèvre tremblait.

— C'est Philo, murmura-t-elle. C'est lui qui lui a fait ça.

17

— Philo est introuvable, dit Clara. Mais c'est lui qui lui a fait ça. Tu l'as vu hier soir, non ?

Oui, Mariah l'avait vu et elle n'avait pas eu la moindre envie de s'attarder en sa compagnie.

Clara essuya son nez rougi par les larmes.

— A l'hôtel, un client du deuxième étage s'est plaint qu'il y avait du bruit juste au-dessus de sa chambre. Le réceptionniste est monté voir, Philo lui a répondu à travers la porte qu'il avait accidentellement cassé une table et lui a promis de payer les dégâts dans la matinée. Nous autres, nous étions tous à la foire-exposition lorsque c'est arrivé.

Ce n'était pas tout à fait exact. Mariah et Wes étaient rentrés à l'hôtel avant le reste de la famille, mais la chambre d'Hildy était à l'autre bout du couloir.

— Patrick et Marc le recherchent. Ils ont prévenu le marshal et lui ont raconté ce qui était arrivé, mais n'ont pas reçu beaucoup d'aide de sa part.

— Est-ce qu'elle a parlé ? demanda Mariah.

Clara secoua la tête.

— Elle est toujours évanouie, répondit-elle dans un sanglot.

— Toujours ?

Sa tante acquiesça en se tamponnant les yeux de son mouchoir déjà trempé de larmes.

— Les médecins craignent qu'elle ait eu un choc au cerveau.

Mariah eut l'impression de n'avoir plus un souffle d'air dans les poumons. Tout se mit à tourner autour d'elle et elle dut s'agripper au montant du lit de fer, pour conserver son équilibre.

— Assieds-toi, ma chérie, assieds-toi…

Tante Clara se leva pour lui donner sa chaise. Elle en prit une autre, qu'elle tira à côté d'elle.

Sa vision redevenant plus normale, Mariah se pencha pour prendre la main pâle et délicate d'Hildy dans la sienne. Elle la pressa contre sa joue. Un millier de remords se bousculait en elle et la consumait. A travers ses larmes, elle regarda le pauvre visage tuméfié de sa cousine.

— Son bras est cassé ? demanda-t-elle encore.

Clara acquiesça.

— Ils l'ont mis dans la glace et plâtré il y a environ une heure. Je me dis que c'est heureux qu'elle ne se soit pas encore réveillée, car elle va souffrir beaucoup, alors, mais j'ai tellement peur…

Mariah enfouit son visage dans l'épaule d'Hildy et sanglota :

— Je suis désolée… je suis tellement désolée.

Le remords était comme une chose vivante, une bête qui la dévorait de l'intérieur. Elle avait vu le comportement de Philo la veille au soir. Mais comme elle était pressée de s'éloigner de lui, elle en avait ignoré les signes qui auraient dû l'alarmer.

— J'aurais dû le savoir…

— Nous soupçonnions tous que quelque chose n'allait pas, objecta sa tante.

— Mais moi, j'aurais dû savoir, sanglota Mariah de plus belle.

— Mais comment l'aurais-tu su ?

Mariah ne répondit pas. Bien que la voir ainsi fût une torture, elle se força à regarder le visage tuméfié de sa cousine et décida qu'elle ne bougerait pas, qu'elle resterait au chevet de sa cousine et tenterait de lui insuffler de l'énergie, jusqu'à ce qu'elle se réveille.

C'était sa faute si tout cela était arrivé. Sa faute. Sa faute.

Roth amena John James à Wes, cet après-midi-là, et celui-ci s'arrangea pour occuper l'enfant dans la cuisine du stand. Puis, il l'emmena manger une glace à celui d'à-côté, une fois que John James eût terminé les petits travaux faciles qu'il lui avait confiés. La mère de Roth s'apprêtait à s'occuper d'Emma et de Paul pour la soirée et elle demanda si le petit garçon pouvait se joindre à eux.

Wes accepta en se disant que John James serait bien mieux dans la compagnie d'autres enfants que dans la sienne, mais il prit le temps, avant de le laisser aller, de l'emmener faire un petit tour dans les allées du pavillon.

— Où est maman ? demanda le petit garçon.

— Toujours à l'hôpital, avec Hildy.

— Est-ce qu'elle va mieux, Hildy ?

Wes hésita. Il avait entendu d'inquiétantes nouvelles, de la part d'autres membres de la famille qui s'étaient rendus à son chevet.

— Les docteurs s'occupent d'elle, répondit-il simplement. Je suis sûr qu'elle va aussi bien que possible.

— Je pourrais aller la voir ?

— Dans quelques jours, sûrement. Je reviens te chercher dès que je peux, d'accord ?

— D'accord.

Annika et Robert vinrent le relayer et il put à son tour se rendre enfin à l'hôpital. Mais dans le couloir qui menait à la chambre d'Hildy, Marc et Patrick, le frère et le père de celle-ci, vinrent à sa rencontre.

— Nous n'avons pas encore trouvé Philo, dit Patrick. On a regardé un peu partout en ville et on pense qu'il pourrait se cacher dans un saloon. On va aller manger et on repartira le chercher.

— Je viens avec vous, leur répondit Wes. Mais il faut d'abord que je parle à Mariah. Peut-être voudra-t-elle venir dîner…

Marc hocha la tête.

— Si tu y arrives…

Wes entra dans la chambre, où Clara et Mary-Violet faisaient bonne garde, assises au chevet d'Hildy. Sa toute nouvelle épouse était agenouillée à côté du lit de fer et tenait la main de sa cousine. Il ne savait pas ce qui lui serrait davantage le cœur : la chair tuméfiée, grotesquement colorée, de la blessée ou les yeux rouges et gonflés de Mariah.

Il s'avança et appela doucement son prénom. Mary-Violet et Clara s'écartèrent, glissant leur chaise de côté pour lui laisser la place.

— Mariah ? répéta-t-il doucement, sensible à sa détresse.

— C'est ma faute, murmura la jeune femme, la voix brisée par les larmes.

Elle tourna vers lui son regard désespéré, presque vitreux à force de chagrin et il sentit de nouveau son cœur se briser dans sa poitrine. Le jour même de son mariage, où elle aurait dû être si heureuse, voilà qu'elle prenait sur elle la responsabilité d'un événement où elle ne pouvait avoir aucune part.

— Je sais combien tu aimes Hildy, lui répondit-il, toujours tout doucement. D'ailleurs, tout le monde l'aime. Mais ce n'est pas ta faute. Elle n'a demandé aucune aide et n'a prévenu personne de ce qui était en train de se passer.

— J'aurais dû le savoir, s'entêta Mariah.

Wes échangea avec Clara un regard d'incompréhension.

— Est-ce qu'Hildy t'avait dit que Philo la battait ?

Mariah secoua la tête et regarda sa tante.

— Non, elle le cachait. Je crois qu'elle dissimulait aussi ses blessures, quand elle nous racontait qu'elle restait chez elle des jours entiers à cause de soi-disant migraines. Je n'aurais pas dû écouter ses histoires.

Wes posa délicatement sa main sur son épaule.

— Chérie, si tu venais manger quelque chose avec moi ? proposa-t-il. J'ai vu un restaurant, pas loin.

Elle s'écarta.

— Je n'ai pas faim. Je veux rester ici.

Wes consulta Mary-Violet du regard et elle haussa les épaules.

— Elle n'a pas bougé de là de toute la journée, lui dit-elle.

Si Mariah était déterminée à demeurer au chevet de sa cousine, Wes ne pouvait tout de même pas la jeter sur son épaule et l'emmener hors de la chambre. Il fallait respecter sa volonté.

— Je te rapporte quelque chose, lui dit-il.

Elle ne répondit pas.

Il jeta un regard circulaire autour de la chambre, trouva une chaise inoccupée et la posa à côté d'elle.

— Assieds-toi, insista-t-il.

Il l'aida à se relever et la fit s'asseoir. Elle n'avait pas lâché la main d'Hildy.

— Avez-vous mangé quelque chose ? demanda-t-il aux autres femmes.

— Oui, Patrick nous a apporté des sandwichs, lui répondit Clara. Mais Mariah n'a pas voulu y toucher.

Patrick et Marc l'attendaient dans le couloir. Un muscle tressautait nerveusement sur la mâchoire du plus âgé des deux hommes.

— Je comprends ce qu'elle ressent, dit-il, les dents serrées. Moi aussi, je me battrais, pour n'avoir rien vu… Un homme ne devrait pas laisser faire ça à sa fille.

Ils mangèrent en silence dans un petit restaurant des environs et Wes se fit emballer un peu de potage et une tartine beurrée à l'intention de Mariah, auprès de qui il retourna aussitôt. Elle grignota un peu la tartine, puis fit passer quelques cuillerées de soupe entre les lèvres livides d'Hildy.

Ils ne retrouvèrent pas Philo ce soir-là. Wes prit le tour de service de Clara et Patrick les deux jours suivants, afin de pouvoir patrouiller les rues de la ville le soir, en compagnie des hommes de la famille.

Faye et Mary-Violet se préparèrent à ramener les enfants à Ruby Creek. Wes accompagna John James au train et s'accroupit pour se mettre à sa hauteur.

— Prends bien soin de Youri pendant mon absence, lui recommanda-t-il. Maman et moi nous te rejoindrons très vite.

— Et Hildy aussi ?

— Nous l'espérons tous.

Le petit garçon jeta ses bras autour du cou de Wes. Il sentait bon le linge frais et le grand air. Ses cheveux étaient doux contre la joue de son père.

— Je t'aime, papa, lui murmura-t-il.

— Moi aussi, lui répondit-il, enroué par l'émotion. Sois bien sage avec tes tantes.

Wes les regarda tous monter dans le wagon et, quelques instants plus tard, John James lui souriait à travers la vitre. Il agita la main pour lui dire au revoir.

L'immense chagrin de Mariah, son inquiétude pour sa cousine, qui prenait le pas sur tout le reste, même son fils, serrait le cœur de Wes et l'inquiétait beaucoup.

Il souffrait de ne pas pouvoir faire grand-chose, à part être là, disponible, quand elle en avait besoin.

Après trois jours et trois nuits de veille au chevet d'Hildy, Mariah s'évanouit de fatigue. Wes la rattrapa avant qu'elle ne tombe inanimée sur le sol. Il l'apporta vers leur buggy, puis à travers le hall de l'hôtel jusqu'à leur chambre où il l'étendit sur le lit. Elle portait toujours la robe jaune pâle qu'elle avait sur elle pour leur brève cérémonie de mariage. Il lui retira ses bas et ses chaussures, sa toilette toute froissée et autant de sous-vêtements que possible, avant de baigner son visage et ses mains avec de l'eau fraîche. Puis il remonta le drap sur elle, ferma les doubles rideaux et s'assit à son chevet pour commencer à son tour sa veille. Dans l'après-midi, il ne s'absenta que brièvement, pour s'assurer que tout se passait bien sur le stand et ce soir-là, Louis vint frapper à la porte de leur chambre. Wes le fit entrer.

— Comment va-t-elle ? demanda-t-il.

— Elle dort toujours, chuchota Wes en réponse.

Il alluma l'applique au gaz du mur, en conserva la flamme basse et fit asseoir Louis au chevet de sa petite-fille.

Le vieil homme regarda longuement la forme étendue. Le visage de Mariah était très pâle et ses yeux étaient cernés, sous les longs cils baissés.

— J'ai aimé tous mes enfants et mes petits-enfants, dit pensivement le vieil homme. Mes arrière-petits-enfants également, bien sûr. J'ai essayé de ne pas avoir de favori, mais vous ne pouvez empêcher votre cœur de ressentir les choses d'une certaine manière…

Il garda un instant le silence et se laissa aller contre le dossier de son fauteuil.

Wes se contenta de hocher la tête, pour indiquer qu'il comprenait.

— C'est terrible, ce qui est arrivé entre Philo et Hildy. Et c'est terrible pour Mariah, aussi.

Il regarda Wes au fond des yeux. Les siens étaient pleins de larmes.

— Elle se reproche ce qui est arrivé, lui dit l'époux de sa petite-fille. Je ne comprends pas bien pourquoi.

— Nous nous blâmons tous de ne pas avoir su ouvrir les yeux à temps.

Wes ne put qu'acquiescer.

— Je suis bien content que vous soyez venu chez nous, mon garçon, reprit Louis sans le quitter un instant des yeux. John James avait besoin d'un père et elle avait besoin de vous, elle aussi. Les sentiments qu'elle éprouve à votre égard sont très évidents. Elle vous aime et vous le méritez, oui, vous le méritez…

Au cours des semaines qui s'étaient écoulées, il était arrivé quelque chose d'assez étrange, dans les rapports de Wes avec le vieil homme. Louis ne semblait plus distinguer tout à fait la fiction qu'il avait aidé à mettre en place, de la réalité. En fait, il se conduisait comme si Wes avait été effectivement le mari de Mariah, depuis toujours. Peut-être même avait-il fini par se persuader qu'il l'était réellement et même qu'il avait fomenté tout un complot pour pouvoir revenir auprès d'elle. Wes avait jugé préférable de ne pas le détromper, plutôt que de risquer d'éveiller un doute chez les tiers.

— Je l'aime aussi, lui assura-t-il. Je ferai tout ce qui est en mon pouvoir pour que nous soyons heureux ensemble.

Un instant, il faillit avouer au vieil homme qu'ils s'étaient mariés, réellement, la veille. Mais il s'en abstint finalement après avoir regardé lui aussi la forme étendue de Mariah. Après tout, elle avait son mot à dire, là-dessus. Et si Louis croyait réellement qu'ils étaient mariés depuis longtemps, la nouvelle pourrait semer le trouble dans son esprit.

Quelques instants plus tard, Wes raccompagna le vieil homme jusqu'à sa chambre, puis revint dans la sienne. Il se déshabilla, se mit au lit, et prit Mariah dans ses bras. Elle s'y pelotonna, sans même se réveiller.

Il s'éveilla lui-même peu avant l'aube et se leva en prenant bien garde de ne pas déranger Mariah, pour se raser et faire sa toilette. Ensuite, il quitta la chambre quelques minutes, le temps d'aller commander un petit déjeuner. Lorsqu'il revint, elle ouvrait les yeux.

Elle le regarda, battit des paupières, puis se tourna un instant vers la fenêtre.

— Bonjour, lui dit-il.

Le regard de Mariah revint se poser sur lui. Elle paraissait reposée, mais il ne fallut qu'un instant pour que le désespoir revienne, dans ses yeux.

— Ainsi, je n'ai pas rêvé, murmura-t-elle.

— Non. Je vais aller te faire couler un bain. Tu te sentiras mieux, après. Je t'aiderai, si tu veux te laver les cheveux.

Elle secoua la tête sur l'oreiller.

— Non, je ne me sentirais pas mieux.

— Eh bien alors, tu te sentiras au moins plus fraîche. J'ai déjà demandé les petits déjeuners…

— Je n'ai pas f…

— Ne dis pas ça. Tu vas te laver, manger et mettre des vêtements propres. Je ne vois pas ce qu'Hildy aura à gagner si tu te laisses mourir de faim.

Lorsque la baignoire fut remplie, il alla chercher Mariah et l'amena jusqu'à la salle de bains. Là, il l'aida à se débarrasser de ses sous-vêtements et à entrer dans la baignoire. Puis, il lui versa plusieurs brocs fumants sur la tête, jusqu'à ce que ses cheveux fussent bien mouillés et il les savonna au shampoing, en lui massant le cuir chevelu.

— Je ne suis pas comme ça, se plaignit Mariah tandis que des filets d'eau coulaient sur son visage. Je suis plus forte que cela.

— Tu as le caractère le mieux trempé que j'ai jamais vu, lui dit Wes en savourant le plaisir de sentir les fils d'or glisser entre ses doigts. Je n'avais jamais lavé les cheveux d'une femme, auparavant, et je crois que cela me plaît bien !

Elle ne répondit rien. Lorsque Mariah eut la tête bien rincée, il lui tendit une serviette sèche pour qu'elle s'en enturbanne et la fit lever pour mieux l'essuyer.

A chaque tendre mouvement de la serviette, pareil à une caresse, Mariah sentait une nouvelle fissure s'agrandir dans son cœur meurtri. Il n'y avait rien qui fût particulièrement relié à la sexualité, dans la façon dont il prenait soin d'elle. Il se montrait respectueux et attentionné, un peu comme avec une enfant.

Pourtant, elle se disait qu'il ne pourrait pas regarder son corps, ni s'occuper d'elle de cette manière, s'il savait. Il n'aurait pas non plus voulu faire d'elle sa femme, ni lui faire l'amour de sa façon si tendre, si délicate. Il n'aurait pas pu l'aimer…

Les larmes se remirent à couler le long de ses joues.

— Allons, essuie-les, lui dit-il doucement, en lui tendant de nouveau la serviette. Cela me brise le cœur de te voir comme ça.

— Tu ne ferais pas tout ça, si tu savais, lui dit-elle soudain. Tu ne m'aimerais pas et tu ne pourrais jamais me pardonner.

Il ne comprit pas ce qu'elle voulait dire et en fut troublé, mais il la prit néanmoins par le bras et la ramena dans leur chambre.

— Tu vois, lui dit-il en refermant la porte derrière eux. Les petits déjeuners sont servis.

— Je ne pourrai rien avaler.

— Tu vas manger quelque chose.

Il n'avait pas élevé la voix, mais la fermeté soudaine de son ton indiquait que sa tolérance avait des limites. Il l'installa sur une chaise, devant la petite table. Elle leva les yeux vers lui.

— Pourrais-tu aller voir s'il y a du nouveau ? lui demanda-t-elle.

Il comprit sans peine qu'elle voulait parler d'Hildy.

— D'accord, à condition que tu manges pendant que je serai parti.

Elle acquiesça et son hochement de tête fit se détacher la serviette qu'elle portait en turban. Au lieu de la replacer, il lui en couvrit les épaules et alla chercher une brosse sur la coiffeuse.

— Tu veux… ? lui demanda-t-il, en la lui tendant.

Elle hocha la tête, de nouveau.

— Et mange ! Je reviens tout de suite.

Il prit son chapeau et sortit.

Jamais ses bras n'avaient été plus lourds, ses doigts si malhabiles, mais Mariah souleva la brosse et commença de démêler les pointes de ses cheveux. C'était, au moins, une activité qui ne demandait aucune réflexion, pratiquement pas de conscience et à laquelle elle s'était livrée tous les matins de sa vie. Quand elle eut terminé, elle regarda le plateau que Wes avait laissé auprès d'elle. Elle le tira à elle et souleva la cloche de métal qui maintenait les plats au chaud. La bonne odeur des œufs au bacon la saisit, comme par surprise. Depuis combien de temps n'avait-elle rien avalé ?

Elle prit sa fourchette et avala quelques bouchées. Mais cela ne lui parut avoir aucun goût. Sa main trembla quand elle saisit la cafetière et un peu de liquide chaud tomba sur le plateau. Elle ajouta du sucre et but la moitié de sa tasse.

Déjà, elle avait l'impression d'avoir le ventre plein.

Reposant son café, elle ferma les yeux. Des tâches quotidiennes et normales : manger, boire, se laver. Est-ce que tout cela comptait, finalement ? A quoi bon s'y astreindre, si vous n'étiez même pas capable de protéger ceux que vous aimez ?

Elle avait commis, envers Hildy, une épouvantable injustice. Et s'il était trop tard pour réparer, pour s'excuser ? Si Hildy n'allait jamais se réveiller ?

Des souvenirs l'assaillirent, elle revit sa cousine lorsqu'elles étaient toutes deux enfants. Comme elle était heureuse et vivante alors et comme toute sa gaieté avait disparu depuis ! Jamais elle ne s'était remise de la mort de ses bébés. Durant des jours et des jours, elle s'était enfermée dans sa petite maison, refusant toute aide, d'où qu'elle vienne.

D'autres images vinrent se superposer à celle d'Hildy : le visage coléreux de Philo, son agressivité, ses manières toujours menaçantes et puis ses mains, qui savaient vous agripper et vous faire du mal.

C'était à cause de lui que les bébés d'Hildy étaient morts. Il était clair à présent que sa cousine s'était cachée chaque fois qu'elle avait été battue et que les traces de coups étaient visibles sur elle. Et cela était arrivé chaque fois qu'elle avait donné naissance à un enfant trop menu pour pouvoir survivre.

La colère flamba en Mariah, ainsi que le remords, la culpabilité, si durement qu'elle ne pouvait plus supporter ces émotions qui la minaient. Dans un sanglot, elle s'effondra sur la table, balayant le plateau de petit déjeuner. Verres, tasses et assiettes se brisèrent en mille morceaux sur le sol, elle n'entendit rien. Rien que le grondement de douleur et de colère qui montait, furieux et déchirant, de sa gorge. Elle tomba à genoux sur le tapis, le martela de ses poings en hurlant : « Non, non, non ! »

Elle n'entendit pas vraiment non plus la porte s'ouvrir et ne répondit pas à Wes quand il lui parla doucement, en s'agenouillant auprès d'elle. Déchirée de sanglots convulsifs qui la brisaient, c'est à peine si elle le vit lui nouer un morceau de serviette vite rougi autour de la main ; elle s'était profondément coupée avec un morceau de porcelaine brisée, mais n'avait rien senti. La douleur n'en était pas comparable à celle qu'elle ressentait, pour être responsable de la mort des enfants de sa cousine, ni à celle de voir Hildy inconsciente et meurtrie, suspendue entre la vie et la mort, alors qu'elle, Mariah, aurait pu la protéger.

— J'aurais pu empêcher cela, répéta-t-elle plusieurs fois.

Wes essaya de l'aider à se relever, en murmurant son prénom. Mais il n'y avait pas de consolation possible, cette fois.

— C'est ma faute, si elle est à l'hôpital ! affirma-t-elle, farouche.

Elle étreignit les bras de Wes et le regarda droit dans les yeux, comme pour le forcer à écouter. Ils étaient tous deux agenouillés au milieu des éclats de porcelaine ou de verre et de la nourriture répandue.

— J'aurais pu lui raconter ce qui m'était arrivé et l'empêcher d'épouser ce… cet…

— Mais qu'est-ce qui est arrivé, Mariah ? Qu'aurais-tu pu lui dire qui l'aurait empêchée de l'épouser ?

Le temps était venu. Le moment de subir la honte et la punition. Jamais elle n'avait été aussi pleine de douleur et de rage. Sous les coups du remords, de la colère et du chagrin, elle était prête à exploser d'un instant à l'autre, comme cette vaisselle fracassée sur le sol.

Ses doigts tremblèrent sur les muscles solides de son mari, mais ne lâchèrent pas prise et son regard ne faiblit pas.

— C'est Philo. Nous… il… c'est arrivé la veille de leur mariage. Il est le père de John James.

18

Les yeux de Wes s'agrandirent de choc et de surprise. Durant un instant, il resta comme sonné par le coup, comme s'il ne comprenait pas le sens des mots qu'il venait d'entendre.

— Qu'est-ce que tu dis ?

— Il y a eu une grande fête chez Patrick et Clara, dans la grange. Tout le monde a beaucoup bu et dansé. Hildy était tellement heureuse ! Elle croyait vivre un rêve, avec l'homme qu'elle aimait.

Lâchant les bras de Wes, Mariah s'assit sur ses talons, les yeux à présent dans le vague. Il l'écoutait intensément.

— Nous avons dansé ensemble, avec Philo. Nous venions de finir l'école, lui et moi… Puis, je suis allée me rafraîchir quelques instants à la pompe…

Elle regarda sa main bandée, semblant découvrir le sang qui tachait le morceau de serviette.

— Il m'a surprise alors que je revenais, a mis sa main sur ma bouche pour m'empêcher de crier et m'a entraînée vers une cabane à outils.

Wes paraissait avoir déjà compris ; il baissa les yeux

un instant, prit une profonde inspiration comme s'il se maîtrisait et la laissa parler, sans l'interrompre.

— J'ai cru que c'était une plaisanterie, une sorte de jeu. Au début, je crois que j'ai ri, mais très vite, j'ai eu peur. J'essayais de m'échapper, mais il m'en a empêchée. Il a essayé de m'embrasser, il disait qu'il me voulait, qu'une fille ne devrait pas se conduire comme je le faisais en présence d'hommes, que j'avais bien cherché ce qui allait m'arriver. Il m'a injuriée, m'a traitée de noms épouvantables…

Elle tremblait, mais les mots continuaient à s'échapper de sa bouche, les uns après les autres.

— Je crois que j'ai essayé d'appeler au secours, mais avec la musique, personne n'a entendu. Et puis il était lourd, il pesait sur moi de tout son poids, m'empêchant de respirer…

Elle regarda Wes alors et elle vit que des larmes coulaient sur ses joues.

— Est-ce qu'il… ?

— Il ne m'a pas frappée, mais il était si lourd et me tenait si fort que je n'ai rien pu faire. Après, il m'a dit que c'était ma faute, que je l'avais excité par les vêtements que je portais et la façon dont je le regardais. Il disait que je n'étais qu'une petite putain et que cela briserait le cœur d'Hildy, si jamais elle l'apprenait…

Son tendre et si calme mari se mit à jurer sourdement entre ses dents, traitant méthodiquement Philo des noms les plus méprisants qu'il pouvait trouver, impressionnant de colère rentrée, les poings serrés.

Mariah ne l'avait jamais vu ainsi, elle le considéra avec surprise.

— J'aurais pu parler à Hildy. Je ne l'ai pas fait.

— Bien sûr, que tu ne l'as pas fait ! Tu as subi une agression et tu as eu terriblement honte…

Sa voix et son visage reflétaient tout le dégoût qu'il ressentait.

— Tu ne voulais pas que quelqu'un sache. Il t'a forcée.

Il baissa un instant les yeux vers le sol, comme pour reprendre son calme puis les leva de nouveau vers elle.

— Il t'a violée et t'a fait croire que c'était ta faute. J'espère qu'il y a une place réservée en enfer pour tous les salauds de son espèce !

— Mais si j'avais été plus intelligente, si j'avais pu parler, rien de ce qu'il a fait par la suite à Hildy ne serait arrivé.

— Attends une minute. Et s'il avait été assez convaincant, en prétendant que tout était ta faute, et que tu aies dû l'épouser ?

— Hildy ne serait pas en train de mourir. Ses bébés ne seraient pas morts.

Il était clair qu'elle ne l'écoutait pas.

— Cela aurait pu être le tien, qui n'aurait pas vécu…

Elle le regarda, éberluée. Cette fois, il avait su capter son attention. Oui, si elle avait perdu John James ?

— Tu ne peux pas savoir ce qui aurait pu arriver, continua-t-il, et tu ne peux pas te blâmer pour le crime que Philo a commis. Toi, tu as fait de ton mieux. Tu étais terrifiée et humiliée. Ce qu'il t'a fait est une abomination.

Il se pencha vers elle pour l'aider à se relever.

— Du reste, Hildy n'est pas morte. Je n'ai pas eu le temps de te le dire, mais elle s'est réveillée cette nuit et aussi ce matin.

— Oh !

Mariah faillit en perdre l'équilibre, mais Wes la retint.

— Oh, merci, mon Dieu !

Des sanglots secs, de soulagement, soulevaient sa poitrine. Hildy s'était réveillée de son coma.

— Il faut que je la voie !

— Tu la verras dès que tu auras fait ta toilette et que tu auras mangé un peu.

Elle baissa les yeux et, pour la première fois, remarqua les débris de vaisselle et de nourriture, sur le plancher.

— Je suis désolée… Je vais nettoyer tout ça.

Il la prit doucement par le bras et l'entraîna vers lui.

— Mais non, voyons.

Une nouvelle peur, terrible, serra la poitrine de Mariah.

— Est-ce que tu peux encore m'aimer, après ce que je t'ai dit ?

Il lui caressa la joue avec une infinie tendresse.

— Voyons, Mariah, rien n'a changé dans ce que je ressens pour toi. Tu es courageuse et bonne et je t'aime, je souffre de te voir souffrir. C'est la première fois que je te vois ainsi. C'est comme si toute la colère et le chagrin accumulés en toi explosaient d'un coup.

Car il y avait aussi de cela, dans ce qu'elle avait exprimé. Comme un fardeau dont elle se serait enfin débarrassée après l'avoir supporté trop longtemps.

— Bien sûr que je t'aime ! Comment pourrais-je ne plus t'aimer ?

Wes se posa au bord du lit et lui fit signe de le rejoindre. Elle s'assit sur ses genoux et il l'entoura de ses bras, caressant ses cheveux mouillés, puis ses épaules et son dos à travers le peignoir. Bien vite, une grande paix descendit sur elle et son esprit se libéra. Même les tremblements de son corps cessèrent.

— Après cela, tu as su que tu étais enceinte, lui dit-il doucement. Qu'as-tu fait, alors ?

Elle aimait la façon dont sa voix vibrait dans sa poitrine et raisonnait en elle.

— Je l'ai dit à mon grand-père, mais je n'ai pas parlé de Philo. Il a dû croire que je m'étais laissé séduire par un inconnu, une nuit de folie. Alors, il a imaginé de m'envoyer dans une école de Chicago et pendant que j'étais loin, il a demandé à son ami Otto de lui trouver une boîte postale rarement utilisée. En fait, il devait savoir confusément que ce bébé qui allait naître allait avoir besoin de croire qu'il avait un père. Il a bien fait.

— Oui, il a bien fait.

— Adhérer à ce mensonge a été facile pour moi. Il évitait les soupçons et les questions délicates. C'était bien pratique et cela me convenait. Avec un mari imaginaire et lointain mais dont personne ne contestait l'existence, je n'ai plus été inquiétée par aucun homme.

— Et Philo ? Il ne t'a jamais posé de questions sur ton bébé ?

— Jamais. Il a toujours fait comme si rien ne s'était passé.

Elle leva les yeux pour regarder Wes.

— Cela aussi, quelque part, m'arrangeait. Moi aussi, je pouvais prétendre que cela n'avait pas existé.

Tout ce que Wes pouvait faire, c'était contenir sa haine, écouter et réconforter Mariah. Le violent désir qu'il ressentait de mettre la main sur Philo et de le faire souffrir à hauteur de ce qu'il avait fait subir à Mariah était bien présent, mais son épouse venait de lui témoigner une immense confiance. Il ne pouvait la trahir.

— Je ne crois pas que ce soit le moment de révéler tout cela à Hildy, après ce qu'elle a subi, reprit-elle. Mais je dois en informer les autres ; oncle Patrick et tante Clara… mes parents…

Soudain, sa voix se brisa.

— Et John James ? demanda-t-elle dans un nouveau sanglot. Je lui ai menti et pourtant, je ne peux pas lui dire. Il t'aime tant…

Wes ne sut que répondre. Lui aussi était prisonnier de ce mensonge. Il avait menti à John James et à toute la famille de Mariah, où chacun le prenait pour ce qu'il n'était pas, à l'origine : le mari de Mariah, le père de son enfant. Un type bien… Mais quoi qu'il puisse faire, il ne connaîtrait sans doute jamais le quart de l'humiliation à laquelle Mariah devrait faire face. Il en concevait du remords, quand il repensait à ce qu'il avait fait pour en arriver là.

— Aurais-tu vraiment agi différemment si tu avais su, alors, ce que tu sais aujourd'hui ? lui fit-il remarquer. Peut-être bien qu'Hildy n'aurait pas épousé Philo, mais que serait-il advenu de John James ?

— C'est bien pour cela que j'ai menti aussi longtemps, lui répliqua-t-elle. Pour qu'il grandisse sans jamais savoir de quelle manière il était venu au monde. Mais c'est aussi la honte qui m'empêchait de parler. Autrement, je suppose que j'aurais dit la vérité et que je serais partie pour élever mon enfant quelque part dans le monde.

— Rien ne serait pareil, alors, et vous seriez différents aussi, lui comme toi…

Il songea à toutes les fois où il avait pensé avec plaisir que John James avait grandi au sein d'une grande famille aimante.

— Je n'ai fait que te rendre les choses plus difficiles, dit-il sombrement, en venant ici pour m'imposer dans ta vie. J'ai sans doute agi à la légère et puis j'ai probablement provoqué Philo, car il nous déteste tous les deux et a reporté sa hargne sur Hildy.

— Moi, je ne regrette pas que tu sois venu. J'appréhende seulement ce qui va se passer à présent. Mais je vais dire la vérité, une bonne fois pour toutes.

— Je serai auprès de toi, lui promit-il.

Elle s'habilla et il l'emmena à la salle à manger de l'hôtel prendre le petit déjeuner. Au passage, il glissa un billet dans la main de la femme de chambre chargée de l'étage, pour compenser un peu le travail supplémentaire qu'elle allait avoir, à ramasser la vaisselle cassée.

Ensuite, ils montèrent dans leur buggy. Sachant qu'elle était sur le point de retourner voir Hildy et d'avouer tout ce qu'elle avait à dire, Mariah sentait son petit déjeuner lui peser sur l'estomac.

Elle avait les mains moites et s'épongea également le front avec son mouchoir.

— Je suppose que je devrais les rassembler tous dans le hall de l'hôpital ou peut-être, demander où je peux trouver une pièce tranquille, dans le bâtiment ?

Wes posa sa main sur la sienne et la pressa doucement.

— Souviens-toi que ta famille t'aime, lui dit-il.

Mariah acquiesça mais précisément, le fait de savoir qu'Hildy l'aimait et lui faisait confiance était un tourment de plus. Quand ils atteignirent l'hôpital, elle crut bien qu'elle allait vomir. Elle dut prendre plusieurs profondes inspirations pour garder son calme et sa détermination.

Clara et Ina étaient au chevet d'Hildy et Mariah fut soulagée de les trouver là, au lieu du père et du frère de sa cousine. Bien sûr, ils l'apprendraient, mais elle préférait de beaucoup ne pas faire ses révélations en leur présence.

Le visage d'Hildy était toujours couvert de bleus par endroits et décoloré à d'autres, mais ses yeux étaient ouverts et Mariah remarqua tout de suite qu'elle pouvait lever le bras sans effort apparent. Elle se précipita vers elle. Elle aurait voulu la serrer contre elle, mais craignait de lui faire mal, alors elle saisit sa main et avança la sienne pour écarter une boucle brune du visage de sa cousine.

— J'avais trop honte pour dire à qui que ce soit ce qui se passait, lui confia sa cousine.

Mariah hocha la tête.

— Je sais…

— Il disait toujours, après, qu'il était désolé et que cela n'arriverait plus. Si j'étais une meilleure épouse, il ne ferait pas cela…

Mariah se raidit imperceptiblement. Entendre Hildy s'accuser ainsi de porter une part de responsabilité la choquait, surtout après tout ce qu'elle avait subi de la part de la brute et aussi à cause de ce qu'elle-même, Marah, avait souffert.

— Il m'aime, insista sa cousine.

Mariah se redressa. Elle n'en croyait pas ses oreilles.

— Tu ne vas tout de même pas lui trouver des excuses ?

— Et que puis-je faire d'autre ? Je n'ai pas le choix, il est mon mari. Il peut être très convaincant et un tribunal lui donnera toujours raison.

— Comment ça ? demanda Mariah, de plus en plus interloquée.

— Patrick est allé au bureau du marshal. Celui-ci lui a dit qu'il ne voulait pas se mêler d'une dispute conjugale. Philo n'a transgressé aucune loi de l'Etat du Colorado…

Mariah se tourna vers Wes, en quête d'un appui. D'un regard et d'un signe de tête, il lui témoigna son soutien. Elle s'en sentit rassérénée et confortée dans sa certitude : Hildy n'était pas à blâmer pour ce qui lui était arrivé et Wes avait raison ; elle-même ne l'avait pas été davantage, autrefois. Elle se tourna vers sa cousine avec détermination et une profonde indignation.

— Non, Hildy, tu n'es pas responsable de la cruauté de Philo. On ne doit pas lui permettre de continuer à faire du mal. Il est dangereux. Vois-tu, il y a quelque chose que tu ignores. Ce que je vais dire devrait changer la donne. Cet homme ne va pas en sortir indemne, après ce qu'il a fait. Je ne le laisserai pas continuer à avoir barre sur nous.

Les yeux noisette de sa cousine la scrutèrent avec attention. Puis ses pauvres lèvres martyrisées s'écartèrent en un sourire qui devait la faire cruellement souffrir.

— Tu... peux m'aider ?

Le cœur de Mariah se serra quand elle entendit tout l'espoir qu'Hildy mettait dans sa voix.

— Ce que j'ai à te dire va te faire du mal. J'aurais dû te parler il y a longtemps déjà, mais je ne le pouvais pas. Philo a fait quelque chose autrefois. Quelque chose que la loi punit.

— Qu'est-ce qu'il a fait ? demanda Hildy.

— Veux-tu que nous vous laissions seules ? demanda tante Clara.

— Non, lui répondit Mariah. Il faut que vous l'entendiez, vous aussi.

Alors, le cœur battant, la voix tremblante, Mariah

raconta les événements survenus lors de cette fameuse nuit, il y avait sept ans de cela.

— J'étais trop terrifiée et trop honteuse pour en parler à quiconque, termina-t-elle, et depuis, je vous ai menti à tous, durant toutes ces années.

Hildy ne pleura pas. Elle garda le silence un long moment, pendant lequel les tantes soufflaient dans leurs mouchoirs et Wes passa le sien à Mariah, pour essuyer ses yeux.

— Te le dire aurait pu t'éviter ce qui t'est arrivé, reprit celle-ci, mais je l'ignorais. Philo est effectivement très fort pour se décharger sur les autres du blâme qu'il devrait recevoir. En t'entendant te reprocher de ne pas être une bonne épouse, j'ai compris combien il était stupide de me faire, moi, le reproche de ne pas avoir parlé. J'étais si jeune ! Mais me taire t'a fait du tort et tout ce que je puis faire pour réparer, à présent, c'est te demander de me pardonner de n'avoir rien dit.

— Il n'y a rien à pardonner, répondit Hildy. Je sais que tu m'aimes et que tu ne veux pas qu'on me fasse du mal. Tu n'as rien à te reprocher.

Mariah essuya ses joues trempées de larmes.

— Je n'ai jamais autant pleuré, pas même lorsque... cela m'est arrivé. Je crois que j'aurais pu remplir des seaux et des seaux de larmes.

— Que pouvons-nous faire, à présent ? demanda Clara d'une voix tremblante.

— Je ne sais vraiment pas, soupira Mariah. Peut-être qu'oncle Patrick aurait une idée, ou bien mes parents…

— Au moins, tu es allée à Chicago et tu as rencontré Wes, lui dit Hildy. Cette partie-là de l'histoire finit bien.

Mariah se tourna vers son mari. Le temps de révéler toute la vérité était enfin venu. Bien sûr, elle pouvait acquiescer ou simplement hocher la tête et convenir que oui, elle avait eu de la chance sur ce point. Mais elle était depuis trop longtemps engluée dans ce mensonge, qui appelait d'autres mensonges et de plus en plus. Il lui eût fallu une énergie surhumaine pour continuer ce jeu-là et puis, était-ce bien utile ?

— J'étais déjà enceinte quand je suis arrivée à Chicago. J'étais partie, justement, pour accoucher et rentrer ensuite à la maison avec mon bébé.

Au prix d'un douloureux effort, Hildy se dressa sur un coude.

— Philo est le père de John James ? demanda-t-elle.

— Oui.

La jeune femme blessée battit plusieurs fois des paupières, comme pour mieux clarifier ses idées.

— Le sait-il ?

— Non. Lorsque je suis rentrée à Ruby Creek, il a fait comme si rien n'était jamais arrivé. Je suis convaincu qu'il croit en l'histoire de mon mariage avec Wes.

Mariah regarda successivement sa cousine et chacune de ses tantes.

— Il ne peut pas savoir que John James est son fils.

Clara se leva et alla placer un oreiller derrière le dos d'Hildy pour l'aider à se redresser, puis arrangea les couvertures autour d'elle.

La cousine de Mariah regarda longuement Wes, resté debout au pied du lit de fer.

— Mais alors… qui êtes-vous ?

19

Wes expliqua ce qu'il avait fait après sa découverte des lettres de John James.

La tante Ina bondit de sa chaise.

— Mais alors, s'exclama-t-elle, vous n'êtes pas mariés !

— Si, lui répondit Wes. Nous nous sommes mariés le matin même du jour où Hildy… enfin… le jour où c'est arrivé. J'aime Mariah et John James. Je veux demeurer à leurs côtés.

— Et que pense mon père de tout ceci ? demanda Ina.

Elle voulait parler de Louis.

Mariah expliqua la part qu'il avait prise dans la mise au point de toute cette fable et se dit d'avis qu'il n'était peut-être pas utile de révéler au vieil homme, sept années après, le viol dont elle avait été victime.

— D'accord pour ne rien lui dire, répondit Clara, mais d'autres doivent le savoir, car Philo doit payer sa dette envers la société. Il n'y a pas qu'à Hildy qu'il a fait du mal.

— Oui, il faut réunir une sorte de conseil de

famille, mais restreint à Marc, oncle Patrick et papa, admit Mariah.

— Bien sûr, tout le monde n'a pas besoin de savoir, renchérit Clara, il faut protéger John James. Philo est bien trop dangereux !

Surprise et soulagée de constater qu'Hildy et sa mère ne lui tenaient pas rigueur de son silence et même, qu'elle pensait avant tout à la sécurité de John James, Mariah laissa ses tantes la prendre dans leurs bras pour la réconforter.

— Je m'occupe de les réunir, dit Wes.

Il étreignit brièvement Mariah et sortit.

Le soir même, tous ceux qui avaient besoin d'être mis au courant le furent. Le père de Mariah en parut très affecté. Il demanda à sa fille de lui pardonner de ne pas avoir su la protéger.

— Si cette histoire m'a au moins appris quelque chose, lui répondit-elle, c'est que nous devons cesser de nous blâmer nous-mêmes et faire porter toute la responsabilité de ces faits à qui de droit. Hildy, moi et toute la famille, nous sommes les victimes et Philo est le seul coupable.

— Je continue à penser que j'ai été aveugle, lui dit Friederick, mais tu as raison.

Puis il parut réfléchir et se tourna vers son nouveau gendre.

— Donc, Wes est bien celui qu'il dit. Toutes ses histoires sont vraies et ses intentions étaient bonnes. Simplement, tu ne l'avais jamais vu avant l'anniversaire de ton grand-père.

— Exactement, confirma Mariah.

— Je ne crois pas que John James ait besoin de le savoir, dit toujours pensivement Friederick.

Il les enveloppa tous d'un regard circulaire.

— Prions simplement pour que cette affaire reste le secret de ceux qui sont ici et que jamais le petit n'apprenne la vérité. Notre priorité doit toujours être de le protéger.

Mariah chercha la main de Wes et il la serra doucement pour la rassurer. Le terrible fardeau qui avait si longtemps pesé sur sa conscience n'était plus aussi lourd, puisque d'autres le partageaient, à présent. Elle ressentait une impression de liberté comme elle n'en avait jamais connu depuis qu'elle était une petite fille. L'affaire n'était certes pas encore réglée, mais elle n'était plus seule, face à elle.

Heureux de pouvoir aider Friederick, Marc et Patrick, Wes se joignit à eux ce soir-là, pour chercher Philo dans les saloons et les maisons de jeu de la ville. A présent qu'ils connaissaient la vérité sur lui, il en était soulagé.

Ils avaient mis au point un mode d'action : d'abord l'un d'entre eux entrait seul dans l'établissement choisi, tandis que les autres attendaient au-dehors. Il faisait une première inspection minutieuse des lieux puis ressortait et un autre de ses compagnons entrait à son tour pour demander au barman et aux autres employés s'ils avaient vu quelqu'un qui correspondait au signalement de Philo.

Alors que Wes et Friederick se tenaient dans

l'ombre, à la sortie d'un saloon bruyant, dans l'un des quartiers les plus mal famés de la ville, Patrick restant en embuscade sur le trottoir d'en face, Marc en sortit, porteur de la première information intéressante qu'ils avaient pu récolter.

— Le barman m'a dit qu'il s'est passé quelque chose dans les chambres au-dessus, la nuit dernière. Un client a frappé une des entraîneuses et le type qui a fait ça pourrait bien ressembler à Philo. Mais bien sûr, on ne peut pas le savoir avant d'avoir interrogé la fille.

— Eh bien, allons lui parler, dit Friederick. S'il est monté avec elle, elle aura certainement vu ses cicatrices.

Il se tourna vers Wes et expliqua :

— Il a été brûlé par l'explosion d'une chaudière à houblon, il y a deux ans. Il en a gardé des marques à l'épaule et à la poitrine.

— Je vais aller demander où on peut la trouver, proposa Wes.

Quand il entra dans le bar, il fut saisi par la tabagie qui régnait dans ce lieu. L'odeur âcre de la sueur et celle du mauvais whisky vous prenaient à la gorge. Du sable et de la sciure crissaient sous les semelles de bottes, sur le plancher vermoulu et le pianiste vous cassait les oreilles en enchaînant les fausses notes sur son clavier fatigué.

De toute manière, personne ne l'écoutait. Des hommes de tous âges et de toutes tailles jouaient au poker, les yeux rougis par la fumée des cigares. De-ci de-là, des femmes au maquillage et aux robes criardes s'asseyaient sur les genoux des clients ou se pressaient contre eux au bar.

L'une d'elles s'approcha de Wes.

— Je t'ai jamais vu par ici, cow-boy, lui dit-elle en posant un ongle rouge sur le plastron de sa chemise. Tu me payes un verre ?

Wes tira un billet de banque de sa poche et le lui tendit.

— Pas bien le temps de boire, ma'am, mais j'aurais besoin d'un petit renseignement…

La fille regarda le billet, sourit et le fit disparaître entre ses seins poudrés.

— Tout ce que tu voudras, chéri !

— Je cherche un grand type, à peu près de ma taille, très musclé, le torse large. Cheveux roux, des traces de brûlures sur l'épaule et sur la poitrine.

Un éclair passa dans les yeux bruns soulignés de khôl.

— Et pourquoi tu le cherches ?

— Il bat les femmes. Sévèrement. Son épouse est à l'hôpital, en ce moment.

Toute trace d'hésitation disparut des yeux bruns.

— Et tu veux l'arrêter ?

— Oui, ma'am.

Elle carra ses épaules et leva le menton vers lui.

— Il a bien longtemps que plus personne ne m'a appelée comme ça !

Wes se demanda s'il n'allait pas devoir sortir un autre billet, mais l'entraîneuse se décida.

— Ça pourrait bien être le gars qui était là hier et la nuit d'avant. Hier soir, il a frappé Dolores et pas qu'un peu, si tu vois ce que je veux dire. Mais y a aucun homme de loi par ici qui ferait des ennuis à un type qui a tabassé une putain.

— La justice s'occupera de lui, si je mets la main dessus.

La fille regarda prudemment autour d'elle, mais personne ne faisait attention à leur conversation.

— Elle peut même pas venir travailler ce soir, la pauvre, lui chuchota-t-elle. Mais je sais qu'elle est dans sa chambre, à l'hôtel qui est juste à côté. La 12, au premier étage.

Wes la remercia et sortit dans l'air frais de la nuit, qu'il respira avec gratitude. La lumière brillait par la vitrine et les fenêtres du saloon, laissant les porches et les ruelles alentour dans l'ombre. Il retrouva les autres un peu plus loin.

— La fille qu'il a battue est là, leur dit-il en montrant l'hôtel borgne, voisin du bar. Elle s'appelle Dolores.

— Que deux y aillent et que deux restent ici, proposa Friederick.

Tous acquiescèrent. Mais à l'instant où ils avaient décidé de qui entrait dans l'hôtel, un cavalier tourna le coin de la rue, venant droit vers eux. Il se laissa glisser à bas de sa selle et alla attacher son cheval à la balustrade du porche.

Marc leur fit vivement signe de se rencogner dans l'ombre.

— C'est Philo, leur chuchota-t-il.

Wes se tourna et reconnut la massive silhouette, alors que celle-ci se dirigeait vers l'hôtel de passe. Tous ses sens en alerte, le mari de Mariah n'entendait plus les conseils de prudence de ses amis. Il sortit de l'ombre, avança dans la rue et l'appela.

— Philo !

L'homme qu'il venait d'interpeller se tourna vers lui. Wes put voir qu'il l'avait presque instantanément reconnu. Philo ne fit pas le moindre effort pour s'échapper. Au contraire, il descendit du trottoir à sa rencontre.

— Tiens, tiens, on dirait que le nouveau jouet de Mariah me suit, grasseya-t-il, lourdement ironique.

— Tu ne croyais tout de même pas que tu allais t'en tirer comme ça ? répliqua Wes.

Philo ricana.

— Pourquoi ? Il y a une loi qui empêche un homme d'aller rigoler un peu en ville ?

— Non, mais il y en a une contre les types qui battent une femme et la laissent à moitié morte.

Le ricanement de Philo s'éteignit brusquement.

— Occupe-toi de ce qui te regarde, cracha-t-il.

Les trois autres sortirent de l'ombre. Philo eut un mouvement de surprise, puis un rapide coup d'œil en direction de son cheval. Alors, voyant que toute fuite était impossible, il carra ses épaules.

— T'as amené toute la petite famille, on dirait…

— Tu vas répondre de ce que tu as fait à Hildy, lui lança Patrick. Et cette fois, tu ne t'en tireras pas en faisant le malin.

— Je ne sais pas ce qu'elle vous a raconté, mais ce n'est qu'une sale petite…

Marc voulut s'élancer mais son père et son oncle le retinrent.

— Et Mariah ? demanda Wes. Elle ment, elle aussi ?

— Je ne sais pas non plus ce qu'elle a pu vous dire, mais c'est un mensonge. Elle m'a aguiché comme l'une de ces putes à deux ronds, là !

Du pouce, derrière son épaule, il montra l'hôtel de passe.

Fou de rage, Wes bondit en avant et plia Philo en deux d'un coup d'épaule. La brute recula sous le choc, puis se redressa. Wes revint à la charge et écrasa ses phalanges sur la mâchoire de son adversaire, dans un brouillard de rage. Philo s'écroula, puis se releva et rassemblant ses forces, décocha un direct dans la poitrine de Wes, qui envoya celui-ci rouler dans la poussière. Un instant sonné par le coup, il se releva, rapide comme l'éclair, et attaqua son adversaire de ses deux poings. Philo avait pour lui sa taille et son poids, mais Wes était endurci par des années passées à parcourir des centaines et des centaines de kilomètres à travers une nature sauvage et glacée. Il avait également l'avantage de la détermination que donne le désir de vengeance. Mais il ne vit pas venir le coup qui manqua lui décrocher la mâchoire et lui fit passer des dizaines d'étoiles rouges devant les yeux. Il se releva, pourtant, et secoua la tête pour reprendre ses esprits.

A travers une sorte de brouillard, il écarquilla les yeux pour bien fixer la silhouette de Philo devant lui. Avec un grognement de rage qui eût effrayé un grizzli et l'eût persuadé de dévier de sa route, il chargea l'homme qui avait fait de tant de vies un enfer.

L'un ou l'autre des parents d'Hildy présents aurait pu l'aider à venir à bout de la brute en le surpassant par le nombre, mais par une sorte de convention tacite, ils demeurèrent où ils étaient, laissant à Wes une chance d'accomplir seul sa vengeance.

Philo le ceintura lourdement, bloquant ses bras et lui coupant le souffle. Wes leva sa jambe et abattit son pied sur la cheville de son adversaire, réussissant à le déséquilibrer. Ils roulèrent ensemble sur les planches vermoulues du trottoir.

Les coups pleuvaient. Wes sentait vaguement que l'on s'attroupait autour d'eux. Pas un des badauds n'essaya cependant d'interrompre le combat. Au contraire, chaque fois qu'un poing s'abattait, des cris d'encouragement montaient dans la rue sombre. Il n'était vraisemblablement pas nouveau d'assister à une bagarre dans cette partie de la ville, mais ce spectacle devait toujours représenter pour ses habitants une agréable distraction.

Galvanisé par le souvenir de tout ce que sa femme avait enduré, Wes frappa et frappa encore, jusqu'à ce qu'il reprît le dessus. Agrippant Philo par une oreille et par le devant de sa chemise, il heurta la tête de la brute sur le trottoir de bois. Puis il recommença, encore et encore.

— Wes, Wes ! lui cria Marc en tentant de retenir son bras. Ne le tue pas...

Le brouillard rouge qu'il avait devant les yeux se dissipa un peu et il discerna plus nettement le visage de son adversaire, qui saignait de la lèvre et de l'arcade sourcilière.

— Laisse la loi finir le travail, fils, dit Friederick, penché au-dessus de lui.

Wes s'assura d'une main au sol et se remit sur ses pieds. Sa poitrine brûlait et la sueur lui coulait dans les yeux. Il recula d'un pas en vacillant.

La porte de l'hôtel de passe s'ouvrit et une femme aux formes généreuses en jaillit. Sa chevelure brune qui cascadait sur ses épaules lui donnait un air furieux. Dans un déshabillé de satin rouge qu'elle n'avait pas pris la peine de fermer sur son corset, ses cuisses nues et son profond décolleté, elle avait une étrange apparence : mi-hétaïre et mi-gorgone. Des rires gras s'élevèrent parmi les hommes sortis du saloon, mais elle, ne riait pas. Ecartant ses boucles brunes, elle montra dans la lumière les meurtrissures bleuissantes de son visage. Puis, elle désigna Philo et hurla, avec une venimeuse indignation :

— C'est le bon à rien qui s'est acharné sur moi la nuit dernière !

La foule en joie se mit à siffler et à huer l'homme à terre.

— Personne ne fait ça à la grande Dolores, surtout pas une face de jambon qui n'a même pas payé !

Cette déclaration provoqua encore plus de rires parmi les spectateurs.

Philo avait réussi à se redresser sur le genou, mais il ne parvenait pas encore à se relever. Sa tête dodelinait comme si son cou était fait d'une pâte molle. Il essuya son visage sanguinolent du revers de sa manche et tenta de nouveau de se mettre debout.

Wes entendit les rires cesser brusquement. Il se tourna pour voir Dolores tirer de sous son peignoir un colt 45 qu'elle pointa sans trembler sur l'homme en train de se relever.

Elle appuya sur la détente.

20

La détonation se répercuta sur les façades, tout au long de la rue. Le corps de Philo tressauta sous l'impact. Il glissa sur le côté et la foule retint son souffle.

Dolores fit feu, une seconde fois. Une tache rouge s'élargit sur la poitrine de Philo, preuve que la balle avait mortellement atteint sa cible.

Wes le vit retomber sur le dos, une jambe pliée sous l'autre, les yeux fixés vers le ciel sombre. L'odeur âcre de la poudre flottait dans l'air.

Le silence s'abattit sur la rue. Plus de piano, plus de cris ou de lazzis, pas même l'aboiement d'un chien ou le chant des grillons. Puis, un sourd murmure se mit à monter de la foule qui s'écarta, juste derrière Wes, pour laisser passer un petit homme trapu qui portait de larges bretelles sur une chemise bien repassée. Il pressa deux doigts sur la gorge de Philo et laissa tomber :

— Il est mort.

Patrick tourna les talons et s'éloigna sans un mot. Friederick vint examiner les blessures de Wes.

— Il va te falloir un peu de glace sur cet œil et peut-être même deux ou trois points de suture.

Wes tira son mouchoir et tamponna son arcade sourcilière. Quand il abaissa sa main, il vit que le carré de percale était trempé d'un sang vermillon.

— Occupons-nous d'abord de faire enlever le corps, répondit-il.

Personne ne dormit cette nuit-là. Clara et Ina restèrent au chevet d'Hildy et les autres membres de la famille qui avaient appris ce qui s'était passé se réunirent dans la chambre de Friederick et d'Henrietta. Ce fut Friederick qui, de toute son autorité, prit la direction des opérations. Il leur rappela à tous qu'ils devaient terminer la foire-exposition, puis retourner à la maison pour faire tourner la brasserie.

— Mariah, je crois que toi et moi, nous devrions rentrer et reprendre le rythme normal de production sans tarder. Nous avons des contrats à remplir et plusieurs déplacements à envisager pour les mettre au point, avec nos nouveaux clients. Les extra que nous avons engagés ici pourront aider ceux qui restent à empaqueter et faire acheminer tout le matériel jusqu'à Ruby Creek.

Friederick se tourna vers Wes.

— J'ai dit que j'avais besoin de Mariah, mais toi, je crois que tu devrais rester…

Wes croisa le regard soucieux de sa femme. Il était du même avis que son beau-père. Il lui faudrait bien une semaine ou deux pour que son visage reprenne une forme humaine.

— Il y aurait un peu trop de choses à expliquer si

les enfants… Si John James surtout te voyait comme ça, reprit Friederick. Il va être déjà assez pénible de leur raconter que Philo a eu… un accident.

— Le marshal n'a pas pu obtenir un témoignage à charge d'aucun des témoins présents, intervint Patrick. On dirait que tout le monde est devenu aveugle ce soir-là, dans cette partie de la ville, et il n'a pas non plus cherché à nous interroger, Friederick et moi. Quant à Wes, il était chez le docteur en train de se faire soigner, lorsque la police est arrivée sur les lieux.

— Apparemment, dit Marc, flegmatique, se faire descendre devant une maison de passe est un événement courant, à Denver…

Clara regarda son fils avec un sourcil levé, d'un air légèrement offusqué.

Il haussa les épaules.

— Alors ?

— Je ne vois pas l'intérêt d'aller faire de déclaration à la police, dit Patrick, cela ne changerait rien. D'autant…

Il les regarda tous l'un après l'autre.

— … D'autant que cette femme a accompli une sorte d'acte de justice, en faisant ce qu'elle a fait. Ne le pensez-vous pas ? Mais je doute qu'un tribunal se montre très indulgent pour elle, avec la vie qu'elle mène…

Tout le monde garda le silence.

Mariah se moquait bien de qui était cette femme et de ce qu'elle avait fait. Comme elle-même, elle avait été victime des violences de Philo. Si quelqu'un n'y avait mis fin, il aurait certainement continué à brutaliser des femmes. Mais elle ne pouvait s'empêcher de penser aux parents de son tourmenteur, sachant bien l'horreur de ce qu'ils allaient endurer.

— Et les Ulrich ? demanda-t-elle. Il faudra bien leur dire la vérité, à eux. Ils ont le droit de savoir.

Patrick hocha la tête.

— Nous irons leur parler lorsque nous ramènerons son corps à Ruby Creek. Je gage qu'ils ne souhaiteront pas, eux non plus, que les détails de sa mort deviennent publics.

— Allez-vous leur dire ce qu'il a fait à Hildy, aussi ?

— Si elle le souhaite…

Ainsi fut fait. Le lendemain, Wes accompagna Mariah à la gare pour lui dire au revoir. Elle pressa sa main sur la vitre du compartiment, tandis que le train s'ébranlait et sur le quai, la silhouette de Wes devint de plus en plus petite, jusqu'à disparaître à l'horizon, alors que le convoi s'éloignait de Denver.

Le quitter était pénible. C'était une sensation douce-amère, différente de ce qu'elle ressentait en quittant son fils, par exemple. Elle avait l'impression qu'elle ne redeviendrait pas tout à fait elle-même tant que Wes ne serait pas rentré à la maison.

La maison. La vaste demeure familiale était devenue leur foyer. Pourtant, son grand-père leur avait proposé de déménager et, pour la première fois, Mariah considéra sérieusement cette possibilité. Mais à présent, il n'était plus question de dormir dans des chambres séparées et ils pourraient vivre, dans une maison à eux, une sorte de lune de miel.

Plus elle y songeait et plus cette idée lui paraissait séduisante. Elle se sentait étrangement pleine d'énergie, comme au seuil d'un nouveau départ. Peut-être ce séjour à la foire-exposition en était-il la cause. Elle n'avait guère l'habitude de la demi-activité que représentait l'accueil des visiteurs sur un stand, pas plus d'ailleurs que d'être séparée de son fils. Mais elle était toutefois reconnaissante au sort, de lui avoir permis de préserver l'enfant des pénibles développements de ces derniers jours.

Les cahotements du train la bercèrent doucement et bientôt, Mariah se mit à dodeliner de la tête. Le sommeil l'avait souvent désertée, ces derniers temps. Cette fois encore, il ne venait pas facilement. Une tempête de pensées s'agitait dans sa tête et l'empêchait de s'assoupir tout à fait. Chaque fois qu'une image mentale de Philo passait devant ses yeux, elle sursautait, rouvrait les yeux et sentait la panique l'envahir de nouveau.

Bien sûr, il était mort. Elle avait entendu les témoignages de ceux qui étaient auprès de lui lorsqu'il avait été abattu. Mais elle ne l'avait pas vu se faire tuer et n'avait pas vu non plus son cadavre. L'événement lui paraissait encore irréel. Elle ne cessait de remâcher les images de la brutalité de Philo envers Hildy et même celles, qu'elle avait cru oubliées, des événements de la terrible nuit de son viol.

Poussée par une curiosité un peu morbide, elle avait, plusieurs fois, fait raconter à Wes ce qui s'était passé devant l'hôtel borgne. Elle avait même désiré parler à la femme qui avait abattu son persécuteur, mais Wes l'en avait dissuadée, lui faisant remarquer que cela ne servirait à rien, ce dont elle avait bien voulu convenir, à la réflexion.

Elle n'avait donc pas vu cette femme, n'avait aucune idée du genre de vie qu'elle menait, ni des circonstances exactes de sa rencontre avec Philo. Ce qu'elle pouvait imaginer, toutefois, c'était qu'elle ne s'était pas laissé aborder par lui pour le plaisir, mais certainement parce qu'elle avait besoin de gagner sa vie.

Mariah rouvrit encore les yeux et se redressa sur la banquette. A côté d'elle, sa mère sommeillait, mais sentant d'instinct le trouble de la jeune femme, elle s'éveilla et chercha sa main.

— Tu ne dors pas, n'est-ce pas ? chuchota-t-elle.

— Non.

Henrietta pressa doucement ses doigts sous les siens.

— Lorsque Hildy s'est mariée, j'ai senti confusément que rien ne serait plus jamais pareil. Mais j'étais loin de me douter pourquoi... Si seulement j'avais su, j'espère que j'aurais pu t'aider. C'est terrible, pour une mère, d'apprendre une telle chose si longtemps après. J'ai l'impression de t'avoir trahie, abandonnée.

— Nous avons tous des regrets ou des remords, maman. Mais je sais qu'il ne sert à rien de s'accuser de choses sur lesquelles on n'avait aucun contrôle.

— Je suis aveugle, mais cela ne m'empêche pas de sentir les êtres et les choses. Je ressentais bien quelque chose de mal autour de Philo, mais je ne savais pas d'où venait mon malaise. J'aurais pourtant dû me douter qu'Hildy cachait un secret. Comme elle passait plus de temps auprès de moi que chez elle, je sentais bien qu'elle n'était pas heureuse. Mais je n'ai pas su deviner quel enfer elle vivait.

Mariah tapota la main de sa mère pour la consoler et, pour passer le temps, elle lui décrivit le paysage montagnard qu'elle pouvait voir par la vitre du compartiment.

— Il y a des élans sur une pente herbeuse, juste au-dessous d'un pic… Trois… dont deux portent de magnifiques panaches… Oh, voilà un jeune qui vient de sortir des buissons…

— Et le ciel, comment est-il ?

— Très clair. Il n'y a pas un seul nuage…

Mariah garda le silence un instant puis enchaîna :

— Maman, pourquoi certaines femmes deviennent des prostituées ?

— Sans doute parce qu'elles n'ont pas le choix…

La jeune femme appuya sa tête contre le dossier rembourré.

— La nuit dernière, j'ai pensé à ce que je serais devenue si je n'avais pas eu une famille. Je me suis toujours demandé ce que c'était que de grandir sans personne pour prendre soin de vous.

— Wes pourra t'en parler, c'est ce qu'il a vécu.

Mariah se tourna vers sa mère et la regarda avec curiosité.

— Tu es au courant… Pour son enfance ?

Les lèvres d'Henrietta esquissèrent un sourire.

— Il m'a parlé.

Mariah prit la main de sa mère et la posa sur sa bouche, pour que l'aveugle pût « sentir » qu'elle souriait.

— Il vous aime beaucoup, papa et toi, lui dit-elle.

— Toi, il t'aime tout court, pour la vie.

— C'est vrai.

La jeune femme réfléchit quelques secondes.

— Quand nous serons à la maison, je vais envoyer un mandat à papa pour qu'il donne de l'argent à cette femme, celle qui a tiré sur Philo. Ce n'est pas pour la récompenser de son geste, bien sûr… c'est… pour qu'elle ait un autre choix.

Sa mère hocha la tête.

— Je crois que tu as raison. C'est bien de reconnaître que l'on a eu plus de chance que d'autres, dans la vie. Si tu penses que tu dois faire cela pour cette femme, alors fais-le.

Mariah ferma les yeux et, cette fois, elle s'endormit paisiblement.

A Ruby Creek, Mariah se plongea dans son travail à la brasserie ainsi, quand elle rentrait chez elle le soir, qu'à ses devoirs de mère auprès de John James. La nuit, le sommeil était toujours lent à venir. Wes lui manquait terriblement et elle restait de longues heures immobile, les yeux ouverts dans l'obscurité de sa chambre.

Elle apprit que les Ulrich avaient discrètement enterré Philo sur leurs terres. Cette nuit-là, elle rêva de lui et se réveilla couverte de sueur froide, l'estomac noué.

Friederick lui demanda si elle voulait bien se rendre dans un coin de l'ouest du Colorado, où le patron d'un hôtel situé près de sources chaudes avait signé un contrat avec la brasserie. Le père et le grand-père de Mariah étaient d'avis qu'une visite personnelle de l'un des dirigeants aurait le meilleur effet sur la suite de leur partenariat.

Mariah accepta et elle emmena John James avec elle. Elle prit beaucoup de plaisir à se retrouver seule avec son fils et se dit que c'était peut-être pour cela quc Friederick avait projeté ce voyage pour elle. Dans la rue de la jolie petite ville, située au pied des montagnes, elle se sentait une tout autre personne que la Mariah d'autrefois. Non seulement elle portait un ravissant ensemble bleu soutaché de velours, le genre de tenue qu'elle aurait jugée bien trop sophistiquée pour elle auparavant, mais elle se sentait vraiment, indubitablement, une femme mariée. Elle regarda l'anneau d'or à sa main gauche et un intense sentiment de solitude lui perça le cœur. Son mari lui manquait.

Un cavalier passa dans la rue et John James se retourna pour regarder le cheval. Ces derniers temps, son fils avait perdu de ses rondeurs enfantines et tout à coup, la ligne de sa mâchoire ainsi que la façon dont il plissait les yeux sous le rebord de son chapeau pour se protéger du soleil, lui rappela l'homme qui lui avait fait tant de mal et qu'elle aurait préféré oublier.

Pourquoi cette pensée ? Pourquoi maintenant ?

Elle se détourna vivement puis, finalement, revint à John James, scrutant le visage du petit garçon pour y discerner des ressemblances. D'abord, il avait les cheveux blonds et les yeux bleus de sa mère, n'est-ce pas ?

Pour elle, il avait toujours été son fils, à elle seule. Jamais elle n'avait voulu le relier en quoi que ce fût à cet homme qu'elle détestait tant que, de son vivant, elle ne pouvait ni le regarder, ni vraiment penser à lui. Pourtant, ce lien existait, bien sûr, et il s'était imposé à elle lorsque Mariah avait admis, en elle-même et devant d'autres, que Philo était le père de l'enfant. Il avait pourtant été si facile de s'abuser elle-même en croyant dur comme fer que ce père n'existait pas…

On ne peut pas nier la réalité, elle revient toujours s'imposer à vous. Les faits sont têtus, imparables. Les parents de Mariah savaient. Hildy savait. Wes savait.

Ce petit être qui lui était si cher, qu'elle aimerait jusqu'à son dernier souffle, qu'elle avait mis au monde, nourri et protégé, était l'enfant d'un monstre.

La panique l'empoigna de ses serres glacées. Elle dut presser sa main sur le plastron de son boléro pour se calmer. Rien n'avait changé. John James était toujours le même adorable petit garçon innocent qu'auparavant.

— Je vais demandais à papa de m'apprendre à monter à cheval comme cela !

Les yeux de Mariah se remplirent de larmes. Bien sûr, c'était Wes qui était son père, à présent.

— Oui, il sera heureux de le faire.

Quelque chose dans sa voix avait dû alerter l'enfant. Il leva les yeux vers elle.

— Pourquoi tu es triste ?

— Je ne le suis pas. Je suis fière, quand je pense à l'homme que tu vas devenir.

— Un homme exactement comme papa !

— Oui, comme lui.

Mais Mariah ne pouvait s'empêcher de se laisser gagner par une autre inquiétude : le travail à la brasserie pouvait être répétitif, ennuyeux et passer sa vie professionnelle au milieu de membres de sa famille pouvait se révéler pesant, lorsqu'on n'y était pas habitué. Wes avait passé la sienne à courir des aventures plus palpitantes les unes que les autres. Elle avait toujours peine à croire que ce qu'elle avait à lui offrir pouvait être plus stimulant et plus gratifiant que cela.

De plus, il connaissait à présent toute la vérité sur elle, mais aussi sur la filiation réelle de John James. Avec le temps, cette tache ineffaçable sur son passé finirait-elle par ternir l'image qu'il se faisait d'elle ?

A présent que Mariah avait cessé de mentir, des milliers de soucis l'assaillaient. Elle pouvait bien s'habiller plus élégamment qu'autrefois, elle n'était plus cette femme fière, forte et sûre d'elle-même que tous avaient cru qu'elle était, mais une personne bien ordinaire. Toute cette force d'âme qui faisait son orgueil semblait avoir disparu.

Si Wes repartait, à présent, elle n'aurait plus rien à quoi se raccrocher.

21

Ceux des membres de la famille qui étaient restés jusqu'au bout à la foire-exposition rentrèrent à Ruby Creek la semaine suivante. Comme ils descendaient du train, Mariah aperçut la haute silhouette de Wes et son cœur se mit à bondir dans sa poitrine. Il était si beau, son chapeau à la main, le soleil jouant dans ses épais cheveux bruns, qu'elle en eut presque le souffle coupé. Il était plus séduisant encore que lorsqu'il était arrivé au Colorado et qu'elle l'avait vu pour la première fois. Sa démarche était souple et naturelle ; peu à peu, sa blessure à la jambe avait guéri.

— Wes ne boite pratiquement plus, dit-elle à sa mère qui se tenait auprès d'elle.

— Est-ce que ton père est là aussi ? demanda-t-elle.

Mariah se tourna vers elle et la joie qui rayonnait sur son visage lui réchauffa le cœur.

— Oui, maman. Il te regarde.

Elle fit de grands signes aux voyageurs qui s'approchaient en longeant le quai, mais ne bougea pas de l'endroit où elle se trouvait. Elle eût pourtant bien aimé se ruer au-devant de Wes, comme John James l'avait fait. Mais elle n'osait pas. L'enfant se précipita dans les bras de son père qui le serra contre lui et l'embrassa sur les deux joues. Comme ils s'approchaient tous les deux, Mariah fit enfin fi des convenances et se rua dans les bras de son mari, à son tour. Il avait une vilaine petite cicatrice au coin de l'œil et pourtant, jamais elle ne l'avait trouvé aussi beau.

— Tu m'as manqué, murmura-t-il.

Comme c'était bon d'entendre cela et comme elle en avait besoin !

— Toi aussi…, répondit-elle sur le même ton.

Le chien Youri attendait patiemment au pied de son maître en remuant la queue, jusqu'à ce que Wes se penche pour lui gratter la tête et les oreilles.

— Je me suis bien occupé de lui, dit fièrement John James.

— Je vois ça, lui répondit son père, il m'a l'air plus gros que lorsque je suis parti.

L'enfant se mit à rire.

— Il aime bien les beignets de grand-mère.

— Quand lui as-tu donné des beignets ? s'étonna Mariah, légèrement offusquée.

Mais ce fut peine perdue, car Wes se mit à rire.

— Toi, tu as bien grandi, dit-il à Felix, l'autre chien qui n'était plus la petite boule de poils qu'il avait été au moment de leur arrivée au Colorado.

Il sautait partout en jappant et en remuant la queue, pour attirer l'attention.

— Maman laisse Youri dormir avec Felix et moi, maintenant, dit John James.

Wes secoua la tête.

— Quelque chose me dit qu'il ne voudra plus dormir dans la neige, à présent…

— Il n'a plus besoin de passer la nuit dehors, maintenant, dit John James comme une évidence. Maintenant que tu es rentré, il va pouvoir dormir avec toi et maman.

Wes se tourna vers Mariah avec un sourire ironique.

— Je suis sûr que cette idée plaît beaucoup à ta maman…

— Il faudra que nous en parlions, répondit Mariah, un sourcil levé.

Mais elle ne pensait pas aux chiens, en fait, mais à l'idée que, dès la nuit prochaine, Wes allait partager sa chambre.

— Nous allons avoir une fête, ce soir, annonça Henrietta.

Bras dessus, bras dessous avec Wes, Mariah se retourna vers ses parents, qui avaient adopté exactement la même attitude.

— Nous célébrerons notre succès à la foire-exposition, continua Henrietta, et nous boirons à des lendemains qui chantent !

Hildy s'approcha, soutenue par Clara. Elle n'en avait en fait visiblement pas besoin car, bien que son bras fût toujours dans le plâtre, accroché à son épaule, elle se déplaçait tout à fait normalement. Elle sourit à John James, qui courut pour l'embrasser.

— Maman m'a dit, pour l'accident…, lui déclara l'enfant. Est-ce que ton bras va mieux ?

— Oui, ça ne fait plus vraiment mal.

Elle se pencha et laissa le petit garçon se pendre à son cou. Puis, elle se redressa en souriant pour accueillir Louis, qui la prit dans ses bras.

— Allons, mesdames, nous avons tous du travail ! dit joyeusement Henrietta.

Mariah se sépara de Wes à regret et suivit les autres femmes vers la maison. Déjà, une agréable odeur de *Kartoffelsalat*, une salade de pommes de terre et de *Steckerlfish* mariné et fumé emplissait la cuisine.

Henriette confia à Mariah la mission de couper des saucisses et du fromage, tandis que l'on installait Hildy dans un fauteuil confortable, afin qu'elle pût assister aux préparatifs.

— C'est bon d'être de retour à la maison, soupira la convalescente.

— Que vas-tu faire à présent ? demanda Mary-Violet, un plat de nouilles aux graines de pavot dans les mains. Vas-tu rester toute seule dans ta maison ?

Il y eut un silence embarrassé dans la cuisine. Hildy regarda Mariah et les autres femmes de la famille.

— Est-ce que vous êtes toutes au courant de ce que m'a fait Philo ? demanda-t-elle.

— Je le leur ai dit, lui répondit Clara. J'ai pensé que ce serait mieux. Comme ça, elles pourront mieux t'aider.

— Tu as eu raison, maman, dit Hildy en hochant la tête. C'est juste que… Enfin, je suis gênée.

— Il ne faut pas, voyons, intervint Henrietta en se levant du tabouret où elle était assise pour venir vers elle, les mains tendues.

Elle caressa doucement le visage de sa nièce.

— Il n'y a rien que l'on puisse te reprocher, lui dit-elle. Tu peux garder la tête haute. Tu as survécu et tu es sortie plus forte de cette épreuve.

Un murmure d'approbation courut parmi les femmes de la famille.

Lorsque Henrietta retourna se percher sur son tabouret, Mariah se dit que si sa mère pouvait encore voir, elle l'aurait regardée au passage, pour lui donner la même assurance.

— Pour répondre à la question de tout à l'heure, non je ne me sens pas prête à rester seule, reprit Hildy. Il me faut ma famille autour de moi.

— Tu peux revenir habiter à la maison, lui assura sa mère.

— Ou bien partager ma chambre, proposa Sylvie, la jeune sœur de Mariah.

— C'est bon de se sentir la bienvenue, dit Hildy en souriant. Mais soyez gentils, tous : Ne me traitez pas avec trop de commisération. Je ne vous parais peut-être pas très flambante, pour le moment, mais je suis plus forte que j'en ai l'air et bientôt, j'irai beaucoup mieux.

Les femmes se le tinrent pour dit et retournèrent à leurs occupations, tandis que par les deux grandes fenêtres ouvertes, circulait un courant d'air frais.

Mariah était très émue. Elle essuya ses larmes avec un pan de son tablier de cuisine, puis vint s'installer près d'Hildy. Celle-ci prit sa main, et l'entraîna vers le cellier, où l'odeur aigre de la choucroute crue, conservée dans la saumure, les saisit dès qu'elles y pénétrèrent.

— Je suis très fière de toi, dit Mariah à sa cousine avec un élan qui venait du cœur. Et je t'aime très, très fort !

— Moi aussi, je suis fière de toi, murmura Hildy, bien qu'elles fussent toutes les deux seules, dans cette remise close. Merci pour ce que tu as fait. Merci d'avoir parlé. Je sais à présent que si toi tu peux te montrer tellement brave, alors je le peux aussi.

Mariah lui apprit que les parents de Philo désiraient garder confidentielles les circonstances de sa mort et qu'ils l'avaient enterré dans la plus grande discrétion.

Hildy hocha la tête.

— Un jour peut-être, j'irai sur sa tombe, dit-elle d'une voix blanche, mais pas avant longtemps.

Elle repassait la porte du cellier et Mariah pressa la main de sa cousine en signe d'affection. Bientôt, on annonça que le dîner était prêt et la famille se rassembla dans la grande salle à manger.

— Longue vie aux Spangler ! lança joyeusement Henrietta.

Des bravos lui répondirent et, comme à l'accoutumée, une file se forma devant le buffet.

Mariah avait John James devant elle et Wes derrière, qui l'enlaçait. Elle ferma les yeux et se rappela le soir de son arrivée, quand elle se tenait à la même place, pleine d'un besoin d'amour inexprimé et qu'elle-même ne comprenait pas. Tout ce que lui avait révélé Wes, ce qu'il lui avait donné.

Henrietta l'appela de l'autre bout de la pièce.

— Je suis là, maman.

— Remplis une assiette pour ton grand-père s'il te plaît, il est fatigué ce soir. Et tu sais qu'il aime le chou…

Mariah fit ce que sa mère lui demandait et porta son dîner à son grand-père, qui était assis dans son fauteuil, ses chiens tapis à ses pieds. Lorsqu'elle le rejoignit, les braves bêtes levèrent la tête et se mirent à renifler avec un parfait ensemble.

— Voici pour toi, grand-père, dit-elle en lui tendant l'assiette et les couverts.

— Merci, mon petit.

— Wes et moi, allons venir nous asseoir près de toi…

Quand ils eurent rempli leurs assiettes, ils poussèrent des tabourets à côté du fauteuil de Louis et s'y installèrent. Lorsque tout le monde eut mangé, on remplit de nouveau les chopes de bière et Louis leva sa main pour attirer l'attention de tous.

— Si tout le monde peut venir m'écouter, s'il vous plaît…

Il fallut plusieurs minutes pour rassembler tous ceux qui circulaient entre la cuisine et la salle à manger mais au bout du compte, chacun se retrouva assis ou appuyé au chambranle d'une porte, autour du patriarche.

— Friederick et moi avons discuté des événements passés, commença Louis, et bien sûr, Patrick a participé à notre entretien. Je pense que vous ne serez pas surpris si je vous annonce que cette fois, j'ai décidé de quitter mes responsabilités à la brasserie et de les laisser dans les mains de ceux que je viens de citer.

Ils le méritent : ils faisaient déjà la plus grande part du travail, cela ne les changera pas beaucoup.

Mariah lança un coup d'œil à son père et celui-ci lui confirma la nouvelle d'un signe de tête. Elle savait, bien sûr, que son grand-père se retirerait un jour de la direction de la brasserie, mais pour elle, il *était* l'âme de la brasserie Spangler.

Une profonde tristesse s'empara d'elle à l'énoncé de cette décision. Elle ne se souvenait pas d'avoir vu cette société dirigée par un autre que Louis Spangler. Il était triste de constater qu'il ne s'en sentait plus capable, mais il fallait reconnaître que toute sa vie, il avait agi pour le bien de la brasserie. Aujourd'hui encore, bien que sa mémoire commençât à devenir défaillante, et c'était d'ailleurs peut-être précisément cette raison qui avait dicté sa décision, il ne pensait qu'à l'intérêt supérieur de cette maison qu'avaient fondée son père et ses oncles, lorsqu'ils étaient arrivés du vieux pays.

Louis repéra le visage navré de sa petite-fille parmi ceux qui l'écoutaient et lui fit un clin d'œil. Elle sourit en réponse, à travers ses larmes. Aussi triste que fût la perspective de ne plus le voir à la tête de la brasserie, il avait bien mérité un peu de repos.

Louis se tourna vers Friederick.

— Et maintenant, parlons un peu de la salle de maltage…

Bien sûr, le maltage. Le poste de Philo, qui le supervisait, était vacant. Mariah regarda Hildy. Elle écoutait avec un évident intérêt.

Friederick se leva, sa chope la main.

— Je vous annonce que c'est désormais Arlen qui supervisera le maltage.

Il désigna son fils de son demi-litre de bière.

— Arlen étudie tout le processus depuis déjà deux ans. Nous le pensons tout à fait capable de le diriger pour toute la brasserie.

Arlen hocha la tête avec un mélange de fierté et de gêne.

Friederick continua :

— Il a déjà travaillé aux chaudières à malt et c'est lui qui a assuré la continuité de la production pendant que nous étions à Denver.

Il fit un signe de tête à son fils.

— Et tu as fait du bon travail, mon garçon.

Le frère de Mariah reçut ce compliment avec un sourire satisfait. Dutch lui envoya une grande claque dans le dos, qui manqua lui faire renverser sa bière.

Friederick vint se placer à côté du fauteuil de son beau-père.

— Le poste d'Arlen est donc à son tour vacant, continua-t-il.

Il avait de nouveau sur lui l'attention de tous.

— Nous en avons donc parlé et avons conclu que pendant les semaines qui viennent de s'écouler, Wesley ici présent a amplement fait ses preuves. Nous pensons qu'il est tout à fait capable d'apprendre le métier de brasseur.

Il y eut des murmures approbateurs et chacun se tourna vers Wes.

La surprise que montra celui-ci était aussi grande que la joie de Mariah à entendre prononcer son nom.

Les sourcils en accent circonflexe, il paraissait ne pas en croire ses oreilles.

— Donc, Wes, tu es nommé à la maintenance et à la supervision des chaudières et des réservoirs à malt. Arlen restera encore un peu à son poste, le temps de s'assurer que tu es prêt à prendre sa suite. Tu pourras donc débuter sous les meilleurs auspices.

Wes semblait avoir perdu l'usage de la parole. Il clignait des yeux et regardait alternativement son beau-père et Mariah. Celle-ci retenait son souffle, attendant comment il allait commenter cette nouvelle et une vague de panique vint lui glacer le ventre. Si son mari avait l'intention de la quitter et de repartir sur les routes, c'était l'occasion rêvée : il n'avait qu'à décliner la proposition et partir.

— C'est l'un des postes les plus exigeants du point de vue physique que l'on puisse tenir à la brasserie, dit Friederick, un de ceux que plus d'un homme ne pourrait pas tenir. Mais nous sommes convaincus que tu peux y arriver. A moins que tu refuses ce poste, bien entendu.

Mariah n'avait toujours pas repris son souffle, elle avait des papillons devant les yeux et l'impression de se tenir au bord d'une falaise, prête à se lancer dans le vide.

— Oh si, si, j'accepte avec reconnaissance, répondit Wes, et il secoua la tête comme pour éclaircir ses idées.

Mariah put enfin respirer.

— C'est juste que… je suis surpris et très honoré de votre confiance…

— Mon garçon, si ma fille te fait confiance, c'est qu'il doit bien y avoir de quoi ! lui répondit Friederick avec un sourire moqueur.

Cette remarque déclencha de nombreux rires et Gerd donna à Wes une grande claque dans le dos. On félicita chaleureusement les deux nouveaux promus. Wes serra brièvement Mariah dans ses bras.

— Tu le savais ? lui demanda-t-il quand les conversations eurent repris autour d'eux.

Elle secoua la tête.

— Non, je l'ignorais, je te le jure.

— On dirait que je fais officiellement partie de la famille, à présent, remarqua-t-il.

— Oui, répondit-elle avec un grand sourire, on le dirait.

Roth vint serrer la main de Wes et le défia pour rire de manipuler des engins plus lourds que lui. Il lui répondit sur le même ton et leur rire joyeux emplit la pièce.

La mère de Mariah s'approcha de Wes et lui prit la main, l'emmenant vers la table où l'on présentait les desserts. Mariah vit son mari se pencher vers elle pour écouter quelque chose qu'elle lui chuchotait, la main sur son bras.

Il avait accepté sa promotion et semblait ravi de l'avoir obtenue. Depuis le soir de son arrivée, la famille l'avait accueilli dans son sein sans arrière-pensée et Mariah savait à quel point il avait besoin de cette reconnaissance. Il l'avait avoué lui-même à diverses occasions. Bien sûr, il était venu ici pour être le père qui manquait à John James, mais aussi, sans doute, pour trouver la famille qu'il n'avait jamais eue.

Il était très bon pour elle, Mariah ne pouvait le nier et elle était folle de lui. Mais était-ce bien elle qu'il aimait, ou bien plutôt, sa grande famille, son amour pour elle venant, en quelque sorte, par surcroît ? Elle avait toujours beaucoup de mal à imaginer qu'il ait pu la choisir, elle, parmi toutes les autres femmes, à part parce qu'elle était une Spangler et la mère de John James. Si elle n'avait pas eu cet enfant et n'avait pas été membre de cette famille, aurait-elle eu le même charme à ses yeux ?

Autour, la conversation continuait et quelqu'un s'adressa directement à elle. Perdue dans ses pensées, elle répondit vaguement, puis se donna une contenance en ramassant des assiettes, qu'elle porta dans la cuisine.

Un peu plus tard, Friederick vint distraire Henrietta de ses occupations ménagères.

— Vous pouvez bien vous passer d'elle un peu, leur dit-il à tous en souriant. Mais moi, j'ai besoin de ma femme…

— Ce soir, je rentre avec mes parents, confia Hildy à Mariah. Mais je crois que je vais accepter la proposition de Sylvie et rester ici quelque temps. La compagnie et l'activité m'aideront à oublier…

— Tu sais que nous t'aimons tous, ici, lui assura Mariah.

Annika vint toucher l'épaule de leur cousine.

— Tu devrais rentrer te reposer, lui dit-elle. Tu

as fait un long voyage, aujourd'hui, et tu dois être fatiguée…

Puis elle se tourna vers Mariah.

— Et toi, retire-toi donc aussi, avec ton mari. Nous n'avons pas besoin de toi pour finir la vaisselle.

Mariah, qui était en train de laver les plats, ne se le fit pas dire deux fois. Elle s'essuya les mains et souhaita une bonne nuit à tous. Elle retrouva Wes et John James dehors, devant la maison, en train de jouer avec les chiens au clair de lune, en compagnie d'autres pères et d'autres enfants.

— Il faut que tu ailles au lit, jeune homme, dit-elle à son fils, et tu as bien besoin d'un bain.

— Je peux le lui donner, proposa Wes.

— Je vais le faire. Tu peux rester encore un peu dehors, si tu veux…

— Non, je monte.

Un peu plus tard, assise sur un tabouret près de la grande baignoire en cuivre, elle aidait John James à se laver et à se rincer. Le petit garçon insista pour s'essuyer lui-même.

Une fois qu'il eut été bordé et dûment embrassé pour la nuit, John James tapota son matelas et Felix sauta le rejoindre.

— Youri peut dormir avec maman et toi, si tu veux, dit l'enfant.

Le grand chien regarda Wes, comme pour lui demander son avis.

— Je pense qu'il préférerait rester dehors, la nuit, répondit celui-ci.

— Mais il sera tout seul !

— Eh bien, dans ce cas, il peut dormir avec toi. Ta maman et moi n'avons pas besoin de sa compagnie.

Il fallut faire un peu preuve d'autorité pour empêcher l'animal de le suivre et le faire rester dans la chambre de John James, mais finalement, Youri alla se coucher sur la descente de lit.

Wes suivit Mariah dans leur chambre où ils allumèrent chacun une lampe. Elle lui avait terriblement manqué et il avait compté les jours et les heures, jusqu'au moment où il avait enfin pu prendre le train pour la rejoindre. Elle était si belle, les joues rosies par la chaleur de la nuit et par toute son activité. Autour de son beau visage, ses mèches blondes brillaient dans la lumière de la lampe, dans laquelle elle se tenait.

Il referma la porte, sans croiser son regard.

— Cela t'ennuie vraiment, que j'aie laissé Youri dormir à l'intérieur ? lui demanda Mariah.

Il sourit.

— Non… C'est juste que je ne tiens pas à ce qu'il dorme avec nous. Nous sommes jeunes mariés…

Mariah alla ouvrir un tiroir de la commode et en tira une chemise de nuit soigneusement pliée. Puis elle passa derrière un paravent.

Wes en ressentit une pointe de déception. Il n'avait pas pensé qu'elle se déroberait à sa vue en se déshabillant derrière cet écran.

— Es-tu fâchée contre moi ? demanda-t-il.

— Non.

Il retira ses bottes et les déposa près de la commode. Un bruit d'eau se fit entendre et il l'imagina en train de se laver. Bon, il était après tout naturel qu'elle veuille être seule pour ses ablutions de la nuit…

Il retira sa chemise et la déposa dans la corbeille tressée prévue à cet effet, dans un coin.

— Tu trouves justifié que l'on m'ait donné cette promotion ? demanda-t-il tout à trac.

Mariah ressortit du paravent, habillée d'une chemise de nuit de coton blanc.

— Bien sûr ! J'ai confiance en leur jugement. Et puis, tu la mérites…

Mais quelque chose n'allait pas, il le sentait bien. Cela ne ressemblait pas aux conversations à cœur ouvert qu'ils avaient pu avoir lorsqu'ils étaient à Denver. Wes avait le sentiment, assez déchirant, d'être le seul à avoir attendu avec impatience le moment où ils se retrouveraient tous les deux, dans cette chambre.

— Qu'est-ce qui ne va pas ? lui demanda-t-il.

Elle s'assit à sa coiffeuse et retira ses épingles à cheveux.

— Qu'est-ce qui te fait penser que quelque chose ne va pas ?

— Le fait que tu ne m'aies pas regardé une seule fois depuis que nous sommes entrés dans cette pièce.

Elle leva sa brosse.

— Ce n'est rien.

Wes s'avança derrière elle et lui prit la brosse des mains.

— Si tu es soucieuse, lui dit-il, alors ça compte pour moi. Est-il arrivé quelque chose ? Ai-je fait quelque chose qu'il ne fallait pas ? Oublié quelque chose ?

Mariah secoua la tête, mais elle évitait toujours de croiser son regard dans le miroir.

Wes contempla son reflet sans mot dire. Il aimait tout de cette femme, tout, sauf son refus obstiné de s'ouvrir à lui.

La regardant toujours dans le miroir, il brossa délicatement les mèches d'or, de la racine jusqu'aux pointes, avec application.

Il se souvenait du jour où il lui avait lavé le corps et les cheveux et de la première fois où ils avaient fait l'amour dans leur chambre d'hôtel, quand au matin il s'était réveillé auprès d'elle. Le besoin qu'il avait de Mariah lui procurait une joie profonde, qu'il avait appris à apprécier. Il savait que cette soif ne s'apaiserait jamais tout à fait et n'avait pas l'intention de laisser quoi que ce soit ternir le bonheur qu'ils pouvaient goûter ensemble.

Posant la brosse, il se pencha pour respirer la douce odeur de ses cheveux, puis il frotta doucement son nez contre la joue de Mariah, en caressant son cou et ses épaules.

Elle baissa les paupières.

Lorsqu'elle les releva, il soutint son regard bleu dans le miroir et lui murmura :

— Je t'aime, Mariah.

Elle avait les larmes aux yeux, il en fut surpris. Mais elle lui répondit, tout de même :

— Je t'aime.

Elle se retourna vers lui pour le regarder directement et il se pencha pour prendre ses lèvres.

« Tu m'as manqué, lui disait silencieusement

ce baiser. J'ai pensé à toi à chaque instant, chaque seconde. Le jour et aussi la nuit… »

Elle posa délicatement sa main ouverte sur la joue de Wes et ce simple geste fit instantanément flamboyer le désir en lui. Il poussa une sorte de gémissement rauque et l'embrassa plus profondément.

Mariah se tourna sur son tabouret pour mieux lui faire face et noua sls bras autour du cou de Wes. Celui-ci fit glisser ses mains des épaules de sa compagne jusqu'à ses seins qu'il empauma et dont il caressa les pointes. Elle respirait de plus en plus vite et, les yeux clos, tremblait sous sa caresse.

Il continua et elle laissa aller sa tête en arrière, bouche ouverte.

— Viens, viens te coucher, lui murmura-t-il en prenant sa main pour la guider.

Mais d'abord, il fit passer la sage chemise de nuit par-dessus les épaules de Mariah, dévoilant tous ses trésors les plus secrets.

— Tu es belle, lui chuchota-t-il, si belle… Plus encore que dans mon souvenir.

— C'est vrai ?

— Je n'ai jamais été aussi sincère.

Ils s'étendirent et Wes s'appuya sur un coude pour pouvoir l'admirer encore, dans la lumière de la lampe.

Elle lui rendait baiser pour baiser, mais il y avait toujours en elle une sorte de tristesse qu'il voulait abolir.

— Qu'est-ce qui te ferait plaisir, Mariah ? lui demanda-t-il dans un murmure, contre sa bouche.

— Tout ce que tu me fais me procure du plaisir.

— Tu aimes que je te touche, là ?

— Ou…oui.

— Et là ?

Il n'obtint qu'un soupir en réponse.

— Tu m'as manqué, tu sais.

— Wes ?

Elle allait parler enfin, mais c'était d'une toute petite voix, comme si elle ne l'osait pas vraiment.

— Quoi donc ?

— Tu serais toujours d'accord pour que nous ayons une maison à nous ? Je veux dire… Comme mon grand-père nous le suggérait ?

Sa réponse fut plus longue à venir que s'il n'avait pas été concentré sur le plaisir qu'il lui donnait et sur ses réactions à ses caresses. Il se releva de nouveau sur un coude.

— Il nous le suggérait pour que nous puissions avoir des chambres séparées, fit-il remarquer. Tu veux que nous fassions chambre à part ?

Elle posa sa main sur l'épaule de son mari.

— Bien sûr que non !

— Très bien…

Il fit mine de réfléchir, puis déclara avec un sourire :

— Dans ce cas, oui, je serais heureux que nous ayons notre propre maison.

— Je pourrais cuisiner pour toi…, lui dit Mariah.

Il la regarda avec un sourire plaisamment ironique.

— Serait-ce une menace ?

Elle rit.

— Non, je pourrais être une très bonne cuisinière…

— Souviens-toi que j'ai survécu des hivers entiers de viande et de poisson séché…

Elle sourit encore et il baisa ce sourire sur ses lèvres. Elle interrompit leur baiser une minute plus tard.

— Nous ne serions que tous les trois. Bien sûr, on reviendrait ici le dimanche, par exemple…

Wes baissa la tête, son menton sur la poitrine de Mariah. Tout cela était bien joli mais allait-on cesser un peu de discuter et passer aux actes ?

— Tu seras quand même heureux, tu crois ? Tu voudras bien rester ?

Enfin, il comprit. C'était comme un éclair illuminant soudain la noirceur d'une nuit sans lune. Il saisissait parfaitement la crainte qu'elle n'osait exprimer. Il se redressa pour la regarder, avec ses cheveux d'or étendus sur l'oreiller et ce terrible doute, dans ses yeux.

— C'est vraiment cela, que tu me demandes, Mariah ? Cela qui te rend distante, différente de ce que tu étais quand nous étions ensemble à Denver ? Est-ce que j'ai fait quelque chose qui te fasse douter de ma sincérité ? Est-ce que tu ne crois plus à l'amour que j'ai pour toi ?

Les larmes se mirent à perler dans les yeux de Mariah et à couler sur ses joues. Elle remonta le drap sur elle, bien serré sous ses bras.

— Dis-le, insista-t-il plus nettement encore cette fois. Tu es ma femme à présent, Mariah. J'ai juré de t'aimer ma vie durant. Tu ne peux plus garder toutes tes pensées et tous tes chagrins pour toi, même si tu l'as toujours fait, depuis des années. Ce n'est pas juste.

C'était vrai et Mariah était bouleversée de l'admettre. Il avait promis de l'aimer et de la protéger. Il en avait fait le vœu de son plein gré, sans contrainte d'aucune sorte.

— J'ai peur, murmura-t-elle. Peur de ne pas être celle que tu cherchais, celle dont tu as besoin. Peur que tu te lasses de moi et de la vie toute simple que je peux t'offrir, que tu partes, très loin, ailleurs, là où la vie est plus excitante.

— Et qu'ai-je bien pu faire pour que tu te poses ce genre de questions ? demanda-t-il, avec un brin d'exaspération dans la voix.

Mariah resta muette, car il n'avait rien fait, bien sûr. Cette crainte-là était ancrée en elle et nulle part ailleurs.

— Depuis le début, j'ai eu peur que tu amènes John James à t'aimer et que tu partes ensuite. Même quand je ne pensais pas encore... que je serais tellement attachée à toi, que ma vie dépendrait de toi, que je t'aimerais si fort que la seule idée de te perdre me procurerait une véritable douleur, comme une brûlure, là, dans ma poitrine.

D'une main tremblante, elle joignit le geste à la parole.

— Je ne peux rien faire d'autre que te donner, de nouveau, ma parole, répondit-il doucement, et tout mon amour.

Wes prit la main de Mariah et la porta à ses lèvres

avec une sorte de dévotion. Puis, avec une délicatesse infinie, il remit en place une de ses mèches blondes.

— Personne, murmura-t-il, ne s'est jamais soucié que je parte ou que je reste… Je n'ai jamais eu de foyer, ou de famille, jamais été un fils ou bien un frère, moins encore un mari. C'est plutôt toi qui vas finir par te fatiguer de moi, parce que j'adore vivre ici. J'aime être avec toi, je veux passer près de toi et de John James tous les jours de ma vie et cela ne changera pas. Bientôt, tu verras, c'est toi qui me supplieras de te ménager quelques heures de solitude !

Mariah secoua la tête.

— Non, j'ai trop longtemps été seule. Au milieu de cette grande famille pleine de vie, j'étais seule avec ma peur et avec ma honte. Jusqu'à ce que tu viennes…

— Je pourrais vivre n'importe où, pourvu que John James et toi, vous soyez avec moi. Pourtant, j'aime ta famille, Mariah. Ils sont pour moi les parents, les frères et sœurs que je n'ai jamais eus. Mais c'est de toi que je suis amoureux et je serai heureux d'être avec toi, où que tu veuilles vivre. Aussi longtemps que tu me confieras tes pensées et tes désirs… Et que tu me laisseras t'aimer.

Sans plus s'occuper du drap, Mariah jeta ses bras autour du cou de Wes et se serra contre lui. Tout de suite, il l'enlaça dans la même étreinte, comme si rien, jamais, ne devait plus les séparer.

— Je ne te remercierai jamais assez pour ta gentillesse et ta compréhension, lui dit-elle, dans son cou. Merci d'avoir toujours été tellement doux avec moi, alors que j'étais si affreuse avec toi.

— Mais non, tu ne l'étais pas. Tu avais peur et tu étais blessée. Tu ne me connaissais pas et ne savais pas ce que je pouvais faire pour toi ou pour John James. Je suis entré dans votre vie comme un voleur et toi, tu as réagi comme un animal qui protège son petit. Mais je suis heureux de ne pas avoir réfléchi à tout ça avant de venir ici, car alors, j'aurais peut-être renoncé et je ne t'aurais jamais rencontrée.

Il prit le visage de Mariah entre ses mains, pour mieux pouvoir le contempler.

— Promets-moi que tu ne douteras plus jamais de moi. Jure que tu croiras en mon amour et aux vœux que j'ai prononcés. Que *nous* avons prononcés.

Mariah ne put retenir les larmes qui troublèrent bientôt sa vision.

— Ainsi, murmura-t-elle, tu ne me quitteras jamais, malgré… malgré tout ?

Sur le dernier mot, sa voix se fêla, mais elle se reprit, car elle devait faire preuve d'assurance, pour ne pas le décevoir. D'ailleurs, l'amour sincère et la compréhension qu'elle lisait dans les yeux de Wes lui prouvaient bien qu'elle s'était trompée.

— J'ai bel et bien été affreuse avec toi et pourtant, tu m'aimes, malgré tout ! Que sera-ce si je deviens tendre et douce ?

— Ce sera l'amour fou. Cela l'est déjà.

Elle lui tendit ses lèvres et son baiser promettait plus encore que ses mots. A bout de souffle, émerveillée par ses caresses, elle se laissa basculer de nouveau avec lui sur le lit. Etendus face à face, les yeux dans les yeux, ils se regardèrent longtemps. Mariah passa son doigt sur les lèvres de Wes.

— Merci pour ton amour, murmura-t-elle.

— Remercie plutôt John James. C'est lui qui a écrit les lettres qui m'ont fait venir.

— Tu as raison, mais je le remercierai plutôt demain. Cette nuit, ne pensons qu'à nous.

— C'est tout de même étrange, le destin, remarqua-t-il rêveusement. Il n'y a pas si longtemps encore, le vieil Otto mourait tandis que je me prenais la cheville dans un piège à ours... Quand j'arrivai enfin à Juneau, un paquet de lettres de ton fils m'attendait. J'étais sur un lit de camp, immobilisé, et le postier les a déposées à côté de moi. Longtemps, je ne les ai pas ouvertes et puis quand j'en ai enfin lu une, j'ai dévoré toutes les autres, dans la foulée... J'étais très seul alors et mon moral n'était pas bon. Je commençais à me demander s'il n'aurait pas mieux valu que l'infection m'emporte, une bonne fois pour toutes...

Mariah l'embrassa sur le menton.

— Dieu merci, soupira-t-elle, ce n'est pas arrivé.

— Les lettres de John James ont ramené à la surface des sentiments que j'avais crus enfouis depuis longtemps. Les questions que je me posais quand j'étais petit : pourquoi mes parents n'avaient pas voulu de moi et pourquoi ils n'avaient même pas essayé de me trouver un foyer décent... Quand j'ai lu à quel point ton fils aimait déjà, sans le connaître, ce père qui aurait dû veiller sur lui, je n'ai plus pensé qu'à une chose : devenir cet homme dont il rêvait. En fait, je tentais de guérir une vieille blessure d'enfance. C'était peut-être purement égoïste…

— Non, je ne le crois pas.

Elle s'écarta de lui et se leva. Il suivit des yeux sa silhouette nue avec un regard brûlant de désir et elle sourit, goûtant le plaisir de ce pouvoir, qu'elle avait sur lui.

Elle alla baisser l'intensité des deux lampes à gaz, avant de revenir sur le lit.

— Crois-tu que nous pourrions continuer cette conversation un peu plus tard ? lui demanda-t-elle, l'air coquin.

— Nous avons toute la vie pour cela, lui répliqua-t-il et il l'attira près de lui.

Les mots qui suivirent ne furent plus que tendres murmures. Wes n'était plus un époux de façade, mais son mari et son amant, corps et âme, pour toute leur vie.

A paraître
le 1er décembre 2010

L'INCONNU DE L'HIVER, ***de Stacey Kane - n°495***

Wyoming, 1889. Depuis ce jour terrible où son demi-frère a tenté de la tuer pour s'approprier son héritage, Maggie vit seule au cœur des montagnes. Seule, loin de tout et de tous, mais à l'abri. Et, surtout, libre ! Hélas cet équilibre vacille quand elle fait une surprenante découverte : un homme, inconscient, est étendu devant sa porte alors que le blizzard fait rage. Qui est cet inconnu et que lui est-il arrivé ? Intriguée mais méfiante, Maggie domine ses craintes et installe l'homme chez elle. C'est alors qu'elle prend conscience de l'erreur qu'elle vient peut-être de commettre : car, là, dans cet espace intime, l'inconnu au corps superbe et puissant la trouble infiniment...

CAPTIVE DE LA PASSION, ***de Nicola Cornick - n°496***

Ecosse, 1802. A peine vient-elle d'apprendre qu'elle est la véritable héritière du château de Glen Clair - elle qui se croyait orpheline et désargentée ! -, que Catriona est enlevée par de mystérieux ravisseurs. Qui sont-ils ? Que veulent-ils ? Sa fortune ? Comment le savoir alors qu'elle se réveille ligotée au fond de la cale d'un bateau ! Dans ce cachot sordide, il y a un autre prisonnier : le capitaine Neil Sinclair, un homme dont Catriona a pu admirer le courage. Néanmoins, Catriona frissonne : jamais elle ne s'est sentie si vulnérable que si près du beau Neil...

LA COURTISANE REBELLE, ***de Margaret Moore - n°497***

Angleterre, 1204. Riche héritière très convoitée, lady Adélaïde s'est pourtant juré de ne jamais se marier. Son indépendance, ainsi que la pleine jouissance de ses terres, lui importent trop ! D'ailleurs, même à la cour du roi, il n'y a pas un homme qui mérite qu'elle les lui cède ! Aussi Adélaïde est-elle furieuse lorsqu'une suite d'intrigues mensongères l'oblige, pour sauver sa réputation, à épouser un simple chevalier : Armand de Battenwood. Elle s'exécute mais, dès lors, n'a qu'une idée : briser cet engagement forcé. En dépit du charme insolent de cet homme, qu'Adélaïde voudrait bien ignorer avec superbe...

UNE ALLIANCE INAVOUABLE, ***de Debra Cowan - n°498***

Texas, 1885. Lydia s'en est fait le serment : elle mènera sa vie comme elle l'entend, et jamais elle ne dépendra d'un époux. D'ailleurs, pour vivre par ses propres moyens, elle envisage de gérer une taverne. Mais son projet se heurte à la réticence des financiers, peu enclins à accorder leur confiance à une femme seule. Qu'à cela ne tienne ! Puisqu'on l'y pousse, Lydia est décidée à se trouver un associé mâle ! Et quand Russ Baldwin répond favorablement à son offre, elle est certaine de toucher au but. Hélas, elle déchante vite : bien qu'armé d'un charme redoutable, Baldwin se révèle misogyne, et prompt à lui dicter sa conduite. Une attitude révoltante pour Lydia, qui se rebelle...

LA TENTATION D'UNE LADY, ***de Amanda Mc Cabe - n°499***

Londres, 1564. Devenir dame de compagnie de la reine Elizabeth ? Lady Rosamund n'y est pas préparée. Pas plus qu'elle ne sait comment affronter la vie à la cour, ce monde où règnent scandales, faux-semblants, secrets d'alcôve et complots. Aussi se méfie-t-elle instinctivement de tous ceux qu'elle y rencontre. Notamment l'énigmatique Anton Gustavson, diplomate suédois en mission secrète à Londres, qui, pourtant, semble vouloir la protéger. Car, même si elle se sent indéniablement attirée par lui, Rosamund sait aussi que sous ses manières de gentleman, Anton est avant tout un homme de l'ombre. Un homme de pouvoir, qu'il peut être dangereux de fréquenter…

L'HONNEUR D'UNE DÉBUTANTE, ***de Bronwyn Scott - n°500***

Londres, 1832. Tessa Branscombe ne décolère pas ! La musique, les chandelles, la somptueuse salle de bal... Rien ne peut la dérider. Pas même l'air ébloui de ses jeunes sœurs dont elle s'occupe depuis le décès de leurs parents. Pourtant, quelques minutes plus tôt encore, elle dansait innocemment avec Peyton Ramsden, comte de Dursley ! Innocemment, jusqu'à ce que ce maudit séducteur ose l'entraîner dans une alcôve. Comment a-t-elle eu la naïveté d'imaginer qu'il se conduirait en gentleman ? Plus grave, pourquoi, au lieu de lui assener le soufflet qu'il méritait, s'est-elle laissée faire comme une gourgandine ? S'ils n'avaient été interrompus, Dieu sait jusqu'où elle se serait abandonnée ! Un affront que Tessa, furieuse, est résolue à lui faire payer…

A paraître le 1er novembre

Best-Sellers n° 441

Magie d'hiver

Les six histoires réunies dans ce volume nous plongent au cœur d'un hiver romantique, pour mieux explorer la magie de l'amour et de la passion : retrouvailles bouleversantes et tendres réconciliations, rencontres imprévues, plaisir de la séduction, promesses passionnées… sans oublier le parfum d'enfance et le goût du rêve propres à cette saison chargée d'espoirs.

Best-Sellers n°442 • suspense

Plus fort que la peur - Dinah McCall

Quand Catherine Fane retourne pour la première fois à l'âge de 27 ans à Camarune, berceau de sa famille, c'est avec l'espoir d'honorer le dernier souhait de sa grand-mère : être enterrée près de la cabane perchée au milieu des bois où elle a vécu autrefois. Comment imaginer que sa vie va en être bouleversée à jamais ? Catherine ne connaît plus personne dans cette petite ville nichée dans les montagnes du Kentucky. Pourtant, dès son arrivée, les habitants lui témoignent une hostilité incompréhensible, angoissante, même. Jusqu'à ce qu'elle découvre que de sombres histoires de famille sont sur le point de remonter à la surface et qu'elle pourrait bien être associée à des événements du passé dont elle ignore tout. Bouleversée, Catherine accepte avec soulagement la protection du shérif Luke DePriest – un homme qui lui inspire spontanément confiance. Car malgré les tentatives d'intimidation chaque jour un peu plus nombreuses, elle a décidé de rester à Camarune pour découvrir la vérité, quitte à faire surgir de l'ombre le passé de la petite communauté…

Best-Sellers n°443 • thriller

Le secret écarlate - Erica Spindler

A trente ans, Alex Clarkson ressent un immense vide en elle et cherche toujours à percer le mystère qui entoure sa naissance. Aussi, quand sa mère se suicide, la laissant seule avec les secrets de son passé, Alex décide-t-elle de tout mettre en œuvre pour trouver enfin les réponses aux questions qu'elle se pose depuis l'enfance. Pourtant, lorsqu'elle contacte l'inspecteur Daniel Reed, le dernier à s'être entretenu avec sa mère, elle est encore loin d'imaginer les révélations qu'il va lui faire. D'après Daniel, en effet, elle aurait grandi jusqu'à l'âge de 5 ans dans une famille de viticulteurs. Une famille dont elle ne se souvient absolument pas, malgré la tragédie qui l'a frappée à l'époque : la mystérieuse disparition d'un bébé de quelques mois. Son petit frère ? Si tel est le cas… qu'est devenu cet enfant ? Et comment Alex a-t-elle ainsi pu tout oublier de ce tragique événement ? Résolue à aller jusqu'au bout, elle poursuit sa quête pour briser l'amnésie, quitte à déterrer des secrets destinés à rester enfouis à tout jamais…

Best-Sellers n°444 • thriller

Le sceau du silence - Karen Rose

Après des années d'absence, Susannah Vartanian est de retour dans sa ville natale de Georgie pour assister à l'enterrement de ses parents. La petite communauté de Dutton se trouve encore sous le choc de meurtres récents qui ont fait ressurgir des fantômes du passé. Un passé qui la renvoie à l'agression dont elle a été victime, adolescente... A l'époque, la terreur l'avait réduite au silence. Depuis, le remords et la honte ne l'ont pas quittée : parce qu'elle n'a pas eu le courage de parler quand il le fallait, d'autres victimes ont été violées et assassinées. Désormais décidée à surmonter son sentiment de culpabilité, Susannah brise enfin le sceau du silence et accepte de répondre aux questions de Luke Papadopoulos, l'agent du FBI chargé de l'enquête. Mais le temps presse, et Susannah sent l'ombre du mal planer à nouveau au-dessus d'elle…

Best-Sellers n°445 • roman

Un Noël au lac des Saules - Susan Wiggs

Maureen Davenport s'apprête à réaliser un rêve de toujours : se charger de l'organisation du spectacle de Noël dans sa ville d'Avalon, au bord du lac des Saules. Aussi est-elle furieuse d'apprendre que son équipier n'est autre qu'Eddie Haven, un homme qui se moque des règles et des conventions sans se soucier le moins du monde de mettre le spectacle en péril. Mais plus que tout, Maureen est furieuse contre elle-même. Car dès le premier regard que lui jette Eddie, son cœur se met à battre à tout rompre. Pourtant, encore sous le choc d'une récente et douloureuse rupture, elle n'aspire qu'à la tranquillité, loin de toute présence masculine. Tiraillée entre la méfiance et l'intensité des émotions nouvelles qu'Eddie suscite en elle, elle espère plus que tout que la magie réconfortante de Noël l'aidera à soigner ses blessures et à donner à sa vie un nouvel élan…

Best-Sellers n°446 • suspense

Mortel mensonge - Karen Harper

Le monde de Briana s'est écroulé en quelques instants face à cette vision d'horreur : sa sœur jumelle Daria noyée, prisonnière de leur bateau naufragé. Si la police a conclu à un accident, Briana, elle, ne peut s'ôter un affreux doute de l'esprit. Et si Daria avait été assassinée ? Difficile de croire en effet que cette dernière, nageuse accomplie, ait pu se laisser piéger par la tempête. Dès lors, Briana est prête à tout pour découvrir la vérité. Mais à peine démarre-t-elle son enquête sur la sœur dont elle croyait tout savoir, qu'un pan caché de la vie de Daria apparaît en pleine lumière - un secret si brûlant qu'elle a cru devoir mentir à sa propre sœur… Un mensonge qui lui a peut-être coûté la vie ?

Best-Sellers n°447 • historique

Le secret d'une lady - Kat Martin

Londres et Philadelphie, 1810

Cinq ans après que son fiancé Rafael Saunders, duc de Sheffield, a rompu leurs fiançailles, l'accusant à tort de l'avoir trahi, Danielle Duval s'est résolue à quitter l'Angleterre pour fuir le chagrin et le déshonneur. Là-bas, de l'autre côté de l'Atlantique, l'attendent une nouvelle vie… et un nouveau fiancé : un homme d'affaires veuf, prêt à lui accorder son nom et sa protection. Mais à peine est-elle arrivée à Philadelphie que Rafe resurgit dans son existence et prétend vouloir renouer avec elle. Conscient de l'erreur qu'il a commise autrefois, il lui offre même un précieux collier, gage de son amour. A la fois abasourdie et folle d'espoir, Dani est prête à tout pardonner puisque Rafe est l'amour de sa vie ; elle le sait à présent. Pourtant, elle hésite encore car un douloureux secret l'empêche de donner libre cours à ses sentiments…

Composé et édité par les
éditions Harlequin
Achevé d'imprimer en septembre 2010

CPI
Bussière

à Saint-Amand-Montrond (Cher)
Dépôt légal : octobre 2010
N° d'imprimeur : 100949 — N° d'éditeur : 15228

Imprimé en France